时代记忆文丛

土地的儿子

柳青作品选

柳青 著

青海人民出版社

图书在版编目（CIP）数据

土地的儿子：柳青作品选 / 柳青著 . -- 西宁：青海人民出版社，2020.6（2022.10 重印）
（时代记忆文丛）
ISBN 978-7-225-05962-4

Ⅰ.①土… Ⅱ.①柳… Ⅲ.①散文集—中国—当代②中篇小说—小说集—中国—当代③短篇小说—小说集—中国—当代 Ⅳ.① I217.2

中国版本图书馆 CIP 数据核字 (2020) 第 081727 号

时代记忆文丛

土地的儿子

——柳青作品选

柳青 著

出 版 人	樊原成
出版发行	青海人民出版社有限责任公司
	西宁市五四西路 71 号 邮政编码：810023 电话：（0971）6143426（总编室）
发行热线	（0971）6143516 ／ 6137730
网　　址	http://www.qhrmcbs.com
印　　刷	西安五星印刷有限公司
经　　销	新华书店
开　　本	890 mm × 1240 mm　1/32
印　　张	7.5
字　　数	200 千
版　　次	2021 年 2 月第 1 版　2022 年 10 月第 2 次印刷
书　　号	ISBN 978-7-225-05962-4
定　　价	48.00 元

版权所有　侵权必究

总　序

"人民文学"的传统在当代

李云雷

20世纪中国最重要的事件是中国革命和改革开放，中国革命的胜利使中国彻底摆脱了半殖民地半封建社会，获得了民族独立，"中国人民从此站起来了"；改革开放的成功则让中国走出了一穷二白的状态，奠定了民族复兴的基础。在21世纪的今天，我们正走在中华民族伟大复兴的征程上，当回望20世纪的时候，我们应该感激与铭记中国革命与改革开放，或许我们身在其中并不觉得有什么特别，但是放眼世界我们就会发现，并不是所有国家的革命都能够获得胜利，在20世纪末仍大体保持着19世纪末古老帝国版图的，只有中国；也并不是所有国家都能够进行改革开放，都能够取得改革开放的成功，或者说能够顺利推进改革开放并使国势国运日趋向上的，也只有中国。中国革命和改革开放是20世纪中国最重要的遗产，也是我们在21世纪不断开拓进取、实现民族复兴最重要的根基。

"人民文学"是在中国革命的进程中产生，并对中国革命、建设、改革产生重要影响的文学。在这里，我们所说的"人民文学"是一种泛指，在不同的历史时期曾被称为"革命文学""解放区文学""十七年文学"等，又在不同的理论视域中被命名为"左翼文学""社会主义文学""红色文学"等，"人民文学"的概念既是对上述各种称谓的通约性表达，也是在新的历史语境中的一种通俗性表达。"人民文学"与20世纪中国革命紧紧联系在一起，既是20世纪中国革命组织、动员的一种方式，也是其在文化上的一种表达。"人民文学"的重要性体现在它在转变观念、凝聚情感、社会动员与组织，以及寓教于乐等方面所发挥的作用。在1940—1970年代，中国内忧外患不断，生产力低下，群众的识字率较低、知识文化水平贫乏、娱乐方式简单，"人民文学"在那时起到了独特而重要的作用。作为一种文化政治传统，"人民文学"伴随20世纪中国革命以及建国后的社会主义建设实践而逐渐生成，并以不同方式在改革开放的历史语境中延续和变迁，它直接参与和内在于现代中国的进程，发挥着独特的革命文化能量，进而建构了新的社会主义文化经验和价值传统。

"人民文学"在1940—1970年代的中国文学界曾占据主流，但在改革开放的历史新时期，对"人民文学"的评价却发生了分歧与分裂，其中既有20世纪80年代、90年代和21世纪初等不同时期的差异，也有国家、文学界、知识界等不同层面的差异，以下我们对这些分歧简单做一下勾勒，并对"人民文学"在新时代的状况做出分析。

在20世纪80年代，伴随着对"文革文学"的批判与反思，中国文学进入了一个繁荣发展的新时期，文学思潮层出不穷，从"伤痕文学""反思文学"到"改革文学""知青文学"，再到"寻根文学""先锋文学"，获得解放的文学释放出无穷的活力。在政治层面，中国进入了一个思想解放的时期，文艺政策也从"为政治服务"调整为"为人民服务，为社会主义服务"。在知识界，则发生了一场声势浩大的新启蒙运动。文学上的种种变化，被后来的文学史家概括为从"一体化到多元化"的转变，所谓"一体化"是指"人民文学"从1940年代到1970年代逐渐占据主流、成为主体，并趋于激进化的过程，而"多元化"则是指"一体化"因"文革文艺"的泡沫化而终止，逐渐走向开放、多元的过程。在这一历史时期，曾被激进的"文革文艺"压抑的其他文艺派别获得了重新评价，这些文艺派别既包括左翼文学内部的周扬、冯雪峰、胡风等人的文艺理论，丁玲、赵树理、孙犁、路翎等人的小说，也包括左翼文学之外的其他派别，比如自由主义文学、新月派、京派文学，等等，但在80年代，所谓"多元化"仍有其边界，大致限于"新文学"的范围之内，但这要到时代的进一步发展之后才能为我们知悉。1980年代的文学大致以1985年为界，呈现出迥然不同的样貌，在1985年之前，左翼文学与现实主义仍然占据主流，而在1985年之后，先锋文学与现代主义蔚然成风，逐渐占据了文学界的主流，而这则伴随着文学评价标准的重大变化，那就是从革命化到现代化、从人民文学到精英文学的转变。在这一过程中，以"重写文学史"的兴起为标志，对"人民文学"的评价逐渐走低，以"写什么和怎么写"的讨论为中心，对现实主义作品的评价也逐渐走低，或许在一个渴望转变与新异的时代，这样的变化也是难免的，要等到一个新的时代，我们才能对之进行客观冷静的评价。

在1990年代，市场化大潮席卷而来，文学界与知识界也产生了分化与争论。1993年、1994年发生的"人文精神大讨论"突显了作家与知识分子面对市场大潮的分歧，一些作家与知识分子热烈拥抱市场化与世俗化大潮，而另一些作家与知识分子则在市场大潮中坚守道德理想，或者坚守个人的岗位意识。与此同时，大众文化迅速崛起，影视与流行音乐逐渐占据了文化领域的中心位置，文学的位置开始边缘化。在文学界内部，伴随着金庸、琼瑶等通俗小说的流行，以前备受"新文学"压抑的通俗文学获得了重新评价的机会，从鸳鸯蝴蝶派到张恨水，从还珠楼主到港台新武侠，都获得了前所未有的关注。"多元化"的发展突破了"新文学"的界限，而逐渐开始向通俗文学、流行文学开放，文学评价的标准也逐渐向是否能够畅销，是否能够获得市场与读者的认可转移。在这样的潮流中，"新文学"的传统趋于边缘化，"人民文学"则处于边缘的边缘。但是在知识界，也出现了重新评价左翼文学的"再解读"思潮，他们从现代化、现代性的视角重新审视左翼文学的经典作品，对之做出了与革命史视野不同的阐释，不过这种解读更多借助于西方的"市民社会""公共空间"等理论资源，其中不乏深刻的洞见，但也有凿枘不合之处。发生在1997年、1998年的"新左派与自由主义论争"，显示了80年代新启蒙知识分子的分裂，他们在如何认识中国、如何评价中国革命、如何看待中国与世界等诸多问题上产生了深刻分歧，自由主义者更认可西方的普世价值与世界体系，但是新左派借助于新的理论资源，更认可中国道路的主体性与独特性。这一论争是20世纪最后一场思想论争，也是迄今为止影响最大的思想争鸣，这一论争主要发生于人文领域，其中很少看到文学知识分子的身影。但这一论争涉及对中国革命与红色经典的评价问题，也为人们重新认识红色文学打开了新的视野。

在21世纪最初10年，市场化大潮与大众文化的深刻影响仍在持续，但是在文学界内部，又出现了新的因素，那就是网络文学的迅速崛起，网络文学借助新的媒体形式，形成了一种新的文学生产、传播与接受方式，也形成了一种新的文学观念与文学模式。在观念上，网络文学打破了"新文学"以来的文学内涵，"新文学"将文学视为一种严肃的精神或艺术上的事业，无论是左翼文学、自由主义文学、"为艺术而艺术"，还是"改革文学""先锋文学""寻根文学"，中国现当代文学史上彼此相异与争论的诸多文学思潮，其实都分享着这样共同的文学观念，但是网络文学的出现却改变了这一共识，网络文学重视的是文学的消遣、娱乐、游戏功能，并将之推向了极致，而不再注重文学的教化、启迪、审美等功能，这极大地改变了文学的定位与整体格局。网络文学的盛行催生了穿越、玄幻、盗墓等不同的类型文学，并逐渐形成了一整套成熟的商业模式。与此同时，在更加市场化的环境中，通俗文学占据了越来越多的市场份额，"新文学"与"人民文学"的传统被进一步边缘化，主流文学界只有依靠体制的力量——作协、期刊、出版社——才能够生存下来。在这种情形之下，"底层文学"作为一种新的文艺思潮兴起，对80年代以来日趋僵化的"纯文学"及其体制进行了批判与超越，在文学界与社会各界引起了广泛关注。有论者将"底层文学"与"人民文学"的传统联系起来，但围绕这一议题也发生了分歧与争论，纯文学论者竭力贬低底层文学与"人民文学"的传统，但更年轻的一代研究者对之则持更为积极的态度。在文学研究界同样如此，新世纪以来，"左翼文学""延安文艺""十七年文学"逐渐成为文学界关注与阐释的热点问题，更年轻的学者倾向于从肯定的视角重新阐释"人民文学"及其经典作家作品，但他们的努力常被主流文学界视为异端与另类。

在21世纪第二个10年之初，市场化与大众文化进一步发展，网络文学及其商业模式则更趋于成熟，逐渐形成了"三分天下"的整体文学格局，即纯文学（严肃文学）、畅销书、网络文学三者各据一隅，纯文学（严肃文学）以期刊、作协、评奖为中心，畅销书以出版社与经济效益为中心，网络文学以点击率与IP改编为中心，各自形成了一套相对独立的文学运转与评价体系。但在2014年，这一整体格局开始发生转变。2014年及其之后，习近平总书记发表《在文艺座谈会上的讲话》等一系列关于文艺问题的重要论述，这是继毛泽东《在延安文艺座谈会上的讲话》之后，我党最高领导人首次系统阐释对文艺问题的观点，讲话所提出的"坚持以人民为中心的创作导向""文艺不要做市场的奴隶""创作是自己的中心任务，作品是自己的立身之本"等观点，继承了我党"文艺为人民服务，为社会主义服务"的优秀传统，又对文艺界出现的新问题、新现象、新经验做出了分析与判断，为新时代文艺的发展指明了方向，已经改变了并将继续改变文学界的整体格局。

改变之一，是"人民文学"的传统得到弘扬。自20世纪80年代中期以来，"人民文学"传统先后遭遇"先锋文学"、通俗文学、网络文学等巨大变革的挑战，日渐趋于边缘化，虽曾以"底层文学"的名义短暂复兴，而并没有得到主流文学界的认可，但"以人民为中心的创作导向"提出之后，极大地扭转了文学界的整体状况，"人民文学"传统受到重视，红色文学的经典作品也得到重新阐释与更大范围的认可。

改变之二，是"新文学"的观念得以传承。中国的"新文学"虽然有内部不同派别的论争以及不同历史时期的巨大断裂，但却都将文学视为一种精神或艺术上的事业，这一点与通俗文学、类型文学注重消遣娱乐有着本质的不同，习近平总书记系列讲话中将作家艺术家视为"灵魂的工程师"，将文艺视为中华民族伟大复兴进程中的重要力量，指出"文艺是时代前进的号角，最能代表一个时代的风貌，最能引领一个时代的风气"，在这一基点上鼓励探索与创新，这是对新文学观念与传统的认可、尊重与倡导。

改变之三,是"三分天下"的格局得以改观。"三分天下"是各自形成了一套相对独立的文学运转与评价系统,但习近平总书记系列讲话是对文艺界整体讲的,也是对文学界整体讲的,不仅包括纯文学(严肃文学)界,也包括通俗文学、网络文学等领域,目前通俗文学、网络文学领域已经发生了巨大的变化,比如官场小说的转型、科幻小说的兴起,以及网络小说更加关注现实题材,更加注重现实主义等,"三分天下"的格局有望在相互竞争与争鸣中形成一种新的、开放而又统一的评价体系。

但是从另一个角度来说,现在的改变仍然只是初步的,一个突出的表现是《创业史》等人民文学的经典作品虽然得到了国家与政治层面的推崇,也得到了知识界愈发深入的研究,但是在主流文学界并没有内化为重要的写作资源与参照,很多作家心目中的理想作品仍然是中国古典、俄苏19世纪批判现实主义以及欧美20世纪现代派作品,并未真正将"人民文学"作为自己可资借鉴的重要传统;另一个突出表现是习近平总书记《在文艺座谈会上的讲话》发表已经5年,但并没有真正出现"以人民为中心的创作导向"的经典作品,现有的艺术性较高的优秀作品并没有坚持以人民为中心的创作导向,而有些试图坚持以人民为中心的创作导向的作品则在思想性、艺术性上存在不少缺憾,并没有达到更高层次上的融合与统一。这似乎也很难归咎于作家努力得不够,一个人思想观念的转变是艰难的,而新时期以来"人民文学"及其传统的不断边缘化,红色文学被贬低几乎成为文学界的集体无意识,要转变这样的观念,需要我们做出更加艰苦的努力。

在今天,我们需要在新的时代背景下重新认识"人民文学"的合理性与历史经验,重新梳理新中国前三十年与后四十年文学的关系,重新理解文学与人民、时代、生活的关系，面对21世纪正在渐次展开的历史，我们应该从"人民文学"中汲取理想主义等稀缺性精神资源，从而创造中国文学新的未来。

在这种情况下，青海人民出版社编辑出版的《时代记忆文丛》显示了历史性与前瞻性的眼光，将对重新认识和发掘"人民文学"的精神资源，传承"人民文学"的优秀传统产生重要影响。此套丛书邀请前沿学者或熟谙作品的作者子女选编人民文学代表作家的代表作品，选编丁玲、贺敬之、郭小川、李季、艾青、臧克家、赵树理、孙犁、田间、李若冰等经典作家。每种选编作品前置有一篇序言，系统介绍作家生平、创作，梳理关于他们的研究史与评价史，既有历史与文学价值，也具有新时代的眼光与视野，可以让我们看到这些文学前辈是如何在与时代、人民、生活的融合中进行艺术创作的，他们的经验值得我们借鉴，他们的作品值得我们学习。新时代的中国作家只有自觉地继承"人民文学"的传统，才能在"坚持以人民为中心的创作导向"中大有作为，我们期待这套丛书能够为新时代作家的艺术创作提供可资借鉴的资源，也期待这套丛书能受到广大读者的喜爱与欢迎。

2019年10月28日

序

《创业史》之前的柳青

李云雷

柳青的《创业史》已经成为当代文学的经典，但是在《创业史》之前，柳青的创作是怎样的，柳青走过了怎样的创作道路？很多读者却并不了解。现在摆在大家面前的《土地的儿子——柳青作品选》《种谷记·狠透铁》便向读者展示了柳青在《创业史》之前的主要作品。在这些作品中，我们可以看到柳青是怎么成为柳青的，柳青为什么能写出《创业史》，以及柳青的生活和创作道路。

《土地的儿子——柳青作品选》收入的是柳青的散文和短篇小说，时间跨度很大，既包括柳青1935年发表的处女作《待车》，也包括他在1972年所写的《建议改变陕北的土地经营方针》，但主要是柳青在抗战时期所写的短篇小说，以及他在解放后合作化时期在皇甫村所写的散文（或特写），前者主要收录于柳青的小说集《地雷》（光华书店

1947年2月初版），后者主要收录于柳青的散文特写集《皇甫村的三年》（作家出版社1956年11月初版），此次汇集在一起，可以让我们更清晰地看到柳青创作的整体面貌。

《种谷记·狠透铁》收入的是柳青的长篇小说《种谷记》和中篇小说《狠透铁》。《种谷记》是柳青的第一部长篇小说，取材于柳青在陕西米脂县当乡文书的生活，抗日战争结束后，柳青带着《种谷记》的手稿，跟随部队奔赴东北，开辟新的解放区。1947年7月，《种谷记》由东北光华书店出版，后于1951年10月由人民文学出版社正式出版，先后7次印刷，发行达70万册。《狠透铁》原名《咬透铁锨》，副标题"1957年纪事"，写作于1958年，是柳青在创作《创业史》（第一部）间隙所写的一部中篇小说，最初发表于《延河》1958年4月号，后经三次修改，由陕西东风文艺出版社于1959年11月出版单行本。

以上是对这两部作品集内容和版本情况的简略介绍，下面我们结合柳青的人生和创作经历，对这些作品做出一些分析。

柳青，1916年生，原名刘蕴华，陕西省吴堡县人。八岁进入本村私塾接受启蒙教育，后在佳县螅镇小学、米脂县东街小学读书。1928年济南惨案发生后，他参加了米脂的示威游行，开始参加革命活动，1928年5月加入中国共产主义青年团。1930年下半年考入绥德省立第四师范学校。入学刚半年，学校被陕北军阀井岳秀下令关闭，遂考入陕北联合县立榆林中学。在这里，他更多地接触了鲁迅、郭沫若、茅盾、丁玲和沙汀等人的作品，并自修大学课程。由于过度用功和生活上的清苦，他染上了严重的肺结核病。1934年夏初中毕业，柳青投奔在西安高中当教员的长兄，以第一名的成绩考进西安高中。从塞上来到省城，柳青的视野大为开阔，如饥似渴地博览中外名著，开始作诗、写散文，还学习翻译外国文学作品。1935年冬，上海《中学生》季刊第二卷第二号上发表了他署名柳青的处女作《待车》,这是他在全国性杂志上发表的第一篇作品。《待车》全文不足两千字,描写一群在反共内战中负伤的国民党士兵(大概是东北军),在西安车站等待被转到别处去的情景。"从这极小的一角,可以使人联想到很多,想到这一群伤兵的悲惨命运,想到他们对于被迫打内战的无言的憎恨,想到他们对于失去家乡的怀恋,……柳青一开始写作就表现出他的摹写生活的现实主义手法,同时也表明他具有摄取一点反映更多东西的本领。"(林默涵《涧水尘不染,山花意自娇》)

"一二·九"运动爆发后,西安学生罢课、游行,并成立西安学生抗日救国联合会。正在高中二年级读书的柳青,积极投身爱国运动,曾在西安高中学生救国会会刊创刊号上发表翻译诗歌《村里的铁匠》。1936年冬,悼念鲁迅大会、纪念"一二·九"运动一周年和西安事变的爆发,使西安地区的学生爱国运动空前高涨。柳青担任西安学生抗日救国联合会会刊《学生呼声》的主编,还为学联拟写传单,每日显得特别忙碌。就在这时,他加入了中国共产党。抗日战争爆发后,1937年8月,柳青到《西北文化日报》副刊《战鼓》当编辑。不久,考入刚成立的西安临时大学俄文先修班。翌年4月,日机轰炸西安,临时大学搬到陕南南郑、城固,柳青没有随校南迁,而奔赴陕甘宁边区。他于1938年5月初到延安,在边区文化协会任海燕诗歌社秘书、民众娱乐改进会秘书。1939年到1940年,他以随军记者和文化教员的身份,随八路军东渡黄河到华北,转战于山西抗日前线。抗日队伍的生活激发了他的创作激情,写出多篇反映中国共产党领导抗日军民英勇打击日本侵略者的短篇小说,这些小说主要包括《地雷》《误会》《牺牲者》《废物》《一天的伙伴》等。1940年10月,柳青返回延安,担任文学月刊《谷雨》编辑,并和林默涵一起负责延安向重庆传送消息的文化站。

这一时期他写出了多篇反映边区生活的短篇小说，如《在故乡》《喜事》《土地的儿子》等，是他短篇小说创作的高潮期。在此前后，柳青还写有散文特写《萧克将军会见记》《一个女英雄》等。

这些作品初步展现了柳青的创作才华和艺术风格。《地雷》重点描写的是李树元老汉对儿子银宝抬地雷支援前线并加入八路军的心理反应过程，李树元老汉身上有小生产者的狭隘意识，但面对日寇的进攻和逐渐高涨的抗日意识，他也经历了新旧的思想矛盾和斗争过程，"作品对李老汉爱儿子与爱革命、顾自家与顾国家的思想矛盾和转化过程，展现得十分真实、细腻。"（屈桂云：《论柳青的早期短篇小说创作》）在小说中的李树元、银宝身上，我们可以看到《创业史》中梁三老汉和梁生宝的影子，柳青在这里表现了他对思想矛盾的"旧人物"和走在时代前列的"新人物"的特殊关注。《误会》写的是一个休养的伤员将"我"误认为汉奸而造成的一场小风波；《牺牲者》以战斗结束后风雪扑面的窑洞为场景，描写了七八个战士对牺牲的战友马银贵的怀念；《一天的伙伴》中的吴安明，是帮"我"们运送行李的伙伴，作者以先抑后扬的方式讲述了他悲惨的童年和参加革命的过程；《废物》中的王得中是一个五十多岁的老光棍，是八路军营部的一个马夫，作者通过对他执拗性格的描写展现了他凄苦的过去以及对八路军的忠诚。"这些战士都是穿上军衣的农民，他们带着浓厚的农民气质：质朴、固执、惊人的耐苦力，还有一些落后意识。这说明柳青是很了解农民的，他确实是农民的儿子。"（林默涵：《涧水尘不染，山花意自娇》）《土地的儿子》描写了一个农民李老三在新旧社会的命运转换，在旧社会他依靠"偷"和"骗"维持一家人的生活，而在新社会，他终于置办了三垧土地，小说的字里行间充溢着这个翻身农民对新政府的热爱和对土地的痴迷。《在故乡》《喜事》则主要通过作者回乡的过程，描绘作为家乡作为边区在党领导下的新变化，这两篇小说在结构与写法上类似于鲁迅的《故乡》，但其间所展现的新旧风俗、新旧人物的此消彼长，也让我们看到了时代进步的足迹，以及作者心目中的远景。

1942—1945年，柳青在米脂县民丰区任乡文书，和当地干部一起开展减租减息、反霸反奸斗争和大生产运动。根据这个时期丰富的生活积累，他写成了第一部长篇小说《种谷记》。《种谷记》围绕互助帮工、集体种谷这一核心事件，描述了农村中不同阶层、不同性格的农民的心理、打算和他们之间的关系，小说对乡村中复杂的政治、伦理、人际关系有着精准的把握，刻画出王加扶、王克俭、王存起、赵德铭、福子、维宝、存恩老汉、王老雄、王相仙等一系列人物形象。这部小说无论在题材还是主题上，都与后来的《创业史》相似，虽然与《创业史》相比，小说的主题不够宏大开阔，叙事节奏较为缓慢，人物塑造也不够鲜明，但这部小说却更贴近生活的原生态，从《种谷记》到《创业史》，我们可以看到作者不断进行思想与艺术升华的过程。

新中国成立之初，柳青参加了《中国青年报》的创刊工作，任编委和文艺副刊主编；还参加中国青年作家代表团访问了苏联。此后任中国作协西安分会副主席、中国作协第二届理事等。1952年，柳青到长安县皇甫村落户，兼任中共长安县委副书记，他参加了农业合作化各阶段的实际工作，熟悉和了解农村各阶层群众的生活和语言。1956年，柳青出版散文集《皇甫村三年》，其中包括《新事物的诞生》《灯塔，照耀着我们吧！》《第一个秋天》《王家斌》《一九五五年秋天在皇甫村》《王家父子》等作品，在这些作品中，我们可以看到柳青满怀热情地投入生活，和农村一代新人共同前进的足迹，也可以看到《创业史》中梁生宝的原型和蛤蟆滩翻天覆地的时代背景。1958年，柳青发表中篇小说《狠透铁》，这篇小说正视生活矛盾，真实反映了农村自发势力和一些腐化堕落的干部勾结,破坏集体经济的发展,小说主人公"狠透铁"不畏诬陷、不畏孤立、不畏病痛,与腐化干部坚持斗争的故事。"狠透铁"敢于斗争的性格与品质,不仅反映了他对事业的忠诚,也显示了现实的复杂严峻。这部作品不仅表现了作者的敏锐眼光,而且展现出了艺术家的勇气。据柳青说,"《狠透铁》所反映的,是他亲自参加处理过的一个真实事件,故事本身很完整,他没有进行更多概括与加工,就写成了。"(转引自王鹏程《〈创业史〉的文学谱系考论》)而在同时写作的《创业史》中,主要人物之一高增福也具有这样的品质。《狠透铁》显示了柳青对合作化事业的隐忧,也显示了他较为复杂的态度。

1960年,柳青的代表作《创业史》(第一部)问世,这是描绘中国农村社会主义革命的一部史诗性作品。《创业史》原计划写作四部,1964年基本完成了第二部初稿。然而不久,"文化大革命"开始了。十年"文化大革命",柳青的身心受到严重摧残,创作被迫中断。在非常困难的情况下,坚持修改第二部书稿,但他的创作宏愿终于未能实现。不过即使在困难时期,柳青仍不顾个人安危,关心着时代与国家大事,撰写了《建议改变陕北的土地经营方针》等文章。

通过以上梳理我们可以看到,柳青的人生与创作历程是与时代、人民血肉相连的,同时这也是一个在艺术上不断进步、不断超越自我的过程。柳青正是深刻认识到中国处于一个伟大的变革时代,而变革的动力则来源于人民群众,才会真心诚意地走入人民之中,亲身经历人民创造历史的伟大过程,并将之容纳到自己的作品之中。柳青参与土改与合作化,扎根长安县皇甫村14年,他的着眼点虽然只是蛤蟆滩上几户农民的生活及其变化,但他参与的是数千年中国历史变化的一个重要节点,这是中国农民改变自身命运、重塑新的形象的历史性时刻。他所深入的生活,是人民创造历史的生活,也是一个时代变化的核心。在他的作品中,我们可以看到时代最真切的变化和最深层的奥秘,正是在《创业史》中的梁三老汉和梁生宝身上,最为深刻地呈现了中国农民在历史变革中的生活变迁及其深刻的内心变化。柳青深入生活的动力,不是来自于外部,而是来自于内在的召唤和艺术创造的冲动。他的艺术雄心不在于表现个人,而在于将个人融入到时代与人民之中,并刻画出一个时代的风貌与核心,在这个意义上,柳青的追求既是一个人民作家的追求,也是一个大作家的追求。

在《创业史》刚刚出版时,敏锐的评论家就注意到了其整体感与创造性,同样是写合作化题材,但是柳青的《创业史》与赵树理的《三里湾》、周立波的《山乡巨变》不同,如果说《山乡巨变》更注重地方性特色,《三里湾》更注重碎片式的复杂经验,那么《创业史》则提供了一种整体性,这种整体性来自于作家对时代的理解,也来自于其世界观与创作方法,作者以现实主义精神观察与描摹生活,但又不拘泥于现实,而是将对过去、将来的理解融入当下的现实之中,让我们在当前现实的脉动中,可以感受到历史的脉络和未来的趋向,在这个意义上,柳青《创业史》所讲述的中国故事,既是现实主义的典范,又充满着理想的光辉。新时期之后,伴随着对"合作化"评价的变化、现实主义的边缘化、"宏大叙事"的消解等社会文艺思潮,对柳青与《创业史》的评价一度走低,但时过境迁,在经历过个人写作、日常生活、私人写作等文艺潮流的洗礼之后,柳青与《创业史》的价值更加突显出来。

柳青在艺术创作上严谨细致与精益求精的精神,他不断超越自我,锲而不舍,勇攀艺术高峰的精神,值得我们敬重与学习。通读这两本作品集,我们可以发现,柳青在创作上是不断进步的,在《创业史》之前,柳青已经写出了《种谷记》《铜墙铁壁》等优秀作品,但柳青并不满足于所取得的成就，勇于超越自我，勇于攀登高峰。《创业史》是柳青创作的一个飞跃，正是生活、艺术、思想的积累达到了一定程度，柳青才能够创作出《创业史》，才能真正成为"柳青"。柳青的文学来源于生活与实际工作，但又超越了一时一地具体工作的限制，而蕴含着他对中国整体发展的深刻思考，也蕴含着他对社会主义美学的探索与创新。在《柳青传》中，我们可以看到柳青对很多艺术问题的思考以及他个人的创造。新时期以来，柳青已经成为当代中国文学的一种传统，不仅直接影响了陈忠实、路遥等作家的创作，更是在广大作家、读者之间有着深远的影响。柳青在病床上仍在精心修改《创业史》第二部的场景，让几代作家铭记于心，激励着他们执着创作，不断超越自我。今天我们重读柳青的这些作品，不仅将会更加深刻地理解柳青和《创业史》，而且将会更加深刻地理解当代文学与当代中国。

2020 年 11 月

目录

散文篇

新事物的诞生 ... 3

灯塔，照耀着我们吧! ... 7

第一个秋天 ... 22

王家斌 ... 27

一九五五年秋天在皇甫村 ... 35

王家父子 ... 43

邻居琐事 ... 53

重访马场村 ... 60

延安精神 ... 64

建议改变陕北的土地经营方针 ... 72

一个女英雄 ... 78

冰雪中悼大化 ... 88

萧克将军会见记 ... 92

中国人民的好朋友——史沫特莱 ... 100

目录

小说篇

待车　　　　　　　　212
误会　　　　　　　　195
牺牲者　　　　　　　180
地雷　　　　　　　　167
一天的伙伴　　　　　153
在故乡　　　　　　　128
喜事　　　　　　　　116
土地的儿子　　　　　108
废物　　　　　　　　105

散文篇

新事物的诞生

在陕西省渭水南岸一个角落里，挨近一道小河，有一个村，叫做王莽村。村里有一百五十多户人家。过去两年中，我上那里去过好几次。

我第一次到那儿去是在一九五二年冬天。那时我和县委的工作组一起到这个村上去帮助农民建立全县第一个合作社。

一九五〇年春天，这个村实行了土地改革。接着组织了互助组。过了两年，农民的觉悟提高了，他们建立了一个农业生产合作社。生产合作社的发起人蒲忠智和县委派去的干部一起制订了一个计划，打算先从十四户做起，一年以后扩大到四十户左右，并且再建立两个小社，三年里全村达到百分之八十合作化。

一九五三年，我住在离王莽村三十里路的地方。我经常打听王莽村的消息。起先得到的是令人愉快的消息。蒲忠智生产合作社的社员们把几条品种不好的公牛换了强壮的骡子；他们由于使用十英时犁，每亩小麦达到五百四十斤的平均产量，几乎是普通农户的一倍，比互助组也要多三分之一。我听说社里的最穷的叶灵娃也还清了债，而且交社六十万元牲口投资；净吃小麦，到稻子上场时还吃不完。这样的事在过去是没有的。这个例子很生动地说明了合作社的好处。

但后来情况变坏了。社员叶正贤过去是一个富裕中农，这时到处说：

入社不如参加互助组，参加互助组不如单干。有几个社员受了这话的影响，消极起来了。合作社内部不和，结果秋收受到损失。秋收不如夏收了。

秋收过后，社里开了一次社员大会，检讨过去的工作。叶正贤乘机在会上攻击合作社主任蒲忠智，并且宣布他要退社。他以为受他竭力煽动的一批社员也都会学他的样。

但是，这些动摇分子当中就有三个人当场后悔自己没有好好干，影响了秋收，白减少了自己的收入。因为全年的收入分配以后，社员的收入都比上一年多，这影响了那批动摇的社员，最后没有一个人愿意学叶正贤的样。

冬天，全国展开了学习党在过渡时期的总路线的群众运动。这一运动在农村进行的方式就是向农民宣传组织起来的好处，说服农民把余粮卖给国家。这样，农民就帮助了国家的社会主义工业化，使富农和商人再不能剥削缺粮的农民。

我也参加了这个运动，参加了许多次党、团的支部大会，全村乡干部会，妇女代表会，老人座谈会……我听了许多农民诉说过去的痛苦。很多人谈到将来的幸福生活，眼睛里闪着光。

在我工作的地方，大家净是谈论王莽村已经把余粮卖给国家的事。去过王莽村的人都羡慕地说，王莽村的人不但在扩大原有的合作社，而且还在建立新社。我想起了蒲忠智，也想到我们的合作社建立的第一年一起制订的一个三年计划，于是我就匆匆向王莽村跑去。我到王莽村一见蒲忠智，他容光焕发，喜眯了眼。

我问他计划执行得怎样了。他回答说："别说三年，两年就超过了百分之八十合作化。"我提醒这位主任说："可别搞冒了。"忠智动着他那说话时显得很有劲的薄嘴唇说："今年不同去年，今年人的思想变了。

只要人心齐，社务管理压死我也背！"

蒲忠智说："柳青同志，我们的社员都不愿意让那些自私自利心重的人入社。但这些农民都跑来找我，很像受了委屈，向我诉苦，并且保证要检讨改正。他们害怕将来入不得社。您想该怎办呢？难道咱能把人家挡在社门外吗？我个人认为我们应该吸收他们的。"

我表示同意他的意见。我问起叶正贤的近况来。他告诉我，叶正贤最近躲在家里，几天不出门。当他不得不参加什么会议的时候，他就远远地蹲在角落里。另外还有一个叫做叶明义的中农，过去是个动摇分子，现在却公开在会上庆幸自己没有跟着叶正贤一起退社。并且据说，叶正贤本人也想重新入社。

我建议说："让他再入社吧。一个中农走上社会主义的道路本来是要经过一番周折的。"蒲忠智说："可不是。等他申请的时候，我们愿意他回来。"

不久以后，我听说王莽村四个生产合作社已合并成一个，以中国共产党诞生的日子命名，叫做"七一联合农业生产合作社"。蒲忠智当选为合作社的主任。我还听说，叶正贤已满面羞惭地在一次大会上承认了自己的错误，要求重新入社。

最近，我接到到王莽村去的邀请。王莽村的合作社还邀请周围各区的许多互助组长。我到了村上，已经有一万多人在那里，他们正在兴奋地研究合作社经营的情况。许多客人拿着笔记本，记下合作社的章程和制度。一位社员站在农具库里的一具马拉犁旁边，向客人解释它的效用。有的客人关心地问合作社小麦的播种和收割时间以及收成的多少。他们也问起施肥和追肥用了多少肥料。在粉房里，我惊奇地看到，参观的人对这行副业也挺有兴趣。在牲口圈那儿，我又看到农民多么聚精会神地听一位老年的饲养员谈他的工作情况和劳动日的收人多少。在村子的西头，有一位王莽村的农民站在一个大土堆下面向参观的人解释，春天合作社拉来二千五百车的土，预备垫在牛圈。在一个广场边上，一大群人似乎在打量着好几道墙。到跟前发现原来这些并不是墙，而是堆得高高的土坯，是用来做炕和砌墙的。他们告诉我，已经用去的和堆在广场边上的土坯总共有十二万五千块。一听这个数目，许多客人都张大了口。

对于这个村子的生产成就感到惊奇的还不只是那些客人。有些当地居民也同样感到惊奇。我在村子的街上听到一个老人说，这样的事几千年也没有听说过。

中午开了一次会，会上有人宣读了生产合作社社员们给毛泽东主席的信。信里说，村里百分之八十三的农户已经参加生产合作社，百分之六十的居民有余粮。刚解放时，村里只有六十个孩子上学，现在已经有一百三十个孩子上学了。村里也建立了信贷合作，农民不再受高利贷者的盘剥。此外，百分之九十七的农民都参加了供销合作社。

互助组组长们也都在会上讲了话。他们表示要坚决学习"七一"生产合作社的榜样。

会后，农民在村子附近的田野里看斯大林格勒工厂出品的拖拉机表演。当拖拉机拖着犁扬起一片尘土驰过时，人群中响起了热烈的鼓掌声和欢呼声。二十四行播种机和圆盘耙也参加了表演。

由于观众的要求，这些农业机器表演了好几回。我听许多农民说："咱们可不能照老样子过下去。单干户豆腐干大的土地机器怎能使得开呢！"

"哎！"另一个说，"咱们得加油干，生产更多余粮卖给国家，咱们得自己造机器才成！"

灯塔，照耀着我们吧！

向农民宣传总路线和收购粮食的工作结束以后，又参加了一个农业生产合作社的建社工作，我在镐河边上的家里重新定居下来了。这时候，我才意识到竟有四个月的时光在外面奔跑中过去了。现在，在我住的地方，自然界已经发生了变化。镐河南岸稻田里的最后一批雁，嗷嗷告别着往北去了；不知在甚么地方过罢冬回来的小鸟，落在庭树上吱吱唧唧地道好；终南山脱掉了去年深秋就披起的那显得十分苍老的雪衣，只剩下山尖上还戴着一顶顶白帽子；而上下一望无边的麦田放射出春天的翠绿，是人们锄草的时候了……这正是我去年从县上搬到这皇甫村来时的景象。

自然界的景象按照季节的更迭，年年总是循环着变化，而人世上的变化在我们祖国这个伟大的时代，却是一年一个样。我在村外麦田里的小径上散步，在我目力所及的地方，到处是一长排一长排合作社和互助组的人，在绿茸茸的麦田里锄草——这边是男人们，那边是女人们，还有男人和女人混在一起的。偶尔有少数单干的人，孤身只影地在田野里闷着头锄草，看起来真像有些人说的那样——怪裂裂的。去年我初到这里时，只看见有少数互助组夹在遍地乱杂杂的单干的人们中间锄草，我真想不到今年这时会出现这样令人鼓舞的景象。

两个局面，两种景象——在我国人民奔向社会主义的道路上，我们很难在头一年想象到第二年的样子。

记得前年冬天我还在县上工作的时候，我们几个人曾到全村百分之九十以上组织起来的重点王莽村去，帮助他们制订三年建设计划。在互助合作方面，我们要求那时刚要建立的蒲忠智农业生产合作社一年以后扩大到四十户左右，并且再新建两个小社，三年里全村达到百分之八十合作化。我带着计划草案回到县上讨论还没一星期，从王莽村回来的人，就带来了不愉快的消息。忠智的思想负担很重，常常夜里睡不着觉；他对他在一年以后要领导一个四十户左右的社很熬煎，而大家对三年里全村达到百分之八十合作化，信心也不怎么强。土地加工、新式农具和生产指标都是根据互助合作的发展订出来的；如果基础成了问题，这个计划还能有甚么用处呢？

"即是这样，"我问从王莽村回来的人，"他们在讨论计划时为啥不说呢？"

"咱们讲了社会主义的远景，他们听了都兴奋得很；另一方面，他们是全县的重点，又不愿意显着保守。可是一看眼前的实际情况，碰到具体问题，心里就没底了。"

甚么实际情况呢？王莽村周围是一片分散的小农经济的大海；甚么具体问题呢？王莽村一般群众的社会主义觉悟程度并不像我们想象的那样高。怎么办？工作组只好帮他们修订计划，我做检讨，最后向县委会提议：派一个坚强的同志到王莽村领导党的工作，再以王莽村为中心建立互助网。在县委会根据这个意见作了决议以后，我就离开县上了。

我到皇甫村，不相信在这里搞不出个局面。整党的时候，我在这个村里住过几天。我发现这个在镐河边上号称十里长的大村子，有一个在减租减息、反霸斗争、土地改革和镇压反革命运动中显示过坚强力量的党支部；虽然很多党员有骄傲自满的情绪或退坡思想，经过整党教育也大体上克服了。我利用晚上的时间，给党员、团员、村干部和积极分子讲互助合作课本。乡干部也领导大家分行政村讨论了，大家也认识到新的任务是来了；可是整顿互助组的成绩很少。我们曾要求每个行政村组织一个像样的常年互助组做重点，给临时互助组带头；他们如果没有人带头的话，说起就起，说散就散了；而且总是在夏天活紧正需要互助的时候，散了。但是，我发现我们的要求和事实的距离很远。在七个行政村里只有三个村达到了目的，而且一村搞起不久就散了，重点组长刘远峰远远地看见我就躲。我追上他，他痛苦地发誓说人心不一，他这辈子再也不闹这事了。插秧的时节，有一大晚上，我帮助十字村郭远文重点互助组开会解决纠纷，他们说找不到副组长郭远彤。我满村打听，谁也没看见他。我到他家里，门上挂着锁。我用手电棒往里照，他在炕上用被蒙着头睡了。他在多半夜长的会上，除了重复坚决退组的话，再没吭过一声。结果这个组退出了两户，郭远彤不久搬到三村去住了；到那里，他进了一个寡妇的门。这个在土地改革中分配果实的时候被人称为大公无私的郭远彤，过他的小日月去了。我没办法把这个穷到三十几岁讨不起老婆的生产能手巩固到互助组里，是我去年最难受的事情。

我那时听到的尽是困难和麻烦。三村的富裕中农郭公平和几户贫农已经互助过二年，土地复查以后，他觉得再也不害怕谁了，退出互助组拿胶轮车赶脚。互助组缺农具和牲口，只好散了，各想各的办法。镐河南岸四村的中农董廷义原来是受过丰产奖励的互助组长，他从县上回来把奖状压在箱底，不给任何人知道。土地复查以后觉得又敢买地了，他就宣布不当组长了，而且说他的马有驹，不能给别人下水耕稻地；他地多，现在又只能开工资，没空给别人做活了。二村的中农董廷杰怕互助组使唤自己的大牛，卖了买小牛。六村的贫农高传正退出互助组，给富农做活，让富农的牲口捎种他的地。四村的民兵队长董炳汉觉得自己四口人分得七亩半地，又生了儿子，地太少了。他参加不参加互助组是淡事，可是挣死也得再买几亩地；于是改革土地制度才三年，他的地就加了一翻。

自然，这只是我听到的——我听不到的要更多些……

"世事就这样了。那社会主义不知在何年何月……"

"到啥时说啥时的话，人家到社会主义，还把咱给丢下？……"

"哥儿们先走一步，好了兄弟跟上来。街坊邻居天天看见，丢不远的……"

这就是我常听到的反映。这就是许许多多困难和麻烦的根子。我也常参加区上和县上讨论互助合作问题的会议。计工算账的方法、解决做活先后问题的方法、民主管理的方法——应有尽有的方法，方法很重要，有些方法也的确是好，只是到很多村里用处不大。许多人斗地主，捉特务的时候，敢说敢干，有办法；他们就对领导互助组发愁。去年春夏之间，我发现皇甫村有些党员和积极分子对我似乎疏远了，见了我很冷淡，找不到话说了。有人还故意躲着我走。我很纳闷。我把我的思虑告诉乡政府的同志，看我到这里来又做错了甚么事，或者说错了甚么话。果然，他们告诉我有些党员接受不了我在上互助合作课的时候说过的一段话。我记得我是说过这样的话：既然我们的国家要到社会主义去，农村党员就应该参加互助组，积极领导，那么着他们在社会主义改造中的功劳就更光荣；如果不参加互助组，他们以前的功劳就越来越没意思了。他们更不能理解这样的话："如果将来互助组都不要你，党还能要你吗？"特别引起我注意的是四村代表主任高梦生,他一见我就脸红。直到最后,他终于没有参加互助组,还并不服气地对人说:"俺没明没黑,风里雨里干了几年,难道不参加互助组就连党员也当不成了?"乡政府的同志对我解释,高梦生对一般工作还是照样积极。

我想起整党教育只解决了村干部土地改革以后的退坡思想、社会主义的教育却是抽象的、笼统的。那时我到过的四个区,都没有拿具体的互助合作问题教育党员,这皇甫村也是一样,高梦生的表现就是例子;他可以说出一大摊社会主义的美景,却不知道怎样才能到得了那个境地。难道这能算已经有了社会主义觉悟吗?不解决思想问题,计工算账的方法、解决做活先后问题的方法和民主管理的方法有甚么用处呢?

我住的地方和王莽村隔着一道神禾塬和一条滈河,有三十里路。可是我经常从县上打听王莽村的消息。我得到令人愉快的消息,也得到令人不安的消息。蒲忠智农业生产合作社由于使用十英时步犁,小麦每亩达到五百四十斤的平均产量,几乎是普通农户的一倍。我听说社里最穷的叶灵娃还清了欠债,交社六十万元牲口投资,净吃小麦,到稻子上场时还吃不完,怎能不愉快呢?可是不久,我又听说他的思想起了变化,下稻田捞草的时候,他在家里装肚疼歇凉。别人叫他,他却说:"入社不入社淡事!"现在,他嫌起农业社束缚他的发展了。他小俩口只分得四亩地,还要生孩子,地太少了;而且社里数他地少,他要出社多买几亩再说。就在这个时候,王莽村有两户中农要退出互助组,和农业社比赛产量,村里有两个互助组要散了。我听说忠智又要参加紧张的劳动,又要做巩固工作,常常夜里睡不够觉,很烦躁。我听到这些,怎能够安心呢?夏收评比中,我去看过他一次,消瘦得很,连剃头的工夫也没有。他对我说,人们用镜框子把土地证装起来,挂在屋墙上毛主席像下边，却打着自己的小算盘。我给他解释：土地改革以后，确定土地所有权是党的政策，这是国家现在的政治制度所规定的，对生产也是有利的；我们要到社会主义去，正是从封建剥削下解放出来的小农经济基础上一步一步前进。我鼓励他熬过农业社的第一年，来年要好办些。他说他也相信毛主席既然号召到社会主义去，那是一定能到的，只是来自中农和贫农两方面的自发倾向压得他背不住了。我这才更深地理解到我在王莽村第一次订罢计划，忠智因对领导四十户左右的农业社没信心而睡不着觉的心情。

实在话，夏收以后，我的劲头也不那么大了。局面并不是容易搞出的，我开始很少跑，关住门写东西了。皇甫村的互助组散得剩不几个了。两个重点组，一个在镐河那面，过河要蹚水，河底是卵石，夜里去开会，行动很不便；我一回也没去过，有一个农业技术指导站的同志经常住在那里。河这面的一个，乡政府联系着，我也只是隔几天才去问问情形。我只要求他们尽力不要使这两个组散了，并且最好能达到丰产；因为在农忙时很难发展互助组，就为来年打算吧。

秋收的时候，有一天，区委书记孟维刚高高兴兴地跑来找我了，说四村那个重点王家斌互助组丰产了。他们有一亩五分九厘做合理密植试验的稻田，达到了每亩九百九十七斤半的平均产量，其余都达到平均六百二十五斤，创造了全区的丰产新纪录。这时我才后悔我没到四村去过一回。我知道王家斌是四村的农会主任，整党以后才入党的；但是我甚至连王家斌是怎样个人也想不起来。我自愧我不会深入生活，联系群众。孟维刚说王家斌认识我，他听过我的互助合作课，在乡政府也常见；施肥的时候，他曾要求乡长请我去帮助他解决威胁互助组存在的纠纷，乡长怕打扰我的工作，没有告诉我，自己帮他解决了。

"家斌和梦生不一样。"区委书记给我夸耀，"他不大爱说话，只是眼睛注意盯着听人家说话，完了低下头想想，抬起头笑笑。红脸，两道浓眉，大嘴巴，下嘴唇略微长点。三十来岁，彪壮的很。他是在夏收时候替中农董廷义当互助组组长的……"

我想不起来。我问到他领导互助组的事迹，我被一个具有社会主义觉悟的新人的性格抓住了。王家斌在人们不注意他的时候，他偷偷地下了决心干。农业技术指导员曹大个帮他们的互助组订了水稻合理密植计划，他就自告奋勇坐火车到几百里以外的眉县去买优良稻种。他除了车票、稻种价、脚价，没多花一个钱。他用竹篮子提着干锅饼，来回吃了一路。他在眉县下车时，天下大雨，光脚片走了三十里，找到良种户。他买了二百五十斤稻种，雇毛驴驮了二百斤，自己背了五十斤，赶脚的说他是傻瓜。他回来把稻种分给大家，分冒了，自己少了，他就用当地能找到的次品稻种。他为了要达到计划里订的施肥标准，满头大汗地跑钱项。他到合作社交涉油渣，他到银行请求贷款；数不够，他掏了在区上工作的一个亲戚的腰包凑数。他为了组织组员们进终南山搞副业生产，把他母亲喂的正下蛋的母鸡卖了，凑伙食钱。大风卷起了一个组员的破茅棚顶，他在风雨的夜里上房顶帮人家缮稻草。在那个被自发思想迷了心窍的组长董廷义一再拒绝给缺粮组员借粮，宁肯放账不借钱给组里买油渣以后，王家斌代替他当了组长。现在，全组丰产以后，没有一个男女不感激他们的"家斌"的。孟维刚说好多人要求参加这个互助组，王家斌不敢接受，他怕人多了顾不来；他说他的互助组不光在劳动方面互助，经济方面也要互助。……

我的兴奋是可以想象的。新的人物总是在人们不知不觉中生长起来，当他们做出了惊人的业绩时，人们才看见他们。我说这是皇甫村一九五三年里重大的收获，区委书记不同意；他说这是全区的收获。我很喜欢听他这争辩，这表示他将会很好地用王家斌互助组的事实，推动全区的互助合作。

我再不能嫌到四村去过河不方便了。有一天早饭后,我在王家斌的茅棚檐下看见了他。他刚吃过早饭,蹲在那里叼着烟锅,陷入沉思里。我的登门拜访,一时弄得他手脚无措。我和他谈了整整一个上午,我们就变成知心人了。他本姓萧,九岁上到这皇甫村来才姓了王。他的令人辛酸的孤儿身世,他在解放前不幸的遭遇,他入党前思想上的变化,他对祖国未来的憧憬……深深地打动了我的心。我最后问他:他家只有四口人,一年收了二十几石细色粮,怎么用完呢?我带着浓厚的兴趣盯着他。我知道粮贩子到处活动,秋收后粮食市场反而紧张了;同时土地买卖的活动越来越多,我已经从乡政府的人听到他可能买地的风声。果然,他脸红了。他吱吱唔唔,半晌说不出个啥,只用羞怯的眼色瞅着我。我故意不提他可能买地的话,劝他继续发扬他这一年帮助组员的精神,扩大再生产,从那些请求入组的人们里挑选适当的人吸收入组,把来年的互助组办得更好,争取一九五五年转农业生产合作社。他一声没响,把我领出大门,指着和他的地毗连的一段地。他说,这是河那岸一村的一个农民的三亩地,要卖,已经上门问过他两回了;要是再过几天他还拿不定主意,人家就要另寻主了。

"不买吧,这地终究是卖的货;卖给旁人,咱那牛犊、猪、鸡出来就要伤人家的庄稼,断不了是非……"他的大嘴痛苦地歪咧着,他那略微长的下嘴唇显得更长了。

"买了呢?"我有趣地笑问。

"买下名难听得很呐!我就估量来,我连谁的面也见不得了。眼下孟书记、乡长和支部上的同志都看咱一眼着哩;组员们还都眼盯着咱,我一买全买开了……"

我帮助他下决心。我把毛主席关于国家过渡时期的总路线和总任务的指示告诉了他。他问我郭杜区搞"粮食登记"的谣传,说人心有些不安,互助组员们也问他。我告诉他,那是陕西省在那里的一个乡试办粮食计划收购和计划供应的工作;"粮食登记"是破坏分子造出来的谣言,"你相信吗?"

"就是嘛!我说毛主席总是给人民办好事,怎能把农户的口粮留下,下余的全发官价收去哩嘛!"

显然,家斌一下子还不能理解总路线和粮食统购统销政策的全部意义。不过,他可告诉我,孟书记已经给他叮咛过粮食除了吃用,一颗也动不得了。他感到神秘,这也加重了他买地的顾虑;那三亩地,人家向他要十一担大米哩,而且是要粮不要钱。

宣传总路线的运动展开了。我在家里越来越坐不住了。多少干部下了乡。村里白天黑夜开会——党、团的支部大会,全体乡村干部会,妇女代表会,青年代表会,民兵代表会,老人座谈会……成天锣声不断,传话筒哇哇叫。我想把我正写着的东西里的一章写完再参加,可是我的思想已经拢不住了。我拿起报纸,每天都是国家过渡时期总路线:支援社会主义工业化、农业的社会主义改造、工农联盟……人真有无法控制自己的时候,我不说写完一章,就是一页也写不下去了;正如外面是暴风雨,我在屋里不能工作一样。我把桌上的东西收拾到抽屉里跑出去的时候,宣传工作已经深入到行政村,向居民小组和互助组,向茅棚里和炕头上发展了。

有一天深夜,当讨论各村粮食计划收购的数字的支部大会散会的时候,王家斌照例点着他的玻璃罩小灯笼,准备过河回家。可是他点着灯笼却不走,一直若有所思地盯着我。我不明白他的意思,只管和工作组的同志说话。直等到我说完话走出门的时候,他提着灯笼跟上来了。他把我叫到没人的街角里,问我能不能参加一次他的互助组开的讨论会，他想以丰产互助组的名义首先卖余粮给国家。

"下决心不买地了？"我故意问他。

"这阵脑筋开了！"家斌不好意思地说，"我们自己开了两回会，讨论不深，组员们叫我请你。……"

我只参加了他们的一次会，也没说很多的话；道理在大会小会上说得够多了。我只帮助他们算了一下他们的丰产帐：化学工厂制造的赛力散、硫酸铵和过磷酸钙使他们多打了多少粮？农具工厂制造的解放式水车代替了清朝传下来的老式木斗水车，使他们多浇多少水，多打多少粮？组织起来集体使用劳动力使他们的庄稼多加了多少工，多打多少粮？而他们在没有这些条件的时候只打多少粮？这些条件是谁给他们的呢？当他们的互助组发生散伙危险的时候，是谁派人来帮助他们呢？谁给他们准备了化学肥料和新式水车？谁派人来住在村里给他们技术指导呢？会从吃了早饭开起，结束的时候已经点起了灯。他们明白了多余的粮食是党、政府和工人阶级给他们的，现在要拿合理的价格收购，能不卖吗？卖了的粮食将要变成更多的更便宜的化学肥料和新式农具，更多的更能干的干部和技术人员；这样循环着变化，拖拉机开到村里并不要好多年。……讨论的结果，六千零四斤粮食自报出来了；同时接收了四户新组员，立刻开始浩浩荡荡给冬麦地里上粪，在统购粮入仓的前几天就送完了。

王家斌互助组的影响使得四村在计划收购的任务到村里只半个月就超额入仓了。带着照像机的和不带照像机的记者们来了。这时候，我们前面已经提到的那位始终没参加互助组的村代表主任高梦生，已经不好意思站在王家斌前面了。他总是红着脸，寒酸地缩在旁边或后边，讷讷说："家斌，你把咱村的情况谈一谈……"

高梦生对我痛苦地忏悔。他说他从来也没服气过王家斌，这回服气了；往后的工作离开了社会主义不说话，不领导互助组就进不了人家的茅棚了。我相信梦生是觉悟了。在任务接近完成的时候，有一户他说服了多次不行，我们叫王家斌去了。大家等着他，正为了个别户拖延入仓而焦躁着，他回来了，喜咧了大嘴说："行了。……"

"你怎说的呢？"梦生惭愧地解嘲说，"我把啥话都给老汉说尽了。"

"老脑筋就是不容易往过翻咯，"家斌并不骄矜地说，"咱这阵就讨论入仓的日期，布置准备工作吧。"

据我知道，王家斌并不会说很多的道理；他的头脑并不如高梦生灵动，嘴也是相当笨的。但是村里人只要看见他，就可以想起很多的事情——他跟他母亲讨饭讨到皇甫村落的脚；他从会割牛草起就给人家熬活；解放前有一个丰收年，他和他继父租种了地主二十三亩稻地，到冬天只落得一垛稻草，自己跑终南山糊嘴。解放后分得了地，领导互助组丰产了；多少人卖地给他他不买，一心要奔社会主义去。——他走进四村，任何一个茅棚，叫声大爷、叔叔或者老哥，劝说把余粮卖给国家，谁能不动心呢？

在四村的统购粮入仓以后，王家斌对我说他想到王莽村去找蒲忠智谈一谈；现在互助组扩大猛了，男女上二十多个劳动力，不学习些办法怕拢不住了。我这才想起到王莽村去看看蒲忠智，听说他们比四村早完成统购工作十天，正忙扩社和建社。我答应家斌我先去约好他再去，免得忠智没工夫接待他。

我到王莽村见了忠智，他全不是夏天见他时的那个愁楚的样子了。容光焕发，喜眯了眼，抓住我的手半天不放，说他头一年订计划的时候犯了保守主义了，反过来要向我检讨。工作组给我解释说，宣传总路线的工作一到村，忠智又是多少夜睡不着觉。这回是喜得睡不着。睡不着他就索性点着灯，蹲在炕上他女人和娃的身边抽烟，同墙上毛主席的彩色像谈话；他俩一年前才在北京怀仁堂见过面。

"呀！"他说，"怪不得你老人家当俺们的主席！你怎知道自发势力压得俺背不住了呢？……"

我问他们扩社和建社工作的进展情况。工作组长告诉我：别说三年，两年就超过了百分之八十合作化；现在已经是四个社，还有两个互助组正在研究用怎样的方法说服他们再等一年；忠智的老社已经六十三户了……

"还有一户出门不在，"忠智插言，"那人回来，我估量棒打也挡不住！"

"可别再搞冒了。"我提醒他们。

"今年不同去年，"忠智动着他那说话显得很有劲的薄嘴唇说，"今年人的思想变了。只要人心齐，社务管理压死我也背！柳书记，你说有几户人有些毛病，大伙通不过，到我屋里哭哭啼啼不走，保证检讨改正，咱能把人家挡在社门外啦？人是不强，可是他们不入社，做完活连个一块说闲话的人也找不到了。……"

日头落进终南山的时候，我参加完他们的党支部大会走了，王莽村给了我一种强烈的感觉，好像社会主义明天早晨出太阳时就到了！

我回来，转到六村参加粮食统购工作，王家斌要到王莽村去了。高梦生拖着王家斌深夜到六村来找我，说他也要去；他已经组织起一个六户的互助组，准备还吸收三两户。他滔滔不绝地给我申述他非去学习不可的理由，保证他学习回来把四村全村组织好。他说他过去只是思想上模糊，才落在后边了。我看出他想开快车赶过王家斌的意思；而抢车是很危险的。我告诉他们：到王莽村去罢，千万不敢眼红了就急躁冒进；要把脚步踏稳，按自家的情况吸收人家的经验，切不可拿起别人的衣服乱穿，那是会闹出笑话来的。

果然，几天以后我从县上开完会回来，听说王家斌到处找我。他到六村，到乡政府，到区上，到我家里；他准备到县上去的头一天晚上我回来了。我被王家斌和一群组员围在乡政府；他们已经不说互助组，口口声声"俺社里""社员们"。原来他们在找不到我的两三天里，已经开了好多会；他们是把老婆婆会停顿住来找我的。我有言在先，说服他们在大互助组里再锻炼一年，眼下连办社干部也没有。……

"哼，俺们要到社会主义去，你打击俺哩！"

"不让俺们办社，你再甭到俺四村来了！"

"你倒说说俺们哪些条件不够办社嘛！……"

社员们放大嗓子和我嚷，王家斌却不说话，抿嘴笑着看我。他浑身上下舒服的样子，好像一蹦能跳多高。我怪他不该事先没说通就乱开会，组员们为他辩护。

"主任回来一报告，就不由他了。"

"俺们吃罢饭，谁也不叫谁，一会都到他屋里了。"

"俺们这阵除了办社的事，旁的啥话也听不进去了……"

我问王家斌，他给大家报告了些甚么。他竟说是关于王莽村农业社的土地评等、订产、折股、牲口投资、农具评价、树木处理、劳动日的折算方法……

"你不是到那里学习怎样领导互助组的吗？"

"我一到那里就把互助组给忘了，"王家斌咧着大嘴笑着说，"到那里再没消停，连着参加了三天三夜会。……这阵搁不下了，你就说咱们怎办吧？"

"梦生呢？"我原来怕他冒进，现在却不见他。

王家斌只笑不说话。乡政府的同志说，高梦生原以为他组织起了互助组，集体送了粪，好追王家斌了；没想到王莽村去一看，自己落远了。

第二天他要回来，王家斌不回来；他这阵嘴里只说王家斌办社条件不强，心里希望王家斌等他一年，来年一齐办社。……在奔向社会主义的路上有着多少紧张的竞赛啊！

我建议王家斌他们用正当的手续，通过区上请求县上批准。他们接受了。不久以后，县上批准了；只是县上没有干部，要等过了春节，第一批建社的工作结束才能派出工作组。正好，春节以后，皇甫村的统购工作全部结束了；我参加了他们的建社工作，直至三月十号开了成立大会。这是全区第一个农业生产合作社，从各乡来参加大会的互助组长们多少人争着上台讲话，多么热烈地表明他们决心巩固和扩大互助组，争取早日转社的心愿啊！

我从报纸上看到在今年春耕开始以前，全国新办起几万个农业生产合作社，还有几万个正在准备中。从我眼前的景象看来，这是完全可以理解的。农业生产合作化已经成为我国农民生活中的一件大事，每一个农业社的周围，没有一个村子不谈论这件事的。多少个常年互助组都在制订扩大生产的计划，希望秋后互助组评比站队的时候能站在前面；站在前面的先办社。皇甫村好多互助组长碰见我，问我有没有时间参加一次他们互助组的会；而现在十户八户的常年互助组太多了，我再也参加不过来了。

我在村里游转，在麦田里的小径上散步，听到多少有趣的事。那个发誓一辈子不闹互助组的刘远峰说："再也不敢往下蹲了，再蹲就追不上了。"他的互助组恢复起来，现在十二户了，那个搬到三村的郭远彤搬回十字村了，他还是副组长；那个组退出了两户，进来了五户。他们看见王家斌农业社全体青壮年女人锄麦，第二天他们的女人们也锄起来了。村里思想落后的人，现在也露相了；六村的人民代表高梦彬卖余粮不积极，又不接受批评，他直至开锄时还找不到着落，孤零零地单干着。一村有三个人自私自利心太重，哪个组也不收；虽然他们一个在村东头，另一个在村西头，第三个在中间，也联络在一块临时互助了。他们怕光他们不互助，往后办社时再不要，事就大了。

我问我碰到的互助组，他们发展得这样猛，巩固不成问题吗？他们都说不成问题。他们和王家斌的农业社"网"到一块了，每月开两次联席会，解决一切实际问题和技术问题。好多人说，出了天大的事也再不说退组的话了，要在检讨会上见面！我不止一次听到这句响亮的话："我们是铁锤也捣不烂的！……"

灯塔，照耀着我们吧！

第一个秋天

我有半个来月没过镐河去，只见河南岸一片绿蓬蓬的稻地，渐渐泛起了淡黄色。在关中地区，过了"处暑"就是水稻的成熟期，有经验的人站在地边望着正在灌浆的稻穗，就可以在心里算出收获来。

胜利农业生产合作社的六十几亩稻子，在捞过第二遍草以后，周围各村的人看见，就没一个不叫好的。我听说：社里的几个老人，经常一颠一跛转着看社里的庄稼；他们原先对社总抱着怀疑的态度，现在一个个心里都稳实了。一天晚上，驻社干部和社主任王家斌兴冲冲地跑来找我，说原计划在秋后扩社不行了，有三个互助组的十几户人，现在就要入社；他们不等秋后，为的是到社里好统一种麦。我觉得可以。这三个互助组是建社以后就当做头一批扩社对象联系和培养的，秋前入秋后入都一样。可是第二天晚上，住在村西南角的代表主任高梦生、一个代表和两个青年团员就也来找我了。他们要求这回以全村范围扩社，不要限地区。我花了两个钟头的时间，给他们解释"稳步前进"的道理，他们才同意在社外再闹一年互助组，准备明年全村办大社。……

收获——对农民——就有这样大的说服力和吸引力。我真想再去看看胜利社的稻子，它们在吐穗扬花以后变得真怎么好呢！

有一天，驻社干部和家斌领着我看了社里所有的庄稼——稻子一人高，稠密得进不去人；玉米棒棒鼓胀胀的又粗又长。特别好的是稻子，社里密植比社外的多出三分之一的撮数，在你面前满是穗子，好像毡子一样没一点缝隙。家斌抓住一把稻穗放在另一只手掌上，叫我看，净是稻粒，真可爱。

他们告诉我：哪块稻地每亩打了一石小麦，现在稻子长得比旁边互助组的白地稻子还强。他们给我指点：哪块稻地是互助组和社挨界比赛的，哪块又是单干户和社挨界比赛的；现在，那些稻子不说密度，就是高低也和社里的能差几寸。富农郭林萱有一块稻地，四十多年来，从来长的都是镐河上的头一份稻子，去年变成第二份，今年落在社里的大部分稻子后边了。家斌给我指出几块长得赶上他去年做密植试验的那一亩五分九厘地的稻子，那产量是差二斤半每亩一千斤。我知道社里订的生产计划，每亩水地赊了一石小麦，只计划了平均两石四斗稻子；而现在，家斌笑呵呵地说："看均拉上三石哩……"这就是说：胜利社今年要给全区提出一个新的高额丰收的水平了。

我看着胜利社的庄稼，就想起他们今年的许多事情来。

我想起他们和油脂公司订了磨一万五千斤芝麻的合同，要在三、四两个月里磨出来，赶着拿油渣上稻地的情景。先是一台磨子白天磨，后来加了夜班。到四月末尾，眼看麦子就要黄了，又添了一台磨子，日夜轮班磨。炒芝麻的、摇油的和拉风箱的，流了多少汗，熬了多少夜啊。人都瘦了，有的眼睛出了毛病；但他们坚持完成了生产计划，使按市价值近两千万元的油渣，不是靠银行贷款，而是靠劳动赚来，上进稻地里去了。

我想起他们在五、六月间，割麦、泡地、插秧、施肥、打场和捞稻地的头遍草，活路挤得那么紧，劳动那么苦的情景。全社三十几个男女劳力，蚂蚁一样乱撒撒地站了一地，有些老头也上了手。我看见他们这帮人割了麦，那帮人就泡地，第三帮人就插秧，第四帮人就往稻根底下塞油渣的紧张劳动。早晨，你还看见一块地里是金黄色的小麦，傍黑去看，那地里已经在明镜似的水面上闪着印花布一样的稻秧了。有多少天夜里，他们男男女女借着月光在地里割麦、捋豌豆。家斌和一个生产组长、青年团员陈家宽在几天里接连着都病倒了。我领着医生去给他们看病，心里真着急——地里的活路紧赶着，场里一山一山的麦垛垒在那里，而且这当儿，社员们中间还正是出问题多的时候。但他们克服了一切困难，熬过了这个全年最紧忙的季节。

　　一些目光短浅的人曾经怎样嘲笑他们啊。当打麦和稻子捞头遍草的忙口上，他们里头有些社员闹争工分的纠纷时，有人就等着看他们散伙的"热闹"。当他们赶着牲口上高原翻麦地，路过皇甫村郭家十字时，有人就指着他们的牲口，哈哈笑说："快看农业社的优越性来，牲口瘦得露出骨头了。"在稻子捞二遍草以前，他们一来因为麦地稻子栽得晚，二来因为油渣比皮渣发酵慢，稻子在开头普遍比互助组甚至单干户的差，有人就公开嚷着和农业社比赛。这些嘲笑确实叫人难堪，因为社里是闹过争工分的纠纷，社里的牲口是瘦，社里的稻子当时是差。自然，有些社员的思想和情绪受了影响；但王家斌不动摇、也不悲观，他对社外的嘲笑不声不响，对社员竭力说服教育，要求大家忍耐着看结果。

　　现在，社里自七月初做过半年总结以后，再没出什么大问题了。牲口因为活轻了些，有了青草吃，肥壮多了。庄稼找出最坏的一块来，也比社外最好的强。家斌，这个年轻的共产党员，劳心劳力，夏天瘦得变成了另一个人。他眼窝深陷，嘴更大了，嘴唇不是这块就是那块，总是烂着；这阵他又红光满面了。见人总是咧个大嘴笑呵呵的。他怎能不高兴呢？现在连最瞧不起农业社的人，也不得不在事实面前低头了。

　　看罢社里的庄稼，我就参加他们的扩社委员会，研究扩社工作。

家斌告诉我，他忙得不行。除了胜利社扩大，在秋收秋播前的这个闲月里，周围三、五里以内要新建五个农业社，还有十几个正在积极准备秋后建社。个个建社的村子都请他去做报告，哪个村他能不去呢？他曾到临近的没有农业社的子午区黄良做了一回报告，后来本村有个互助组请他去帮助解决问题，他因为社里正有紧事推辞了一下，那组长就不高兴，说他是"丈八高的灯台，照远不照近"。这阵，他除了做报告，还要接待到社里来学习的新建社的骨干分子和来"田间观摩"的互助组长们。做半年总结的时候，我就知道：社里多的做了五十多个劳动日，少的也做了三十多个劳动日，只有家斌只做了十六个劳动日，比他的女人还少。全体社员都对他这点过意不去，可是他说："没关系，够吃就行。我的任务就是要大伙都分粮多咯。我分得冉少，难道还会和小时一样讨饭吗？……"现在，我笑着叫他把他的"任务"扩大一下，不光顾他们一个社，还要带动许多新社前进。

"谁叫你们头一个办社呢？"我说，大伙都笑了。

胜利社今年紧张艰苦的劳动，社员之间和每个社员自身新与旧的斗争和交替带来的许多复杂问题的解决，活路的安排，人力和畜力调配上的各种困难的克服，都使我深感到：要把一个地区内的头一个农业生产合作社办好，并不是一件容易的事情。家斌还年轻，才三十来岁，在艰苦的工作中磨练才二年。他今年夏天才第一次在县人民代表大会的讲台上露面。他的实际影响还仅限于本区邻近的几十个村子。但是对一个年轻人来说，领导一个新建的不断发生问题的农业生产合作社，一年里没烦躁过一回，没灰心过一回，没叫过一回苦，没对任何社员发过一回脾气，这可不是很简单的事。他的阶级觉悟和谦逊的性格，他的远大志气和宽宏的度量，一年里多少次使我受到感动、启发和鼓励。我见他只掉过一回眼泪，那是一个简单急躁的生产组长犯了错误，回想起自己在旧社会所受的可怜和压迫，检讨时痛哭流涕；他陪着掉眼泪的。他在镇上赶集，有人说："王家斌！"有人就问："哪个是王家斌？"撵上看他，但从他的形样上什么也看不出：他只是一个平凡无奇的人。

我时常想：人的精神就是这样纯净；这是一切事业成功的最根本的因素。我在县上听说有这样一个农业生产合作社的主任，嘴里叼着根纸烟满街遛，东咋呼西吼叫，头扬了多高，社里的棉籽被雨淋得生了芽，他看不见；驻社的区委副书记经常替他主持开会，清理工账和财务账，问题还是蛮多！虽然我经常惋惜家斌办法不多，考虑不细密，魄力不大，我却从心眼里喜欢他。他要成长。在我们的社会主义建设事业中，他也一定会成长起来的。

当我为纪念建国五周年写这篇文章的时候，刚动了笔，区委书记同几个建社和扩社的干部又来找我了。他们那么兴奋地给我谈各社讨论第一个报告的情况。报告是关于两条道路的；讨论的方法是"想想过去，看看现在，望望将来"。他们说：各社都有说得痛哭流涕的人，要求入社的人都是远超过预计的户数……

在情况是这样的时候，我们怎么办呢？这是很明显的——勇敢地迎接下一个困难的、艰苦的春天。

一九五四年九月三日在皇甫村

王家斌

刚到初冬，榆树、柳树、槐树都还没落叶，陡然间下了一场大雪。雪花一片一片落在枝稠叶密的树上，渐渐成了堆，压弯了大树的树枝和小树的树身。最后，许多茶碗粗细的树枝和树身，竟也负担不起雪堆的重压，终于接二连三咔嚓咔嚓的折断了。

也许有人怀疑：自然界真有这样的怪现象吗？但这是一九五四年冬天终南山下平原上的景象。在路上和村里看见树木东倒西歪，折枝断干，虽然人们嘴里都说来年的小麦丰收有了把握，心里却总觉着有些惋惜。这场雪还没化了，连续三天两日的大风雪，又来了几场；这先前虽在数九天也是遍地麦苗绿的平原，现在整个都被很厚的积雪覆盖得严严实实了。有几天，大风雪断绝了交通，封锁了村庄，有人顺手抛出扫炕的笤帚，追打溜进院里来觅食的野兔。

住在山海关外的内蒙古草原的人们，是过惯这样的冬天的。他们有各种皮衣、毡靴、靰鞡鞋；而且，他们不是收完秋就进山砍劈柴，便是会用早就晒干的牛粪块打火盆。但是住在从来不曾结过一层薄冰的镐河边的人们，却是在只能蔽风雨的稻草棚棚里，毫无准备地遭受着这严寒的突然袭击。多少女人们和孩子们的脸和手给冻坏了；老头们和老婆们拿被窝盖着腿脚坐在灶壁后面，整天怕下炕；牛在牛棚里哆嗦着，多少瘦弱的老牛倒下去了。……

一天黄昏，我在皇甫村三村参加罢光明农业生产合作社的会，踏着镐河北岸大路上的积雪回家，忽听得背后有人喊叫着追赶我。我转过身，见是四村胜利农业生产合作社的主任王家斌，鼻子和口喷着三股白汽朝我跑来。到我跟前，他用袖口揩着在红腾腾的额颅上冒气的汗水，说：

"怎办呢？县上给区上打来电话，叫我明儿一早去给青年团的建社骨干训练班做报告；可是社里实在走不脱。你能不能给县上打个电话，说我去不成？……"

我还以为胜利社也出了什么事，听了他的话，虽然他的样子很着急，我却释然放心了。我听家斌说过青年团县委约他给训练班做报告的事，也听他熬煎过社外活动的圈子越来越大，加重了他的负担；但是这又有什么办法呢？在通往社会主义的路上，走在前边的人是理应向大伙讲讲他们是怎样走的，特别是在农村应该这样。……

我问他："你怎么走不脱？"

他说："社里喂的那个母猪，就在这两天下猪娃。你看天气这么冷，弄不好，猪娃会连一个也捞不住，都得冻死。"他转眼望看一眼看不到边的雪盖的平原，叹了口气，"唉！碰这么巧，这窝猪娃可把我整住了……"

我口罩上面露着两只眼，盯着他不安的神情，忍不住笑。的确，一个人对某种事业专心到入迷的程度，他的说话和行动有时真能逗人笑。秋后，关于胜利社喂母猪下猪娃的事，家斌给我津津有味地说过无数遍，常常在和我谈着别的话时，也岔到这件事上去。新队员里有两户喂着母猪，他说服他们都把母猪投资到社里；可是一户说服了，另一户说什么也不干。按家斌的计划：社里的豆腐房要喂两个母猪，社员们不掏现钱就可以逮猪娃喂；猪娃大了，社员们喂不起了的时候，社里就可以不掏现钱喂大槽的壮猪；等到社里卖了肥猪，给社员们交壮猪钱，社员们给社里交猪娃钱。他说，这样一窝接着一窝；社里和社员们的猪圈里就能常常听到猪叫的声音，社员们手头就会常有买油盐的零钱用，社里的猪粪也会在不知不觉中积起好多堆来。……

现在，我笑着给他解释：他的计划好是好，可是社大了，他这当主任的，该改变一下过去办小社时的作法了；还像过去那样大小事都由自己经手才放心，不行了。我要他把活安排好，把责任交给一定的人。

"你想想，就为社里的母猪要下猪娃，你就不能给全县的青年团的骨干分子去做报告，这像个话吗？"

家斌听了，也不好意思地笑了。但也随即还是呆望着白皑皑的平原，叹着气，咂着嘴，一只粗大的手掌摸着耳朵后面的脖项，作着难。

他伸手用粗糙的指头给我计算着：社里有三个人在县里办的会计训练班和青年团员训练班学习；两台豆腐磨子占去了六个人，一天做二十个豆腐，要十个人挑到镇上去卖；赶胶轮车的原来只要一个人跟车，现在路上不好行动，得两个人；六个人到军队的营房里去担大粪，这是和其他农业社议定轮流的，少去人要吃亏；另外，还有两处马房和一槽壮猪，为了保护牲畜安全过冬，担土、起圈，都配了专人。

"眼下还只我是个活便人，"他最后苦楚地说，"我在社务会议上说了，这母猪下猪娃的事靠不住时辰，由我负责。并不是我不放心旁人……"

"难道你从几十户社员里就找不出一个人来，替你照看一天母猪下猪娃的事吗？"

他沉思地说："要找，也能找下；只是，至而今我们就没琢磨出个好办法，想不出怎么着才能把猪娃下活；我就这么掼下到县里去，心还在社里,怎能给人家报告好呢?……"

他忧愁地告诉我,他们研究了许多办法,都不行。譬如说,把母猪吆到稻草棚棚里下吧,人烧着热炕、盖着被窝,夜里还冻醒来,猪娃怎能受得了呢?譬如说,烧柴禾给猪娃烤火吧,这整个冬天要烧多少柴禾,这窝猪娃要多大成本呢?

他的忧愁引起了我的同情。我看着他那焦灼的神情,再也不觉得他好笑了。

我说:"这样的天气,万一……"

"不敢!"家斌坚决地说,"一窝猪娃事小,你说的,政治意义大。大家会说:'胜利社好!胜利社的猪娃,一个也没活了,——……'"

他说着,朝着镐河北岸高原的崖壁歪着头,表示这是他绝不能让它发生的事情。他对任何困难都不屈服的性格,我是知道的;我也知道他决心把这第一个农业社永远保持在全区向社会主义前进的最前头。特别有趣的是:自从秋后总结时我说过农业社的庄稼增产或减产、牲畜兴旺或死亡,都是有政治意义的话以后,他开会讲话、批评人、和人谈话、商量事,开口闭口"政治意义",常引起人们善意的笑。

我看他盯着高原的崖壁沉思,也作起难来。可是,过了一阵,我看见他的眉毛突然松开了,脸上露出微笑,两眼也闪出了光来。

"有办法了,"他高兴地说,"甭打电话了,我明儿一早就到县上去。"

"什么办法呢?"

"过几天猪娃下活了,你就知道了。天太冻人,你快回你的家吧。"他说着,就匆匆忙忙地走了,把积雪踩得咯吱咯吱地响。

几天以后,我在三村就听见人们到处谈论着一个笑话。王家斌把胜利社的母猪从镐河南岸的稻地里,吆到北岸高原崖根,借赵老二的一个冬暖夏凉的窑洞里下了猪娃。因为没料到当天夜里就会下,没指定人住在那窑洞里,弄得下了十三个猪娃,被它们愚蠢的母亲压死了两个,活了十一个。而那个说服了多次都不愿把母猪投资到社里的社员雷恩让,他的母猪是在白天下的猪娃,下了十四个。雷恩让给刚下的湿淋淋的猪娃烤着火,他的老婆用大筐提着稻草,两口子忙了一整天,饿了一整天,到天黑时,一停止烤火,十四个猪娃就一个接着一个死得光光的了……

人们不光谈论着胜利社这窝猪娃,还谈论着每天早晨,在白茫茫一片的冰天雪地里,胜利社的十个人一摆溜去卖豆腐,六个人一摆溜去挖大粪的浩浩荡荡的声势;谈论着胜利社的牲口在严寒中不仅没掉膘,因为喝着豆腐浆水,反而都冒膘了;谈论着区供销社因为路太坏叫不到胶轮车的时候,胜利社的胶轮车套上四个骡了,二个人赶车,给供销社拉货,保证了人民生活必需品的供应没有中断。……

"看人家胜利社的人走步多带劲吧!"

"多少人冻坏了手,还不挖粪就卖豆腐哩!"

"唉!甭说那些了。大风大雪里赶车多险乎呀!"

这些赞叹的声音,给人造成了一种鲜明的印象:劳动在胜利社的确已经不是沉重的负担,而是光荣的、豪迈的、英勇的事情了。我也没有想到:仅仅经过一年的生产和分配的成功,社员们在劳动态度上就起了这样大的变化;我更没想到:年轻的王家斌只当了一年社主任,就能把一个扩大了的农业社料理得这样井井有条、生气勃勃。在秋收前扩社的时候,我还顾虑他办法不稠、考虑不细密、魄力不大,怕社大了他弄不好;而现在,许许多多的事实证明:他已经摸到一点领导的门路了——每一个时期,他都会抓住最重要的或最困难的事情,由自己来承担。

人们赞扬着,在胜利社新的马房牲口刚合槽的时候,家斌在那马房里睡了多少夜觉,具体地教给还没有喂过大槽牲口的饲养员应该注意些什么。胜利社的豆腐坊一开头赔钱,他整天在豆腐坊里,和副业上的人物研究,提高了出豆腐的分量和质量,使镇上胜利社的豆腐摊前面,买主们排起队来。后来,他主持卖了余粮、还了贷款、和供销社订了春季副业的产销合同,他就把他的全部身心都贯注在买胶轮车上。他从西安买回来两个胶轮,搭车只能搭到离村十里的地方,他就自己挑着两个轮胎往回走。翻过了神禾塬,汗水就湿透了他的棉衣,到镐河北岸,他再也挑不动了。他把轮胎寄放在乡政府,有人很关切地要他回去派人来取,可是他歇了歇气,看了一阵,还是背了一个回去了。胶轮车在大雪纷飞中,在社里社外的全村人的目送下出了车,他的注意力就又集中到那个母猪的膨胀的大肚皮上了。……

不过,你能说这仅仅是办事的方法问题吗?不!这最主要的是一个共产党员——农民往社会主义去的引路人,全心全意为大伙办事的精神啊!

有一天,我抽空过河南岸到王家斌的家里去了。他的母亲和媳妇用被窝盖着腿脚,坐在稻草棚棚的炕上,守着他病了的五岁的女儿彩彩。这女孩在这样严寒的季节出麻疹,发高烧,白天黑夜喊叫着:"爸爸!爸爸!"我一推门,小彩彩以为是她的爸爸回来了,又喊叫着爬了起来。当她发现不是她的爸爸时,眼泪一颗跟着一颗,从她那红苹果似的小脸蛋上,扑簌扑簌滚了下来,小嘴唇一抽一抽地哭了。

家斌的母亲叹口气告诉我,他不光白天不着家,连黑夜都不回来也有日子了。

家斌的媳妇李凤英苦笑地说:"我到这屋里这么些年,主任啥时也没今冬里能跑。你这阵听说他在那里,赶你到那里,他早到旁处去了。"

第二天傍黑,我偶然在皇甫村郭家十字碰到了家斌,他在那里等着胶轮车回来。他一开口,我大吃一惊,他的嗓子哑得简直像老猫叫唤了,似乎喉咙里堵塞了什么东西。

"你这是怎弄的?"

"咳嗽咳的。"他沙哑地说。

"怎会咳得这样厉害呢?"

"黑夜住的地方不对劲儿。"

"你住在哪里呢?"

他告诉我,他借住在郭家十字一家人的磨棚里,他在那里:成夜地喂拉胶轮车的骡子。他解释:这一方面为了赶车的冻了一天,让他们回家去睡热炕,第二天天一亮好出车;另一方面,他一早一晚总要过河来喂社里的母猪,就索性住在河这岸来。他说咳嗽得厉害倒不完全因为天冷,他用稻糠烧起一小堆火取暖,烟呛也有大关系。……

"你去看我们的猪娃不?"他带着胜利的骄傲问我,"你看,走吧!人一进去,跑得嗵隆隆的,可亲人哩!"

他那口气听起来,他对猪娃有多么深厚的感情啊!难道他还一点也不知道他的小彩彩在麻疹的高烧中受着折磨吗?

实在说,我对猪娃的关心没对家斌的关心大。我问他:

"你们的胶轮车回来,骡子为什么不送到社里的马房里去喂呢?"

"一早一晚蹚两回河,骡子腿上结冰溜子,受不住啊!"

"走!咱们看你住的地方去。"

我们到了他住的磨棚。没窗子,土墙上只有一个斗大的通风洞口。没门,只挂着一块稻草帘子。一边是一大摊垫好了干土的牲口粪,另一边是一小摊稻糠烧过后的灰烬。在这个角落里,铺着些稻草,上边掼着一个破棉袍,这就是他的宿处。我仰头看看,稻草棚棚上挂满了长长短短的灰尘丝子。……

"同志，"我很不满意地说，"你太过分了吧？难道就没别的办法解决这个问题吗？要爱护牲口，也要爱护人啊！"

家斌毫不为苦地笑着，沙嗓子说："民国十八年冬里，没今年冬里冻人，也差不多少。那阵我九岁，跟俺妈讨饭。先是睡在人家的大门道里，冻得受不住；后来睡在庙里，还是冻得不行。我们钻进人家烧砖瓦的窑里，不冻了；可是窑主人撵我们，我跟俺妈在雪地里哭。……"

他见我眼里漂起泪花，不再说下去了。我承认，我的感情太脆弱，经不起这样感动人的事刺激。我这个知识分子和家斌相处了一年，从他那里学到的太少了；他是这样地豪迈，说着他悲惨的童年时的事，好像说着旁人的事一样！

我们是我国第一批建设社会主义的人。历史赐予我们这样大的幸福，使我们亲眼看见无数座大建筑物从地面上冒起，通往拉萨的公路怎样修过世界屋脊，通往伊犁河畔的铁路怎样修过乌鞘岭，通往蒙古的铁路又怎样修过没水吃的草原，我们是从报上而不是从历史书上知道的。而且就在我们眼前，成百万成千万的农户带着各种复杂的感情，和几千年的生活方式永远告了别，谨小慎微地投入新的历史巨流，探索着新生活的奥秘！当我们想到我国社会主义建设的每一点成就，甚至于一个农业社的一窝猪娃这样一小点社会主义家底的积累，都是多么不容易的时候，从我们内心能不涌起对那些为社会主义而辛苦的人们的热爱吗？

一九五五年二月五日在皇甫村

一九五五年秋天在皇甫村

晴朗的秋收时节,镐河上的村庄弥漫着扬粮食的尘雾。你无论走到哪里,都有股清香的稻谷的气味冲着鼻孔。

胜利农业生产合作社用收割过玉米的十几亩地,做了三个大场。虽然按地点适中,分布在镐河南岸,但是彼此可以相望。老年人手执鞭子,牵着牲口碾场;妇女们有的从庄稼垒起的墙壁上拉下来稻捆子,有的用木杈抖场;精壮的庄稼人——男的和女的,赤脚上穿着麻鞋,从稻地里挑来新的稻捆子,放在场边,一边走着,一边朝着跟老奶奶耍的自己的小孩笑笑,又到稻地里去了。……所有这些紧张的劳动,都是在扬粮食的尘雾底下进行着。在场的四边,一忽儿一个新的粮食堆凸了起来。一些白胡子老头吸着旱烟,为它们的数量打着赌,谁也不相信自己会输眼,等着干部们过斗。

太阳接近了西边的地平线,男人们和女人们收拾完家具,向中间的大场聚拢起来。从朝鲜回来的炮长、共产党员董廷华笑眯眯地钻进为了夜间照看粮食搭起的稻草庵子,小心翼翼地抱出一个四灯的直流收音机来。过了一刻,从北京广播电台发出的音乐,就在暮色苍茫中悠扬嘹亮地飘荡开来。你看那些坐在扫帚和麻袋上的男男女女吧,多么陶醉啊!

"你们劳累了一天,为啥还不回去吃饭呢?"

"我们听听北京今儿说些什么,回去吃过夜饭就不来了。……"

啊呀!好大的气概!这是一九五五年秋天中国的乡村吗?这是我住了三年的皇甫村吗?我的祖国,你不是在前进,而是在飞奔!我是多么幸福,和这些人在一起——在我面前的人群中,有七个共产党员,十三个青年团员;我知道他们谁正在申请,谁正在为了可以申请而暗自加劲。在我参加这个社的建社工作时,只有一个党员,没有团员。以前有过这样的事情吗?老年人为了自己的儿子、姑娘和儿媳妇没有入党或入团很不高兴,和他们说话时气很粗,眼光里带着责备的表情。这是一种什么性质的变化?什么力量促成了这种使人睡在床上也觉得浑身是劲的变化呢?

五十几岁的陈恒山蹲在我跟前,吸着旱烟,用心听着广播。

"好嘛!就照这么办。对着啦……"他在和收音机谈话。

我笑他:"你说啥?"

"我就爱听这个盒盒说的话,"他答非所问地说,"听一天也不腻味。唔,这就是替毛主席传话哩嘛……"

看到这老头对合作化运动也显出关心,是多么不容易的事情啊!办社两年以来,陈恒山参加的会是有数的几回。他说:"给我派下啥活,我干啥活。会我不参加。"打发人去叫他,他大咧咧地睡在炕上,搂着娃吸旱烟。对他,社干部没有一个不发愁的。他的问题很棘手:地少、娃多、劳力弱;他认为世界上没有什么"主义"能把他从贫困中解救出来,除非他的娃们长成了大人。建社的时候,旁人卖了小牛交股份基金,他卖了小牛还账;原谅他吧,因为他"光是没朝镐河滩里的石头借过钱"(这是他自己的话)。一次又一次分配,他的收入一次又一次增加;但是在几十户社员中,只有他一户不够生活。先是够吃,缺穿的;"光交购布证不交钱，人家不给扯布"。后来勉强可以穿上了，点灯吃盐还是问题。社里经常借钱给他，却没有任何名义不要他还。只有今年订出秋收预分方案的时候，他高兴了，像个小孩一样喜得合不上嘴——这条路真个有奔头啊！啊，陈恒山够吃、够穿、够用了！你看他干活的那股劲头吧，再也看不出一点"混社"的态度了。

陈恒山的事实把那些最谨慎、最保守的农民对农业社的疑虑都打消了。社员们普遍从镇上买回席子扎新席囤，成了风气，这使得多少还想再看一两年的人打定了主意。在秋收以前扩社的时候，只要锣声一响，哪怕大雨如注，哪怕天黑地黑，霎时间小学校的教室挤得满满流流，如果有人开谁的玩笑说："你今年入社恐怕审核不上吧。"那人脸色立刻变了，吃不下去饭，睡不着觉，满村找社干部，说话带着要哭的神情。……

"今年扩社和去年大不一样，"有一回，社主任王家斌快活地对我说，"人家把家庭会开好，等着报名。有两家邻居，为一点纠纷，多年不说话；现在，不要干部调解，自动讲和了，准备一齐报名。有些人为人有毛病，不等旁人提，自动地要求检讨……"

我知道胜利社这回扩社的曲折的经过。头一回，二十二户；在关起门处理问题的时候，多少人还在掀社的门。不得已，第二回开了点缝，想放几户进来，却涌进来十几户。最后，村子沸腾起来了，连那些按照自愿和领导掌握规划到来年入社的少数农户，也没耐心等来年了，只好把全村自愿和有条件入社的人，全放了进来。这样，做好了统一播种冬麦的安排，才开始了秋收。现在，在秋收中间，村子里普遍谈论着另外的事：要买抽水机，要扩大几百亩稻田面积。

在皇甫村四村第三选区，只有一户没有入社，他叫宋志让。他喂一匹好母马，一年下一个骡驹。他的这点"优越性"使他不愿意看见任何人碰一碰他的母马。如果要把他的母马拴到社里的马号里去，那就等于把他的魂灵没收了。他会变成一个没一点力气，拿不起任何轻便农具的人；虽然他的身体那么结实，劳动那么卖劲儿。

"宋志让，"有人问他，"你几时入社？"

"富农几时入社？"他反问。

"富农嘛，现在说不准……"

"富农几时入，我几时入。"

他的口气的肯定说明他的态度有多么坚定。他是一个沉默寡言的人，不听闲话，更不传播闲话。他把自己的东西当做宝贝。私有制对他是天经地义。他相信自己的力量，起鸡叫睡半夜地劳动着，一阵也不闲。别说参加互助组吧，他就是进终南山，到镇上去赶集，都不结伴，总是独来独往。没有分地，也没买地，他家里的人经常吃得饱，穿得新。他的家庭总是和睦的，他的情绪始终正常，既不趾高气扬，也不垂头丧气。村里人说他落后也罢，赞美他会过光景也罢，他都无动于衷。他简直不像一个活人，而是某种抽象的概念的化身。

但是在一九五五年的秋收时节，宋志让抬不起头来了。他开始一边干活，一边叹气。他的家庭变成了经常吵闹的场所。他的老婆、儿子、女儿……所有的人都攻击他，不给他安宁。他想顺顺气气吃饭，不可能；他想静悄悄睡一下，不可能——他们向他这座沉默的堡垒发动总攻。他们是活的人，他们要串门，要上学；他们要和人来往，要说要笑；他们也爱母马，但是受不了孤单的痛苦。他们进一步对付他——宋志让从地里担着稻捆子回来，发现场里的活没人干。他蹲在场里，低垂着头，一大滴一大滴的眼泪掉在地上，一滴摔几瓣……

哭吧，宋志让！你用眼泪送私有制的终吧！

整个皇甫乡到处是扩社和建社的声浪，除了地主、富农和受过管制的人，没有多少人不在争取入社。

有一天早晨，我到神禾塬上去散步，碰见第五社主任李观水。

"老柳，我们碰上个难题，你说怎么办好？——聋子要入社。让他入吧，他的两个耳朵简直聋得像洋灰灌了似的，再大的声音也听不见，光能靠手势和他说话，大伙都嫌麻烦；不让他入吧，他又不哑，在村里乱吵嚷。"

我笑说："叫入吧，他还有个儿子……"

"儿子才十三四，不懂啥，也不会干啥。"

我答应了解了解再说。

啊呀！这聋子是这样聋啊——把我不叫同志，有时还叫老爷。他耳朵听不见，又不识字，是个睁眼瞎子，时代的变化他都不大感觉得出来。他的神禾塬崖根的窑洞，在秋雨中坍了，和儿子借住在寡妇郭高氏的大门道里。人们告诉我，按照地亩、地等和人口给他计算出的农业税，他还把它说成是给他派下的粮，要求减少。他要参加农业社，却不知道这个名词。

"我也要联合！"他大声嚷着。

旁人指指他，摆一摆手。

"不！我也要联合！"他坚定地说，指着寡妇郭高氏说："为啥有福他妈能联合呢？"

旁人指指耳朵，又摆一摆手。

他说："没要紧，我能看见！我也要联合！"

大伙哈哈大笑。他认为旁人在愚弄他，他吃了亏。

"甭把我当傻瓜！联合里头的庄稼长得好，牲口壮实。有福他妈从前不喂牲口，这阵常拉大骡子套磨子，当我看不见吗？这回说啥我也要联合！……"

你看:还有比这个聋子再落后的人吗?但是他看到了最主要的一点。

皇甫村六村有个老头,一天早晨在镐河边的马路上挡住我。我在皇甫村住了这些年,好像根本没见过他。他说他常见我,告诉我他叫什么名字,住在村里的哪一块,和某人隔墙。我的印象里有许多头发胡子灰白的老头,他们的名字我听过就忘了。当我决定把这个老头和我的谈话写进这篇短文里的时候,我怎么也想不起他的名字。这自然怪我粗心;但另一方面,也的确说明这类老头在村里并不积极,他们与社会活动和公共事业无关。如果把我们当今的社会比做激流的话,他们是激流旁边的漩水湾里的泡沫,在那里漩几个圈儿,就准备幻灭了。但是现在,他把我拉在马路旁边的一棵白杨树底下,显得很不平。

"柳同志,我有一件事,你能给我办吗?"

"什么事情?"

"我们村里东头秋后建社,我要入……"

"你在他们的互助联组里吗?"

"我没入互助组。有八亩地,我自个种着。"

"你家里几口人?"

"三口。娃在县中上学,我和老伴在屋里。"

"你给他们说过了吗?"

"我给他们说得早。他们说:'好嘛,等建社干部来了再说。'可是他们开会不叫我。见天黑间我早早吃了饭,在屋里等着。他们今儿也不叫我,明儿也不叫我。听说他们开会,要把麦往一块种,我心里更着气。他们不是拿句空话骗我吗?"

老头说着,眼里射出凶狠的目光,显出他是个性格倔强的老人。

"你问过他们为什么不叫你吗?"

"没问!"他气愤地说,"听人说嫌我劳力弱。我劳力弱?我那八亩地哪年撂荒了？地里场里的活儿，啥我不能干？我光是不能养娃！"

我忍不住大笑。可以看出他们不叫他，或许是有顾虑的。他和我说话大吵大嚷，就显着他是一个不好相处的人。我转转弯弯地说明：一个人不应该吵嚷。有时候的确是旁人不对，有时候自己也会有点毛病。如果表现出自己愿意改正平时为人的毛病，光剩下旁人不对，那就好办了。……

"我有毛病，"他果然承认，"我入过几回互助组，都没到头。可是开会把我叫上，我好检讨呀！"

最后，他告诉我，他一定要入社。他表示为了这件事，他不惜把官司打到北京。他说：我不是草草率率做出这个决定的；他到全皇甫村的六个老社里打听过。在决定以前，他有好几夜没睡着，并且到县中去和儿子商量过。今年镐河涨大水，冲了六村的几十亩稻地，他看见了的。单干户和互助组有人蹲在地边哭鼻子，而社里的人有组织有计划地成夜看水口，排水。有几户被洪水冲了稻地的社员，和旁的社员一样不着慌。这件事使他再也不能拿旧脑筋来考虑新社会的事情了。说他在申请以前就顾虑人们要不要他；他儿子打消了他的顾虑——办农业社和私人合股做生意不一样，这是一条社会主义的路，任何人也不能排挤。……

我告诉他，他的问题在秋收以后六村实行全村规划的时候，可以得到解决。

看一个运动是不是到了高潮，就要看平素落后的人是不是投入了运动。不是看大势随大流，而是实际上有了认识，表现出主动，他们觉得走这条路对自己有利，如果不照这样生活，就是吃了亏。在中共皇甫乡支部委员会上讨论合作化问题的时候，许多同志都说，去年秋冬在各村建社，总有人说这样的话："是崖，某某敢跳，我也敢跳！红了黑了，试它一年再说。"而今年，人们密切注意着邻居们的动静，唯恐酝酿扩社和建社的时候，不把自己考虑在内。现在，关于土地，关于牲口、农具，关于投资，关于劳动组织和关于分配，已经不是那么生疏的困难的问题了，顺利地合理地解决这些问题，变成农民生活中的现实了。

最近我经常想起我们在一九五四年春办全区唯一的只有十三户的胜利社时的情景。那好像不是去年的事情，好像已经过了若干年。那时候横在我们面前的困难和阻力，现在没有了。但是，并不能说，我们今后可以在一条没有困难和阻力的路上前进了。去年和今年，走上合作化道路的是首先觉悟的农民；他们在各方面都可以说是农村社会的先进人物。明年，好些村几乎是凡农村里有的人，社里大多数都有了。巩固合作化制度，提高农民的社会主义觉悟，一点一点清除人们意识中的私有制残余，并不比把他们吸引到这条路上更容易啊！只有那些以为这下再没什么困难的人，才在胜利的时候跌跤。

让我们在党和毛主席的英明指示下，从一个高潮进到另一个高潮！

王家父子

离开皇甫村的头一天,村里刚刚商议好把五个老社并成一个三百户的大社,准备在一九五六年夏收以后转成高级社。过了十天,仅仅十天,带着顺利完成并社工作的希望,我匆匆返回村里去。

车子驶过滈河桥,冲上神禾塬,冬天的短暂的日头已经落到秦岭那边的什么地方去了。秦岭这边的平原上,大的和小的稠密的村庄,在暮色苍茫中腾起了做晚饭的白色的炊烟。我望着炊烟笼罩下的皇甫村,想象着村里由于并社可能引起的各种变化和问题。……

我到郭家十字,就碰上一大堆喧闹的人群。

"老柳!二村的三个新社也来啦。"

"这阵是五百户啦!大伙不等夏收,这就转高级社!"

"都报过名啦!……"

人们的神气和他们的口气一样豪迈。他们是各村过镐河南岸在稻地南边的旱地里打井回来的。捐着铁锹、镢头,挑着担笼,扛着辘铲和井绳,衣服上溅着泥点子的人们,乱嘴纷纷地告诉我:他们要在春节以前完成打井、开渠、修改渠道和唥坎的活儿,目标是把所有可变的旱地都变成水地,水地都按各队合理用水的原则加以整理。

"起初三年的计划,这阵一年就完成!你看我们的人手有多少吧!"

说话的人指着镐河南几条小路上继续往回走的成串成串的人。

　　我得承认：比起他们的行动，我在路上所想象的变化，寒伧得说不出口了。一九五五年后半年以来，社会主义革命的浪潮一泻千里，一个浪头比一个浪头更高，那惊心动魄的声势使任何精神活动迟缓的人，也要紧张起来的。时间一再地飞跃着往前赶去，人们的思想在几个月里起了预计要在几年里才起的变化，不管你的感觉跟得上它跟不上它！

　　我在不宁静的村道上往家里走着，听见各村上头的高原塄坎上，都有传话筒向村里播送着小伙子的或姑娘们的高亢而清亮的声音。青年宣传组的宣传内容也变了，他们讲解的是初级社转高级社的关于公有化股金和生产费用投资的处理办法。

　　我离开皇甫村以前，当五个老社主任从县上召开的总结、评比会上，带回来丰产乡的光荣称号的时候，村里曾经锣鼓喧天地闹了一番。主任们想趁着这股热劲儿，在各社鼓动转高级社。很多人东奔西跑，大吼大叫；但有些土地多或劳力弱的人，却脸上强笑，说话舌根没劲。后来决定先并社，制订三年生产规划，安装抽水机，扩大水稻面积，扩充原归第三社经营的很小的砖瓦厂的规模，发展副业的多种经营……等等，就是为了消除人们对取消土地报酬、完全按劳分配的顾虑。而现在，我简直不能想象皇甫村这十天是怎样过去的。

　　回到家里不大工夫，支部书记兴冲冲地冲进我屋里。

　　"哈！你没在真可惜。报告三年生产规划的那晚上，村里十家有九家整夜没睡，就像过大年一样！"

　　"怎么呢？"

　　"高兴得睡不着！家家户户谈规划。第二天，嗬，要求马上转高级社的声浪，都要把村子抬起来了。"

支部书记坐下来高兴地对我说,县委已经打了几回电话,催要这个阶段的工作报告,认为这是进行转高级社的思想教育的好办法。

但是,我对那些起初脸上强笑、说话舌根没劲的人听了生产规划的报告以后,怎样会一下子变得那么高兴,还是想象不来。

我问支部书记:"是不是都从心里高兴哦?你要搞清楚……"

"你可以找王明发谈一谈,"支部书记有信心地说。"你和他熟,他会给你说心里话的。四社上回讨论转高级社,就是他蹲在脚地闷着头不说话。主任问他,他抬起脸强笑,说:'好嘛,咱随潮流走……'那几天,他像心上搁了事,做活儿也没劲了;可是报告生产规划的第二天,一清早,他就去找主任。'转!主任,坚决!……'这几天,他往地里担粪,和小伙子们赛!……"支部书记说着,学着王明发的神气。

我的眼前仿佛立刻站出一个五十多岁的依然强壮的庄稼汉。他的宽阔的前额上,密密的平行的皱纹,好像木刻家用刀子刻下的那么鲜明。他的手掌无论你用眼看或者用手摸,都会引起一种错觉,以为那是木质的——坚硬而不灵活。从他的容貌上看,你会拿他和他的七十岁的父亲比;但从他的劳动本领上看,你就是拿他三十岁的侄子,也把他比不下去。他贪活儿不知道疲劳,有话闷在心里;这两年,农业社的干部已经惯于从他的表情上判断他的心思。当他有了意见,干部和他谈话的时候,只要说的和他想的碰不到一块,谈一个通夜,他可以不吭一声;什么时候说在他心上,他就一下子把肚里装的话全都倾倒给你。——这就是王明发。

王明发是皇甫村三村的一个上中农。一九五四年秋收以前,当三村东头刚开始建社的时候,他就主动地报了名。他这个大胆的行动,曾经引起许多人的惊奇。但是,过了一个很短的时期,从村里人们的议论中就知道:他入社的动机并不是对社会主义道路有了认识。人们说:

有一天，王明发曾经提着拾粪的筐子到镐河对岸去，打听过已经办了一年的胜利社里的一个上中农，他得到的回答是：在社比单干和互助都省心，既不要叫忙工担剥削人的名，庄稼又务弄得好。全村人都知道：每逢夏忙时节，王明发同他父亲、女人和儿子怎样在月亮照着的场里忙乱——已经半夜多了，全村都睡了，他还在小跑着，从场里往院里的空草棚里提麦糠。就是这，使他带着三十八股水、旱地，两头骡子和一辆胶轮车，入了社。他在那十七户贫农上下中农的社员里，仿佛镐河上的长腿白鹤站在小水鸟群中间一样显眼。

我记得社刚建起不久，王明发就惹起社员们对他普遍的不满。开头，大伙嫌他对使唤骡子和胶轮车爱提意见。他父亲到社里的饲养室也去得太勤了，对原归他家所有的骡子的偏心也太露骨了。过了不久，王明发在社员会上说了几句分明带着优越感的话，激怒了大伙，一下子把潜伏的矛盾表面化了。

"你们把事情看开哎，"当讨论到有些社员劳动纪律松弛的时候，王明发说，"你们不好好劳动，自个吃亏。到社会主义还早哩，我王明发吃地股、吃投资，也能吃到社会主义去！"

"你这口气不是批评社员！"有人立刻指责他。"你这是指教伙计！"

"你到社里来剥削我们！"

"我们是给你熬长工的吗？"

于是社员们把积累在他们肚里的对王明发的不满，一古脑儿都摆到会上来。王明发受了突然的袭击，低下了头。他蹲在脚地，两只粗硬的手掌捧着布满皱纹的又方又大的脸盘。最后，当他抬起脸认错的时候，他的脸通红，声音颤抖着，那痛苦是很明显的。

深夜散了会，回到家里，他到他父亲独自住的屋里，照例去表示孝敬。

"爸，秋凉了，要不要给你烘烘炕呢？"

"罢了。再过些时……"

"爸，你往后少往社里的饲养室跑。"

"为啥？我又不偷草料。"

"投资登记到账上，骡子就是大伙的了。咱偏心，人家有意见。"

"喂惯了嘛。唉！我想念得弄不成……"

"你要去，就要关心全社的牲口。"

"我不去了，省得惹闲言。"

"一天去上一两回，还可以。甭光看见自己的牲口亲就对了。"

"唉……"老头长长地叹了口气。

果真，这以后王明发说话谨慎起来，看见有社员使唤骡子和胶轮车有不合心处，尽量忍着口；他父亲到饲养室也去的不那么勤了，而且有意显示自己对骡子、马、牛和驴都关心，并且殷勤地向饲养员提供出一个治牲口癣的偏方。

但是不久，秋收后，发生了骇人听闻的事情。在县、区、乡三级干部都到县上开会，社主任都到县上学习的半个月里，四社连续死了三头牲口：两条最大的牛和一条辕骡子。有一天清早，天还不亮，月亮还没落，车手出车拉辕骡子，发现原来是王明发的那头辕骡子挣扎着，走不出门。仔细一检查，原来挂在墙上的套绳上的铁钩子，勾进了骡子的肛门。由于无人负责，受了伤的辕骡子，还驾了一天辕。第二天，当我听到这件事情跑去，骡子已经站不住了，倒在场里，臀部肿得非常可怕。在围绕着这场惨剧的人群里边紧急赶到的兽医，连连地摇着头，说是没救了。过了一刻，骡子痉挛了一阵，果然蹬直了腿，咽气了。我看见王明发皱折的脸孔煞白，好像死人的脸一样；他父亲老泪横流，呜呜咽咽，胡子上挂着几寸长的清鼻涕。我劝王明发把老头搀回家去，好好安慰安慰。

村里舆论的混乱和这件事给各村的坏影响,是可以设想的。打算秋后入社的人犹豫起来,犹豫的人打消了入社的考虑。有一个"积极"得令人讨厌的社员,不经过管理委员会就请来风水先生,供俸马王爷,在饲养室门上挂起五雷碗,在社员里鼓动移饲养室。……

村里人用谨慎的沉默和注视的目光,表示他们对这件事的怀疑。

冬天,我参加了一个月对这个案件的侦察和两个月四社的整社工作,同王明发和他父亲就是在这个时期熟起来的。

"明发,"我问,"你说铁钩子是人勾进去的呢?还是真的骡子屁股痒,自己在墙上擦,勾进去的?"

"咱不敢说,反正骡子死得冤啊。……"

"你老人家说,是不是因为饲养室座字儿不对呢?"我又问王明发的父亲。

老头用挂在纽扣上的手巾揩眼泪,一边喘着气。

"我,我,我从牲口市上牵回来的时候,它还是个没扎牙的骡娃儿。在我槽上拴了十五年,啥病也没得过。……"说着又呜呜咽咽哭起来。

我问他们对辕骡子的惨死有什么怀疑。王明发看看他父亲,他父亲眨着红眼圈看看他。老父子交换了一阵作难的眼色,最后还是没说什么,只是惋惜地连连咂嘴。

"你们后悔不后悔入社?"我大胆地试探他们。

王明发两眼轱辘轱辘转动着,看我的脸色,叹了口气。

"社好倒好,就看怎办哩。人家胜利社,唉,一样的光景,看啥人过……"

"这社还办不办呢?"他父亲问我。

"为啥不办呢?当然要办,而且还要办好!和胜利社一样!"

"那么,明发!"老头对苦恼的儿子说,"甭三心二意了,政府有办法。……"

有一天,我从王明发的大门外面经过,他父亲把我叫进院里。老头拉着我的袖子,到了后院,绕过茅房、猪圈,直到僻静的连猫、狗都没有的磨棚里。

"唉,事情也难料……"

"怎么呢?"

"去年夏上,有人来朝我们借车。我们觉得人气不对,推推脱脱,没给。"

"后来呢?"

"入了社,那人帮助套车,说:'你还看啥?这还是你的车吗?'……"

"谁呢?"

老头迟疑一阵,然后才把他胡子茸茸的嘴巴对准我的耳朵,低低地说:

"就是社里这几天检讨的那人……"

我郑重其事地告诉老头,他这种想法是不完全对头的。把社里的驾辕骡子害死,不能把这看成是报私仇。这是反对共产党、反对政府、反对人民的行为;因为这骡子已经不是他家的了,属于他家的只是投资账上的那笔钱而已。

老头大吃一惊,眼睛瞪了核桃大小。显然,他没想到事情会有我说的那么大,那么严重。我告诉老头,等事情弄清楚的时候,他才能够明白其中的全部意义。

……破坏案件的罪犯被捕以后,王明发和他父亲比村里谁也得劲儿。全村人都知道:混进社里的破坏分子,企图抓住这个致命点,一下子把社搞垮,他们才对王明发的辕骡子采取了那样毒辣的手段。当共产党和人民政府用无情的法律制裁了破坏分子的时候,王明发和他父亲再也不觉得自己是孤立的和软弱的了。

"共产党的主义，"王明发有一次对我说，"我不是用耳朵听的。我是用我这颗心，这颗心……我说不来那股劲儿。"

"怎么股劲儿呢？"

"也难受过、也高兴过。高兴起来，睡也睡不住，半夜也想做活儿。"

我知道：王明发经过了社里一次又一次教育，两次总结和两次分配，是起了很大变化。至于他父亲，秋收总结以后，已经被选成爱社模范了；因为他在场里、饲养室和保管方面，做了许多旁人看不见、也无法评工分的事情。

虽然如此，六口人占有着比一般农户占有的更多、更好的土地，猛一下就要不算事了，就要完全靠劳动过光景了，他又难受了。不管支部书记说他又高兴起来，我因为老记着他"吃地股、吃投资"的话，很难想象他这次的思想是怎样变过来的。

回家那晚上，我睡得挺迟。第二天早晨，我被村里鸣锣的急促的声音，吵了醒来。睁眼一看，窗户亮晃晃的。穿好衣裳，推开门，才发现月亮还没落。由于十多天的紧张生活和旅途劳累，我重新睡下来。可是我再也没睡着，村里人声、铁轱辘牛车滚动的声音，胶轮车下坡时木挡板发出的非常刺耳的声音，再加上年轻人在河道里吼擂台的声音……太嘈杂了。

天亮了，我起来站在大门外面的高土台上。目力所及的镐河两岸，仿佛变成了一个巨大的集体生产的舞场。头天晚上，支部书记告诉我的第三、第四、第五、第九和第十生产队的社员，在给镐河南岸稻地里的复种冬小麦施追肥，目标是不留一块空白地，达到亩产千斤的旷古未有的高额增产指标。几年以前，你给人们讲这个话，会笑掉老年人原已不甚稳定的牙齿；而现在，平均五十户上下的十个生产队，把它变成一致的有信心的行动了！

我站在撒着银灰色的冬霜的枯草地上，望着大队大队的已经被社会主义思想动员起来的劳动大军，在严寒中冒热气的镐河上运动，我仿佛觉得自己要变成一个诗人似的，那么想歌颂这个时代。

……一轮红日从神禾塬的东塬上，在朝霞中徐徐升起来了。

早饭后，我到王明发家里去看他。他现在已经是第九生产队的一个生产组长，担粪回来，正蹲在门台阶上吃饭，肩膀上搭块揩汗水的手巾，那么得势。

说过几句见面话，我就提出我想知道的事情。

"这阵你放心！"他痛快地说，"大伙说上天，咱就上！咱没含糊……"

显然，他误解了我的来意，以为我又来提高他的觉悟，或者巩固他的思想。我十脆直截了当提出问题：为什么他听了生产规划的报告，一下子就没含糊了呢？他和他那三十八股土地的感情上的血汗关系怎样割断的呢？他的申请书上写着：

"情愿将私有旱地二十一亩八分，水地十一亩二分，交社统一经营，归社集体所有。全家男劳力二人，女劳力二人，参加社内生产，照章按劳取酬。……"

"嘿，"王明发轻淡地笑笑。"咱是西安的城墙……"

"啥意思？"

"三丈六高，三丈六宽……"

"啥意思呢？"

"立起、放倒，一样咯！这阵，有那些地没那些地，一样靠劳动过……"

这是一个多么精辟的比喻！我掩饰不住我的惊奇。想起他初入初级社时说"到社会主义还早哩"的话，我故意说，也许纯粹从他个人的利益考虑的话，那些地再分几年红，会过得更好一些。

"你这是套我的话哩！"王明发忍不住笑。"你是把我当成连三个多、两个少也算不清的人了吧？"

于是他告诉我，他已经算过了细账。原来的四社，土地不分红的话，每个劳动日要值两块五角上下；现在，取消了土地报酬，说保证每个劳动日值三块以上，他看，四块也站不住。他给我津津有味地说起几千亩地连成片的好处；又说到几十条水渠归了一，旱地改水地，一改就是几百亩的利益；四面砖瓦窑，出一窑货，就是成千上万；十辆胶轮车，加上豆腐坊、粉坊、鱼池、养蜂场，多大的摊子啊！……

"我的天！"他说，"集体的力量就是大！就要添四辆胶轮车，三天！你知道我买那辆胶轮车费了多大劲吗？"

"我还没听说过。"

"三年！甭算攒劲儿攒了六年，算上就是九年。"

吃完了饭，王明发脸上带着一个人想着某种滑稽的事情时所带的笑容，对我说：

"起了买胶轮车的意，就从市上买了条才断奶的骡娃。……"

"是坏分子害死的那个吗？"

"就是，"王明发提起这层事已经不再那么伤感了。"七年头上，头一年买了个车上装；二一年买两个辖辘，挂在草棚墙上；第三年买下车轴，这才出车。光一个辕骡子，上坡曳不动，辕底下多拴个绳套，我自个儿连赶带帮着曳。再重了，在坡底下卸了车，自个一件一件扛上坡，再装车。就那啊，坐在车辕上还唱哪！"

我忽然觉得王明发对我说的不是他自个儿，而是全中国的勤劳的、淳朴的、坚韧的、乐观的劳动农民。他们现在已经开始用嘲笑的口气，谈论他们在过去曾经简直是拼过命的事情。

王明发的父亲从外面回来了。儿媳妇抱怨他不知道吃饭的时光。他说，队里的一头牲口出了毛病，他和几个老头儿在一块会诊来的。

邻居琐事

村子里到处是柴禾垛的山峰。在巷子里走着，觉得仿佛在什么沟壑里走着似的。留给社里做饲草的好像主峰，分给各户社员的好像是连绵不断的山峦，组成这柴禾的山脉。那些低矮的稻草房和旧瓦房，现在显得更加低矮了。从街巷里走过去，两旁院落里和土场上发出的稻草的清香和玉米秸带着尘土气息的甜味，扑鼻而来，使人时刻感到自然母亲的亲切，如同童年时代嗅见生身母亲身上发出的熟悉的奶味那样亲切。

春天，你走进村里，可以从农民的脸上看出，谁家有没有吃的；冬天，你走进村里，可以从农家的柴禾垛看出，谁家收入了多少粮食。

在皇甫村，连头发、胡子和眉毛全雪白了的老头郭振瑞，也被一九五六年的社会主义丰收惊呆了。在一九五五年，村里还是许多小的初级社的时候，我曾见过老头蹲在郭家十字街口和人们闲谈，拿他八十多年的记忆里最难忘的丰收和初级社的稻子、谷子和玉米的收成，一样一样津津有味地比较着；但是在一九五六年，当五百户的高级社在总共一千三百八十三亩的大面积稻地里达到每亩平均七百一十斤的产量的时候，老头沉默了，在他的从清朝光绪初年就开始的记忆里，再也找不到一点点类似这样的丰收了。他只说，如果有谁告诉他在旁的什么地方，农业社有这样的收成，他一定认为那是吹牛；但这是他亲眼看见的，在秋收时期，全村所有的土场，街巷和院落，都被打过的和没打过的稻草充满了，甚至有些小路也被堵死了。

在秋收的那些日子里，我差不多每天都到村里各处的打稻场上去转。傍晚时分，整天弥漫在村里的扬粮食的尘土没有了，各个场上金黄的稻粒都聚成了堆。女人们放下了农具，拍去身上的尘土，回家做晚饭；男人们回去取来口袋在场里分配。我看见稻子刚刚分配过一半多以后，好些人就不再回去取口袋了；他们平素装粮食的器具已经满了，只得将分得的粮食一堆一堆倒在场边的什么角落里，用稻草盖起来，等扎起新的席囤才能拿回家去。我听见越来越多的人在张开口袋，让社干部往里灌分配给他们的粮食的时候，连连地说："太多了，太多了。"好像这不是他们劳动应得的，而是什么人白送给他们的一样。我在这村里住了好几年，从来也没见过这样的景象——白晃晃的"红心白马牙"玉米棒的辫子挂满了屋前屋后的树杈；因为稻草棚或瓦房的屋檐底下，容纳不下所有分得的玉米棒；至于狭窄的屋里，高贵的麦子和稻子还嫌拥挤，低一等的谷粒只好被堆在土脚地扫干净的一个角落里受委屈，哪里还有可怜的玉米避风雨的空隙呢？

还是在秋收以前，在阴历七月间吧，有一天，我的一个邻居，七十一岁的老人罗义荣，感慨地对我说：

"我把咱社十个队的庄稼全看了。"

"怎么样呢？"

"我的天呀！"他好像发现了十分严重的情况，激动地大声嚷道，"不得了！娃们务起这么一茬庄稼啊！"

我以为他说的是各队青年试验田。

"不是！"他把脸一抹说，"那算什么？一亩地能打上千斤，才是一亩地。不管你碗有多大,一碗饭才够几个人吃?我说的是全社的几千亩庄稼呀!早先,我不信,五百多户人家在一块过,能没一段地庄稼长得不好吗?我走呀走呀,今儿走了三里长的稻地,明儿又走五里长的旱地。走到尽头,我心服了。你说是怎么回事?"

"怎么回事?"

"咳!"他好像刚刚突然知道似的说,"一个队的稻子,一连片就是一二百亩呀!这是一百亩的一片谷子,那是一百二十亩的一片玉米。真是庄稼的海一样,叫人看得忘了回家。我看呀,那些坟里的死人,要是能知道地上头长的是这号子庄稼,都恨不得重新活来过日子哪!"

老头说着,大张开他那没牙齿的嘴巴,仰天翘起白胡髭,大声笑了。然后,他严肃地给我讲解几千亩地的庄稼都一样的意义。他说这高级合作化才使他悟到:从前有多少地由于地主人的懒惰、疾病或旁的什么缘故而荒芜了,收很少的一点点粮食。他还对我详细讲解这一大片一大片的庄稼,歉年是平年、平年是丰收、丰收是大丰收的道理。老头用自己的眼睛和思想发现了社会主义生产的这个奥秘,显得是多么振奋啊!

后来有几天,我从家里出去或从外面回家,路过罗义荣的大门外面,看不见他坐在那棵比他还要老的皂角树底下吸旱烟了。一早一晚吃饭的时候,大伙都端着碗在那皂角树底下聚会,也不见罗义荣老头了。开头,我以为他大约是到他哪个女儿家里转游去了,后来才知道他病倒了。我进他家里去看他,他睡在他独自住的北屋的炕上,见我进屋,他努力用胳膊支着身子坐起,同时在显然有些病态的脸上堆起笑容来。

"我死不了的。"他挺精神地向我招呼着说,"我还没有看见拖拉机种的庄稼,就肯死吗?"

我笑着说:"你病了,还想看拖拉机吗?"

"唔,看不见拖拉机,我是不甘心死的!"他严肃地说。

这个罗义荣老头,棺材已经预备下了,就放在他隔壁的空屋里;但好像是社会主义往这个生命力即将枯竭的干瘦身体里注入了新的生命力,他又顽强地活了起来。整个秋收时期,我每天见他混在场里乱杂杂的男女中间,手里不是拿着杈把,就是拿着扫帚,在扬粮食的尘雾里头劳动着。秋收以后,我又见他每天都在他家大门外的土场上编稻草帘子,不管天晴天阴,除非下雪,他总蹲在那里深深地弯着腰劳动。在我从他身边经过的时候,他总要荣耀地向我报告一下他的新成绩;我知道全社动员老人和妇女打稻草帘子运到西安去卖,是为了换取来年稻地用的化学肥料——硫酸铵、过磷酸钙、福尔马林和小苏打……

丰收不仅使得那些入了社快活的人更带劲了,而且使那些入了社难受的人也带了劲。

我的另一个五十三岁的邻居罗道明,去年冬天入社以后,整整睡了多半年。所有的邻居们都知道他没一点肉体上的疾病,他害的是"心上的病"。他栽倒头睡在炕上,起来又抱住头背靠墙壁蹲在炕上,整天整天不出来见见阳光。日子久了,果真脸上带出病容来,脑袋上一个又一个地长疮;这个还没完全好,那个又起来了。

邻居们告诉我,罗道明外号"狠人"。他从前单干时,要在黑得看不见做活的时候,才从地里回家;早晨,他和庭树上的鸟雀一起开始活动。在冬闲的时候,他做豆腐卖,成半夜价在豆腐磨子上忙碌着,人们总是在被窝里听见他在严寒的外面第一个叫卖的声音。这个"狠人",在解放以前,只有六七亩地,土地改革给他添补了五分地;土改以后这才几年,他的地翻了一番。在宣传总路线的那年冬天,他还以每亩两石大米的价钱买进了三亩稻地;一九五四年冬天,村里已经办起五个小初级社。他又以每亩六十元的价钱,买进了二亩八分稻地。

有人曾经劝他说：

"道明，你真狠！还买地吗？"

"我知道！"他很自信地说，"就是入了社，还不是按劳五二、地四八分红嘛！地到什么时光都是好东西。……"

"还能分几年？地快没事啦！"

"早着哪！"罗道明满不在意地说。

他万万没想到他用血汗钱买来的地，只种了一两年，就全村合作化了。他是全村农民里头最后入社的三户中的一户，是听到社里吸收地主和富农的时候，才着急了起来的。这时候，我已经搬到罗家湾来住了。我看见罗道明从那时起，就不大出门了；他好像一个埋头走路的人一样，被什么沉重的东西照脑袋一卜子打闷了，不知道怎么办才好。他的儿子罗聚财到处寻找社干部，整天跟在忙碌的社干部屁股后头，要求入社。

"你爸的思想通了吗？"社干部问。

"通通的了。"罗聚财的脸焦红说，"反正不能让俺入在地主和富农后头。"

"这倒没关系。你爸要是心疼那些地，就不要勉强。"

"不心疼，不勉强。世事到这里了。……"

话虽这么说了，罗道明却一直没参加社里的劳动。他变成了另外一个人，一个比勤的时候更加狠心的懒人，上茅房的几步路也懒得走，头巾歪了也懒得往正结一结。好像再没心思活下去的样子。有人说，老头用被窝蒙住头哭过，他的儿子和媳妇坚决否认。这话也许有影儿，也许是纯粹猜测着说出来的。

忘记是谁（总是队里的干部）曾表示希望我能劝说劝说罗道明；因为他又糟践自己，又耽误劳动，老这样下去，太不好了。在一个雨后的春天的傍晚,我看见罗道明蹲在大门外土场边上,凝视着下边涨了水的镐河。我走到他跟前,接近他,试图着和他攀谈起来,想转弯抹角地说到他参加劳动的问题上去。想不到刚说了几句闲话,老头站起来,干咳嗽了两声走了,显然是不愿意扯起这层事来。

过了不久,我听人说,罗道明对他的兄弟道清和他的侄子聚成两人在全组挣得工分最多这件事,还是一种嘻笑的态度,说地都归了公了,那些工分票票值得什么呢?有一天,罗义荣老头和两人在皂角树底下闲谈,谈起了这话,说:

"甭看名字占个'道明',不通道理。"

"他那些地来得不易。"我倒是有点原谅罗道明,"心疼一些时候,他自然会好的。"

"心疼多少时候?"

"也许一年,也许两年。"我用列宁的说法解释,"私有观念从农民头脑里不是一下子能丢掉的。"

罗义荣老头冷笑了笑,说:

"皇上丢了江山,也有他那么难受尽了!"

但是,无论罗义荣老头还是我,都把我们这位邻居估计太落后了。阴历七月间,稻子捞过三次草,旱地上锄了两遍,只等庄稼成熟了收秋的时候,当地农民按照古老的习惯,带着礼物互相探望,叫做过会,如同正月初的那几天一样。罗道明躺倒了半年多以后,眉毛渐渐地松开了,头也渐渐地抬起了。他走了两处亲戚,一次是过镐河到南川去,另一次是翻过神禾塬到北川去。他和罗义荣老头一样,也被"海一样"的庄稼抓住了。所不同的是,他感觉到自己好像不是躺倒了半年多没出门,而是好像出门多年没在村里。他觉得似乎到了什么外国,庄稼不是一小块一小块,而是一大片一大片;连道路也改变了,连渠道和塄坎也改变了,他找不到他走过多年的那条小路了。这给他的教育是任谁谈一百次话也办不到的;因为他虽喜欢土地,而更喜欢庄稼。你见过一个农民在陌生的地方走路时,看见一块好地喜欢得走不开吗?不会的,他只会一边走,一边评论一下这是好地,就过去了。但是一个农民即使在陌生的地方看见一片好庄稼,也会站住看得走不开;他会从农作法和农作物的各方面去观赏它。罗道明发现村里长起这样美的庄稼,而这里头没有他的劳动,他开始觉察到似乎他做错了什么事情。他开始感觉到羞耻,他开始红着脸参加社里的劳动。

他变成和以前一样的"狠人",是在秋收预分方案宣布以后。夏天,他家减少了收入。那时他毫不惋惜,似乎认为减少收入是理所当然的事情。有人问他,他说:

"唉!饿不起肚子就对了,这世事,还想怎样?"

但是秋收预分方案制定的时候,他密切注视着全组的情况。虽然他要求把他在秋收和秋播中的工分估计大些,他家的收入还是比去年增加了一点点,而别人家则增加得听起来吓人。秋收后,他的兄弟罗道清父子两人的那些工分票票,就变成了粮食,没处放;要借他家的地方放。这给他多大的刺激!我们邻居们谁都从他的表情和举动上看出他又在发着狠心。这些天,不管我起得多么早,我出去就见他在院子里编稻草帘子,鼻尖上挂着一滴清鼻涕,颤巍巍地要掉下去的样子,又被他吸进鼻孔里去了。

罗义荣老头对我说,明年全组工分最多的将不再是罗道清家,因为他做活远不像他哥那么狠!

一九五六年十一月二十六日

重访马场村

每天清早起来洗脸的时候,就听见隆隆的炮声。以后在工作的时候、吃饭的时候、种菜的时候和休息的时候,直到黄昏,都若断若续地听见炮响。一片和平景象,正是桃红柳绿时候,分明没有敌情,这是做什么呢?

原来长安县神禾塬周围七个乡的农业社员和神禾塬之间,爆发了"战争":要在两个月之内,在神禾塬上挖一条S形的长达二十八公里的水渠,接着修二十三个大小不等的蓄水库,使高原上的四万多亩旱地变成水田。从此,镐河将经由两条路线流入潏河:一条是盘古开辟的,另一条是农业社开辟的。雨季的洪水将受社会主义管制,不许它任性地损坏镐河两岸的农田。炮响的地方就在终南山的石砭峪山口上,给镐河开辟上源的坚石渠道。……

我去马场工地。这个村在这一带过去以地主大闻名,所谓"马家的山、姚家的房、郭家的银子拿斗量"。那郭家就在这马场。在旧中国生活过来的人,谁都知道哪个村里地主大,哪个村里农民倒霉,就好像大树底下连杂草都不长一样。你在王曲街上逢集日碰见的那些卖竹子的和买编筐用的枝条的,别问,大多数是马场的,原来他们家在马场,却靠终南山过日子。"人穷衣衫烂,终南山里吃冷饭",说的就是他们。

土改后虽然分得了土地，合作化后虽然显示了优越性，但是没有水利，还有些丘陵地和梯田，增产受着很大的限制。

我在去马场的路上，就想起前年冬天我上次去马场的时候。

让我把一九五六年十二月二十四日的简短的日记抄在下面吧：

"这村人到冬天多数进山割竹子。许多人在场里和我谈起割竹子的苦处，听了令人毛骨悚然！

"在山里，晚上睡觉时燃起一堆火。大伙围着火蹲成一圈，把脑袋搁在膝盖上睡。有时下雪，风把松树枝叶上的积雪掀下来，落在人头上，把人埋半截……

"山里好冻人啊！手冻僵了，抓不住镰把了，就从腰下边衣襟底下插进去，用自己的肚皮暖一暖，再割。

"进一回山，需要五天。要带六斤面的锅饼。出山挣得除过吃，在旧社会只能捞买二斤玉米的钱，给屋里女人娃子熬糊糊喝。要不怎么办呢？生在这个地方哩嘛！现在好，现在出山能捞六块钱。……"

亲爱的读者，你看了这段日记，请你不要难受。现在马场要水利化了！镐河水将要在这个村上头的丘陵顶上绕一个半圆形。渠道是从东南的江兆村绕过一个丘陵进入马场地界的。在马场的田地上绕一个S形以后，才经过岳村和小江村的地界进入皇甫村上头的高原。不仅水利化，在马场的村南，丘陵围成一个天然的蓄水库，它的底上有三百亩麦地，到丘陵岭上，面积就要大几倍。不久以后，马场的女人们坐在炕上做针钱，推开窗子，就看见明镜一般的水面了。那时候，镐河上的水鸟——白鹤、红鹤、青鹳、鹭鸶和水鸭，都将迁移到马场水库来谋生了。

现在，我一进马场，完全被战斗的气氛吸引了。早到的人群已经一堆一簇地在岭顶上蠕动了，新来的人群集合在各处的土场上，等待着放下行李进入工地。马场的男人们,包括前年冬天在场里给我诉苦的那些人早已到南边的工地去了。老汉和妇女满村奔跑,作为殷勤的主人,招待从镐河和滈河两川的村庄来的乡亲们。我在村巷里向两个老汉、三个年轻妇女和一个老婆婆问过路,他们在忙碌中不假思索,清楚地、肯定地回答我皇甫村人的伙房所在的院落。

东樊村的一个社干部站在一个粪堆上,向土场上围着一个一个菜盆子吃饭的社员们讲话:

"马场的乡亲们热情招待咱们,咱们住在人家院里,一定要做到:第一,借东西好借好还,再借不难;第二,绝对不要随地大小便;第三,在人家院里不要喧哗,惊动人家睡觉的娃子;第四,在院里闲扯,不要说混话,惹人家妇女讨厌;第五,……第六……"

我站在路边上听得入神。我们这个社会人与人的关系,深深地感动了我。要知道,在那里低头吃着饭听话的是农民啊!我在这一带住的五年以来,亲眼看见农民们随着衣服一年比一年的新,精神也一年比一年的崇高了。

我来到未来的水库底上。暂时,这里还是小麦和地边上正开花的蒲公英。有两家人家,离开村庄,在这里已经住了八十多年了,现在等待着消息,准备随时拆房进村。

我问一个坐在大门外土场上的碌碡上纳鞋底的老婆婆:

"怎么样?叫你拆房,你同意吗?"

"我的天!看你问的啥话?"她大为吃惊我的落后,说,"做梦也梦不见这好的事,同志,你是做啥的?"

旁边另一家的一个年轻妇女自作聪明,说我是水利局的。

我声明我不是的;我说我是皇甫村人,到这里来看看的。

"看什么?"老婆婆很严肃地说,"你们皇甫村吃大米的人瞧不起俺马场喝糊糊的人，闺女要嫁到马场来，你看那个难啊！哪知道俺们喝糊糊的日子也有完？吃大米的日子就来了！"

老人家，你指教我吧！我不脸红。这倒并不是因为我从根儿不是皇甫村人，所以才不在乎；这是因为你老人家的神气、口气和我们这个伟大的时代的伟大的中国人民的气魄非常相称。

我发现我突然间像一个浪漫的诗人，手舞足蹈地跑过未来水库底上的一条麦地中间的道路，又跑上梯田中间的推不上去脚踏车的陡坡，来到丘陵之上。王曲川和杜曲川在南北两边碧绿地展开去，一片片火红的桃花点缀在镐河和潏河两岸。

我沿着正在施工的渠道工程向北而行。这里是樊川乡的工区，人们不认识我，又有人以为我是水利局的，问我他们修得合格不合格。我的声明又遇到严肃地指教：

"那么，请你离开渠道远点走！把土丢到你裤子上不好……"

我连忙遵命。亲爱的读者，请相信我有这点起码的觉悟。我很愉快，我不脸红。但是给一个年轻人一句话，把我说羞了，他对刚才指教我的人说，我是作家，来体验生活的。

一听"体验生活"这个词儿，在这个劳动阵地上，在铁锨和镢头林中，我刷地红了脸，觉得火辣辣地发烧，好像做下屈理的事情。

既然说破了，我就爽直说我是为了给《人民日报》写一篇《跃进之歌》而来的。在这样的场合闲逛，看风景，仅仅做为一个劳动的欣赏者，是没脸的！

一九五八年四月二十一日

延安精神

汽车过了劳山,在山谷里漫平的下坡道上滑溜,给车上的人一种轻松愉快的感觉。五月里,公路两旁,灌木丛的枝叶茂盛起来了。红的、黄的和白的野花开放了。山岗上一片花枝招展,鲜艳耀眼。各种知名的和不知名的鸟雀,都在树枝间歌唱这个快乐世界哩。

出了林区,山岗上栽了各种树苗的鱼鳞坑。山谷里的蓄水库和河坪上的水平梯田,都以新鲜的土色,吸引你的注意力了。山畔上和高地上,一九四七年用过的机枪阵地和立射工事,现在已经完全看不出来了:那里长满了蓬蒿、羊角蔓和牛筋枝——你在这里一下子就感觉到二十世纪的一个年代过去了的痕迹。

汽车,飞得更快一点吧!车上的人是多么急着要看见延安啊!这是三十里铺,这是二十里铺,这是十里铺,这是著名的柳林村了。啊!看见清凉山巅的无量祖师庙了。看见宝塔的塔尖了。看见半个宝塔了。这时汽车驶进非常熟悉的一条小街,啊!原来这就是七里铺嘛!亲爱的延安啊!孩子回来了!

时间是下午七时左右。晚饭后,整个七里铺的马路上、河边、菜园里,都是穿灰制服和蓝制服的人——延安地委党校和延安农校的学生们。我的心情一下子年轻了二十岁,回到青年时代去了。

三十年代的中国青年知识分子，在一九三六年西安事变以后和一九四〇年国民党严密封锁陕甘宁边区以前这个时期，到延安的人数到底有多少万，谁能说清楚呢？他们在外地或者在边区参加了我们党；他们几次离开延安到国民党地区，到敌后战场或到边区农村去工作，以后回到延安或者再没回到延安；他们在延安的土窑洞里学习、工作、整风，认识了自己的长处和弱点，明确了努力的方向，把延安当作自己在精神上长大的故乡。这样的人，谁也说不清楚有多少万。我是他们中间的一个。当我一九四九年四月十六日——一个多云的清晨，最后一次离开延安去北京的时候，根本没想到一九五九年五月十九日晴朗的傍晚，我又回到延安了。

　　夜间，我伏在南关招待所（原交际处）上院的砖花墙上，贪婪地享受延安的夜景美。十年一梦，现在是三川辉煌，四山灿烂，不是当年点煤油灯和麻油灯时的神气了。电，使得任何偏僻地区的城市现代化起来；延安这个精神上的国际大城市，现在在物质上逐渐地大起来了。看吧！几年以后，当列车从宝塔山下驶向桥儿沟的时候，将有更多的人回延安和朝延安来的。

　　我因为支气管哮喘受不了关中平原的麦黄气味，回延安来躲病。现在，立夏以后，我穿着短皮衣，觉得呼吸顺畅很多了，机体也不那么疲困了。有人问我：为什么不到青岛或北戴河去呢？他们不知道：一切过敏性的疾病，除了生理因素之外，精神因素是很重要的。我回到延安，住的地方，吃的东西，睁开眼睛或者闭上眼睛都是舒服的。世界上没有一个地方能给人精神上这样大的满足，除非那个地方唤起记忆中许多令人鼓舞的往事。

　　人类有各种感情——父子的、夫妻的、朋友的感情。中国共产党人有一种"延安感情"。到过延安的人想念延安。没到过延安的人向往延安。根本不可能朝延安的人，也憬慕延安。延安做为革命圣地，所有正直的中国共产党人，不管他或她在延安经过什么锻炼和考验，甚至受过委屈，都对延安有感情。住过延安而对延安没有感情的共产党员，是很难令人理解的。

我在这个夜晚，伏在招待所的砖墙上，想得很多很多。我简直没有疲劳和瞌睡了。许多过去的事情，都回到眼前来了。

在最初的两三天里，我尽先看望了毛主席住过的地方和我自己在蓝家坪住过的地方。请不要笑吧。这不是妄自尊大。我听招待所的同志说，所有过去在延安住过的同志，不管是党中央委员，元帅们，还是普通的工作人员，回到延安都看毛主席住过的地方，也看自己住过的地方。这里头丝毫没有个人主义因素，这是一种非常崇高的感情。请你想一想吧！自己在那里有过一段光荣的历史啊——学习马克思列宁主义，开荒种地，纺毛线，运木柴，对不正确的做法进行斗争和痛苦地挖掘掉自己精神上非无产阶级的东西……难道这些在你一生中不是值得珍贵、值得自豪的吗？亲爱的同志们？

三天以后，我的激动情绪平静下来了。我开始工作，一早一晚，到延河边去散步。一切都像二十年以前一样正常、有规律。人和人中间是那么亲切，那么谅解，那么诚恳。你到延安，一切人都对你好。就像一九三七年和一九三八年你初到那里的时候一样，人们总是给外边来的人欢迎的笑脸看，似乎你给这个城市增添了新的力量。

三个星期以后，我的工作结束了。我的呼吸完全正常了。我开始到处跑了。

我先到东关清凉山下解放日报社的事务部门。不！不要老是错觉！这不是解放日报社了。十几年过去了，这里现在是丰足火柴厂了。提起丰足火柴，我不由得要动感情。在那些被封锁的艰难岁月里，我们不吸纸烟是满可以过日子的，不吃口香糖也死不了人；可是没火柴怎么行呢？农村里许多人打火链，延安怎么能大家都打火链呢？党从一九四〇年就开始抓这件事，到一九四四年三月一日，终于开始生产火柴了。啊啊！不能提我们走过的道路，提起来叫人激动。机器是很少的，而且是很土的，只能搁二十来个工人。一箱火柴二百四十包，售价要折合二十石小米哩！但是，要知道，没有火柴，当年大家的生活该是什么味道！年产四十二万包（不到二百箱火柴），它的作用，是绝不能拿数目字来计算的！一九四六年，战争空气紧张，火柴厂从延安拐峁搬到安塞井坪河镇上。

一九四七年战争打响了，又从井坪河搬到更深的山林村庄砖窑湾，人员分成了两部分——生产队和游击队。后来分散埋掉了机器，干脆打游击了。有老百姓报告，敌人挖掉了机器。丰足火柴厂游击队一检查，不确实，敌人只找到了一处，挖走了排杆机的铜管子和剥木机的一些零件。敌人退后，拿木头做的代替，在石圪塔村一个骡马大店的几孔破石窑里，亲爱的汽车头又吼叫开了。生产只从一九四七年六月停到一九四八年四月。一九四九年，丰足火柴厂迁回延安了。产量逐年提高，一九五四年还是五千〇二件（每一件一百包），一九五八年已经是一万八千四百二十七件了。一九五九年的计划指标是二万九千件。从开头的二十来个工人到现在的一百多个工人，从开头的汽车头带动到现在的电动，从每箱售价折合二十石小米到现在的售价折合一石小米——从一九四〇年到一九五〇年丰足火柴厂的这段光荣历史，难道不值得现在想搞一番事业的同志们深思吗？而比这更重要的是：在小小的丰足火柴厂劳动和工作过的二百个以上的同志，是今天国家的高级干部和中级干部。薛志诚，一九四一年七月到火柴厂筹备处当勤务的青年娃娃，开工以后当学徒，做火柴杆，现在是火柴厂的材料股长；

十九岁的郑文胜在开工的第四十六天进厂当学徒,学做火柴盒,现在是火柴厂的工务股长。我和他们谈火柴厂的历史,他们是那样朴素可亲,两个中年人把青春献给了小小的火柴厂,表现出一种理所当然的神情,难道这不值得现在想搞一番事业的同志们深思吗?做了一点点事情就趾高气扬,忘了自己老几,是可笑的!幼稚的同志们!

我要求看一个从边区时代坚持下来的工厂,要求选择比较有意义的。中共延安地委第一书记白志明同志笑了,说:"不要选择,只有一个。"我这才知道丰足火柴厂坚持到人民公社时代,不仅仅经过了困难的考验,而且,亲爱的读者,他们经过不困难的考验。经得起困难的考验,而经不起不困难的考验,算得了什么共产党人?简直是笑话!

一九五二年,我们的国民经济走完了恢复的道路,在全国范围内开始呈现出繁荣景象。西安的火柴和山西的火柴,私营工业的产品通过私营商业开始大量到了陕北,欺负老革命丰足火柴了。三种或两种火柴摆在一块,顾客拿起这个货色看看,又拿起那个货色看看,喜欢外来的新牌货,不喜欢本地的老牌货。这不是给人难堪吗?这简直叫人受不起。买火柴的人在选货的时候,并不是所有的人都考虑一下政治意义嘛。请不要怪群众落后吧!这是合乎辩证法的;要不然,难道事物应当永远停留在开始的阶段吗?丰足火柴遇到了严重的挑战,成箱成箱的火柴卖不出去了。不能因为政治意义,白送人来维持生产呀!到西安去参观回来的人,净说些令人泄气的话。可以说什么设备也不如人家外边的私营火柴厂!一九四一年,从山西方山县运到延安的这部"山药蛋"机器,现在看起来,简直老妇人一般丑陋不堪,影响人们的生产情绪了。提出过各种不合理的建议——限制外货;把机器送博物馆,停办;改换商标,争取顾客……所有这些建议,要办,都是轻而易举的。只要领导者一点头,立刻做出不光彩的事情。但是中共延安地委硬着脖子不点头，要走一条光彩的不给延安丢脸的道路。终于在两年里头，逐步地改换了设备和机器，使生产适应经济繁荣的时代。一九五五年，全国私营工商业改造的胜利，帮助丰足火柴保持了市场。保持了丰足牌商标，也就保持了延安的光荣！

亲爱的读者，你觉得我是在报道一个工厂吗！不啊！我是在写一个人的性格哩。丰足火柴厂的工会主席希望有一个文化人帮助他们编写这段历史，有人愿意去吗？我参观过上海最大的工厂，但是，如果你想描写人的伟大精神和品质，丰足火柴厂有写头。请问：有丰足火柴厂的革命精神，再有最现代的设备，世界上什么事业不好搞呢？

我看过一九五八年大跃进的产儿——延安机械厂。他们三月初开始筹备，四月八日就投入生产了。工人们宁愿露天做饭吃，也要让自己的产品锅驼机早日出厂。两位领导同志把我领进一个非常有趣的车间：毛主席送给的一九五七年的新产品七用综合车床和陕甘宁边区茺坊兵工厂入过土的老机器在一块转动。所有过去的老机床，有过光荣历史，但后来落伍了，一九五八年都被拖出来参加大跃进。

我还看过延惠渠工程。延河在中央医院对面李家洼上了左岸的高石砭。它经过杨家砭、杨家岭、王家坪，在清凉山下绕到东川里，要到干谷驿去。渠长八十多华里，将来要灌溉五万亩川地哩。到桥儿沟的工程已经完成了，有三千多亩已经受惠。目前的施工在桥儿沟和东二十里铺之间进行，我到李家渠红旗人民公社去的时候，那一段路上完全变成石匠们的世界了。这种分段分期完成的做法，使我想到某些县里喜欢搞全面紧张的年轻领导同志，他们如果能这样进行工作，该有多好呢？巨大的工程，怎么能不分步骤，没有很好的计划，在万人大会上喊几句口号，胳膊一挥就让干去呢？在我们的事业里有分工，但绝不能有专门不负责任呐喊的人；所有的人在我们的事业面前，必须认真、负责、严肃。

最后，我攀上了清凉山。我经过老爷庙山头，娘娘庙山头，黑龙沟山头，北桥沟山头，尹家沟山头，到刘家洼下了山。啊啊！任何人到这里来，他都要惊叹持久坚韧的劳动威力！劳动——这是世界上最伟大、最崇高的行为。延安的机关干部、青年学生和市民，用一万多个义务劳动日，修起五百亩水平梯田，植起四百亩林和四十亩果木，种起二百亩牧草。至于鱼鳞坑、蓄水窖、涝地、沟头防护、淤泥坝、谷坊……到处都是，我实在不愿为了报道这些数目字，麻烦辛辛苦苦领我上山的水土保持工程师同志。工程师告诉我：这是示范区，为了做教材用的，目的是让庄稼人们看看："党所号召的事情是可以办到的！"

在延安停留的最后几天，在我的脑里形成了一个明显的概念——延安精神。我一边到处看着，一边回忆着过去的事情，延安精神这个概念就越来越具体了。对于奋斗目标不折不扣的信心——这是一种乐观主义的精神；对于面对的现实采取切切实实的态度——这是一种实事求是的精神；对于困难不屈不挠的顽强——这是一种英雄主义的精神。从一九三七年到一九四七年，党中央和毛主席在这里十年的时间，用许多决议、指示和报告，使延安精神在中国历史上光芒四射，永垂不朽。对于我们党和每一个党员同志，即使到了将来的共产主义社会，延安精神还是要保持的。这种精神必须用到每一种事业和每一样具体工作上去。谁丢掉这种精神，谁就快倒霉了！

在我离开延安的早晨，天还不亮，塔影还模糊，延安还在酣睡中。延安啊！我在你怀抱中二十多天的光景，使过去二十多年的记忆都活了起来。这二十多天使我对今后的生活和工作，有了更明确的想法。我希望尽可能多的同志争取回一趟延安吧。我希望尽可能多的同志争取朝一趟延安吧。不要以为青岛、北戴河才是好地方。外国人到延安来恭恭敬敬摸摸毛主席坐过的椅子，脸上显现出无限崇拜的神情。人们把延安的黄土用纸包起来，把延河边捡的石头装在口袋里，作为一种圣灵之物，带到欧洲、亚洲、非洲和南北美洲去。亲爱的同志们，中国共产党人对延安应该采取什么态度呢？

延安精神万岁！

一九六五年六月二十五日在皇甫村补记

建议改变陕北的土地经营方针

毛主席说:"水利是农业的命脉。"又说:"农业的根本出路在于机械化。"对于调查研究我国各地区的经济地理条件,从实际出发来制订各地区的社会主义经济建设计划和步骤,这是非常重要的两个观点。

根据这两个观点观察分析问题,陕北地区就是不宜于着重发展农业生产。

首先是干旱,当地群众叫做"十年九旱"。

我国北方与内蒙古自治区毗连的各省区,其间大多有山脉横隔。在河北省是燕山,在山西省是恒山,在宁夏自治区是贺兰山,在甘肃省是龙首山、黎山、马鬃山。只有陕北地区没有隔山,与内蒙古的鄂尔多斯草原和毛乌素沙漠相连,成为一个气候区。陕北地区南部的黄龙山和晋西的吕梁山,在一定程度上阻碍了海洋气候对陕北地区的影响,加重了干旱的因素,因而常常在河北和山西下雨的时间,在陕北仅仅是阴天而已。

鄂尔多斯草原和毛乌素沙漠在内蒙古自治区里也是雨量最少的,全年只有二百七十三毫米,仅仅是内蒙古东部地区昭乌达盟的一半,而且这点雨量还集中在七八月间,即陕北群众所说的"大暑小暑,灌死老鼠",就是说大部分是暴雨(即雷雨)。这个自然条件在可以预见的将来还看不出有人为的办法可能改变。

修水平梯田和沟谷筑坝,可以防止七八月间的那几场暴雨的水土流失,对提高产量可能起一定的作用,但不能增加雨量,就是说不能改变其他月份干旱的根本局面。梯田在受旱时同样收获很小,甚至没有收获;沟谷坝地稍好一些,但面积占总耕地面积的比例太小。

水利受到水源的限制。绝大多数生产队即使要用机械给梯田和坝地送水,也找不到水源。由于洪水的浑浊度大和地势的错综复杂,蓄水的实际可能性很小。

机械受到地形零碎的限制。在兴修的梯田和坝地,即使某种程度的机械化可以做到,干旱的问题未得到解决,大量的劳力和生产投资不能收回生产成本,是一个不能不考虑的问题。

一个命脉,一个出路,是发展农业生产的根本问题。至于高寒,无霜期短,只能种生长期不长的粗粮作物,春季风多,禾苗被风摇得很难生长,冬小麦常常籽种不回,这些还不是主要问题。

我提出上述种种问题,并不是为了给我亲爱的几百万同乡泄气,而是为了研究适合陕北地理条件的经济建设方针和计划。

我们祖国广阔而且富饶。大自然给了我们东北的大豆高粱产区,北方和中原的棉麦产区,南方的水稻产区,内蒙古和新疆的畜牧区,等等。在社会主义制度下,"全国一盘棋",最适于因地制宜地进行经济建设。

在西欧和北美,按照经济地理条件有法国南部地中海沿岸和加龙河下游的葡萄产区,有美国西海岸加里伏尼亚的苹果产区。在我国有渤海沿岸的胶东半岛、辽东半岛和辽西的苹果产区。

陕北地区的气候、土壤和地形是天然的最理想的苹果产区。

——首先苹果不怕旱,靠土壤中大地的潮湿度就可生长。幼苗根部太浅太小，如遇大旱，需要浇水，及至树苗稍大，根部延伸至生土层，就不需要浇水了。

——陕北冬季有零下二十度的严寒，许多虫卵不能过冬，暖季果树基本不需要农药，大大地降低生产成本。这一点，连胶东、辽东和辽西的苹果产区，都做不到。

——陕北丘陵地带坡地的斜度，最适于苹果树生长，因为便于通风透光。地形零碎不利于机耕，而生长果树，则可以避免枝叶拥挤现象。为了施肥便利，在果树苗移植时即挖鱼鳞坑，随着根部发展，鱼鳞坑逐渐地加大，终于坑坑连接，形同梯田，也起水土保持作用。

按：中国农业科学院院长金善宝同志在此处补充说："还有一条。陕北地区日照长，昼夜温差大，有利于苹果糖分的积累，而且果皮色泽好看。沟壑坡度大，可修反坡梯田，广种紫穗槐，既可保持水分，又可用作饲料、肥料、编筐编笼，一举多得。"

上述三个因素结合在一起，是其他国家和其他地区无法达到的。即使我国现有的苹果产区，也不如陕北地区理想。全部坡地培育成林以后，陕北地区将成为我国的先进经济区——园艺基地，并成为世界著名的苹果园之一。由于疏果、剪枝、收获和包装，主要依靠人力，其他地区可有计划地向陕北移民，陕北将成为我国人口稠密的地区之一。

不适于苹果树生长的"直风梁"（山峁、山梁）宜于植桑养蚕。采桑养蚕季节正是果树方面活路不多的时间，这样两种作业在气候、土地和劳力三方面天然地相适应。桑树更新下来的老枝，桑皮造纸制箱，装出口苹果，桑枝编筐，装内销苹果。在经济地理上两种经营这样和谐地全面衔接，也是世界上少有的。

沟谷筑坝和部分可以兴修水利的梯田，全部种植粮食和蔬菜，还有一部分土壤太差的可以种植牧草，喂养当地使役的大牲畜。这样，坡地——梁地——谷地，果树——桑树——粮食，这就是陕北经营土地最理想的经济地理面貌。彻底改变面貌的过渡时间大约需要四个到五个认真制订并确实执行的五年计划。

毛主席说的以农业为基础，工业为主导，是就我国社会主义建设的经济关系而说的，"以粮为纲"不是说每一地区不管客观地理条件，都种粮食。这个道理显然用不着详细论述。

陕北地区的土地经营方针的改变，就是说经济关系的基础改变，必然导致整个经济结构的改变。但改变经济结构的过程和改变后的经济结构，都还要以工业为主导，否则违反了经济关系的法则，事情是根本办不到的。

试以英国十八世纪的工业革命改变经济结构为例，来说明作为客观存在的经济关系的规律性。资产阶级议会制的确立是工业革命的前提。国会以立法的方式通过三次法令，消灭了小土地所有制，为工业发展提供了劳力和市场。机器的不断革新促进了工业发展，但真正迅速的发展是在十八世纪二十年代至三十年代人类第一次修了铁路以后。交通运输的发展在现代经济关系中所占的地位，是不言而喻的。这个在十八世纪初期仅有七百余万人口的岛国到二十世纪初期变成一个拥有四万万五千万人口的大英帝国（包括被它进行经济掠夺的殖民地在内），而英国本土的土地经营早已由主要生产粮食变为主要生产畜产品了。

殖民地独立以后，已增加到约五千万人口的英国所需要的农畜产品，仅能自给四个月，其余要用工业品在国际市场上交换；因为这个雾国不适宜于农业。

我们的伟大祖国是以社会主义革命的方式消灭小土地所有制的。这与英国以资本主义方式结束封建主义经济停滞期在性质上根本不同。

而且，由于我国幅员广大，面积与欧洲大陆接近，人口比整个欧洲还多。我们本国的资源和劳力再加上社会主义所有制的优越性，一旦结束了封建主义停滞期，就可以社会主义的计划经济发展自己的多种经济区域，充分利用客观经济地理的优越条件。绝不能受着客观经济地理不利条件的限制，抱残守缺，强求各个经济区粮食自给。我建议改变陕北地区的土地经营方针，就是根据这个原理。

陕北地区的土地经营方针的改变，必然导致现代工业城市的兴起，延安、绥德、榆林三个城市将有酿酒(苹果露)、纺织、造纸、罐头、毛织、皮革、水泥等工厂。随着经济发展，陕北的地下资源也将被开采，特别是石油和煤。

陕北地区的动力供应将是十分廉价的。境内黄河水流湍急，河面不及百米宽，水力资源极为丰富，需要多少就可以兴建多少水电站。但是为了便于管理和使用，可修三至五个大型水电站，高压供电主干线路大体上与新修的铁路平行，参考这点决定水电站的位置。

铁路运输线是陕北地区经济结构改变的关键。首先打破陕北与国内其他经济区隔离和半隔离状态，使陕北自己生产不足的粮食(要求自给三分之一，是可以做到的)容易进入陕北市场，其次使园艺和蚕丝产品以最近便的运输线运到出海口天津。

当然，铁路的修筑将和陕北土地经营的改变相配合，一定是有计划、有步骤、分阶段，大致与经济发展相适应。先修最重要的一两条线与华北和关中相通，再修次重要的两条，还需修境内支线，使得这个富饶地区的经济得以尽可能充分地发展和这个地区光荣的革命历史相辉映。

毫无疑问，在改变经济结构的同时，延安、绥德和榆林三地不仅成为工业城市，而且成为陕北地区的文化教育中心。园艺、蚕丝、电力、机械、建筑各业必须有高等教育机关和中等技术学校，培养当地的知识分子。

我在一九五五年我国消灭了小土地所有制以后，就曾将此建议写给原中共陕西省委第一书记。第一书记未见信，被转给原中共陕西省委农村工作部。一九五七年我催问第一书记本人，经查寻，原件已找不到了。当时我本人的写作已很紧忙，不能认真想这件事，所以再没有写建议。

这次我在受审查期间，因病重不能劳动，在呻吟床笫之余，又想起这件事情。陕北老家来此探亲的家属和亲友，谈起那些连年干旱所造成的集体经济困难和人民生活艰苦状况，我听了于心不安，促成我重新认真考虑这个建议。我自信为了人民，绝无私念，更无其他意图，因为我没有完成写作计划以外的任何目的。这个建议的立场、观点和方法如有错误，愿接受批评。

一九七二年五月七日西安

一个女英雄

音乐一停止,那些披红挂绿的角色退下去,舞台上便出现了七个乡下人。他们局促的举止,胸脯上的花朵,以及无可掩饰的喜色,吸引着广场上千万人的眼睛。多数人的视线总是惊奇地长久停留在那个中年妇女的身上,以致使她不知道她的眼睛该看哪里是好。仅仅在半个钟点以前,一个县上的同志才领她从桃镇赶进城来,参加这个劳动英雄授奖的大会;而据那个同志说,甚至在不久以前落雨的那天,男人们都闲在家里的时候,她还在冒雨用铁锨拍她的地畔。现在,她坐在一条板凳上,偶而曲着脖子看看挂在纽扣上的红花,或者转眼斜睇一下海水般的人群,然后出神地静坐起来。历年的劳动使她的背脊弯曲着,肩膀也被水担子和庄稼压得松弛下来,而在她健康的绯红的脸孔上,皱纹已经很深了。

这个女人便是米脂桃镇区第六乡燕家圪台的郭凤英,她是一个寡妇,二十五岁失去了丈夫,这悠长的十一年间,独自耕种着几坰薄田,也揽过短工,凭借自己的勤劳,带大了丈夫留下的两个根苗。睑儿十九岁,娶媳妇已经五年了;余才刚十二,但已负起了砍柴供灶火的全部职责,并且兼理着看管三只羊的副差。她自认虽然没有给孩子们挣下家业,也不曾弄掉分文;现在仍住在丈夫留下的三个窑洞里,自己一手种着丈夫种过的土地，全家应用的锅盆碗盏样样俱全。媳妇在家里纺线，缝衣服和煮饭，大儿子已经揽过三年长工，除了把他的嘴安在外边，今年还挣回一千五百块法币。这些硬纸片换成棉花，经过媳妇的手，将变做四口人身上穿的东西……

郭凤英对问的人叹息着，说："唉，总还算一家人家。娃娃老子咽气的那会，梦也梦不见而今。"

于是，泪水又一次在她的眼眶里兜起圈子，又一次需要掏出手巾来擦擦。在所有的七个戴英雄花的人们中间，只有郭凤英一个用眼泪代替笑脸来显示自己的喜悦，因为只有她，任何一桩英雄事迹都同她的苦难不可分离。

她是老农民郭仲实的第五女儿，十五岁的时候，便嫁给张立全的独子张清明做媳妇。公公是前清的武秀才，耍拳弄棒，交结了许多江湖朋友；他每天除了酒肉，还吸着大烟。等到武秀才停止享受的时候，这对小夫妻从那个从前的地主只继承到三个窑洞和八垧山地，而其中有三垧早已典出去了。小两口子只得以自己的勤苦和俭约，度着吃不饱、饿不死的日子。丈夫不能够劳动过多，他患着癫痫（俗称羊疯），无论在锄地、担水或者吃饭的时候，突然间，便失去知觉，抽搐起来了。因此，他们无法使日子过得更好一点，便只好这样子拖磨着。拖磨着，十年过去了，一九三二年旧历二月初一日——这日子郭凤英记得一清二楚——丈夫的癫痫又发作了。她原以为不要紧的，因为这已经成了他们夫妻生活的一部分，谁料他竟从此一下子断了气呢？那时，郭凤英生下第三个儿子，还没有满月；脸儿九岁，余才两岁，刚学会在炕上爬来爬去。

"天呀！"郭凤英说她那时曾惨叫道，"你怎么忍心给我掼下这么个难场，管你自己死了呢！"但人已经不出气了，僵硬地停在铺着干草的门板上。这样子停了六天，郭凤英从剩余的五垧地中又典去两垧，这才制备了衣衾棺椁，把丈夫出葬在祖茔里。葬事完毕的时候，家里只剩了五斤米，一捆高粱秆和一抱豆秸。分娩后未过四十天，孱弱的产妇便出现在山沟里和村道上了。她提着筐子，走来走去地拣柴。痛苦绞结她的时候，便到隐蔽的地方放声大哭一气；擦掉眼泪还得去捡。至于那个新生的儿子，连名字也没起，便送给人家让他逃活命去了。三月里，她的一个隔山哥哥（她母亲同头一个丈夫所生的儿子）送给她二斗米，这二斗米便一直吃到冬天；因为只有睑儿和余才吃饭，她自己只能用煮苦菜和熬菌藤撑她的肚皮。唯有这隔山哥哥是她的亲人，第一个向她伸出了援助的手，把两个孤儿从死的境地提高了一步。她的亲生父母早不在人间了，而两个兄弟又全不是她母亲所生。

　　怎么办呢？走她母亲走过的老路吗？

　　"不！"郭凤英曾经怒颜回答着旁人的提示，说："再瞎说，我还给你们不好看哩。"

　　虽然带了两个孩子，但那时的确有许多断了弦的男子在心里暗算着她，因为她是一个漂亮而且干练的婆姨。只是她不愿意走那步路。这不是为了封建的守节，而是她时刻不能忘记自己对睑儿和余才应负的无可推脱的责任。一则，他们的家族中有许多人不成器，她唯恐孩子们长大回家的时候，连吃饭的碗筷都没有了。再则母亲和隔山哥哥的苦楚从小便深深地铭刻在她的心里，她清楚孩子们从新的丈夫那里稍微受到一点委屈，做母亲的便感到刺心的痛苦了。

　　"我要种地。"她对所有关心她的生活的人这样声明；心里想能守三年守三年，能守五年守五年。并且，她对自己的劳动作着最低的估计：别人一垧收成一石，她收成五斗；别人收成五斗，她可以收成二斗。难道这样子还做不到吗？

春天，亲戚们帮她播种下去之后，这二十五岁的寡妇荷锄的影子出现在山野里了。开头，她没有足够的力气使用锄头，也缺乏识别庄稼苗和草苗的知识，总是锄了大的留小的，锄了苗子留下草。她的一双小脚，坐在炕上或者站在灶台前边的话，那正是某些绅士们所啧啧称道的国粹，但却一点也不适于埋在黄土中间。她知道要想种地，便必须解放它们。先是在脚趾下边垫了棉花，包着裹脚和穿起鞋子上地；二年以后，八个足趾分开来时，她才含羞地打起赤脚。据她说，放足的苦痛至少要十倍于小时缠足的时候；而至今，经过十一年的劳动，那两个小脚趾依然无生气地贴在脚掌底边。她担水，从井里舀满了两桶放在一边，她却没有勇气担着便走；而当路上遇见了行人时，她又需要放下来等他过去；因为许多好奇者总喜欢目不转睛地盯视她摇摆着一只胳膊急走的样子。水担子压红了她的肩膀，随后肿了，以至于溃烂起来。早晨，天不亮时，母子三人便吃了饭，门户委托给一把铁锁，他们便上山了。她在田禾中间忙碌着，两个孩子在一边玩土块或是捉蚱蜢。中午，三个人吃了用罐子带来的冷饭，午后便同午前一样过去了。及至辨不清庄稼和杂草的时候，他们才从山里起身，回到家时，只能识得模糊的路径；而有些人家早已熄过灯了。

"女人谁受我这苦罪呢？"郭凤英回忆起当年情景，不禁慨叹着说，"回到家里，腿疼腰酸，还要自己做吃的。天好时我上山了，下雨就在家里缝新补烂。喂鸡抱蛋，就是鸡娃娃，我也要把它们泡料成几个钱才行……"

"那你还满能过哩。"有些人赞誉着说。

"我们吃糠炒面，黑豆水和煮白菜，"她说，"两天喝一顿稀米汤，一顿下一把米。嘴上节省的，都穿在身上了。"

开始的二三年间，郭凤英种着三垧自家地，又租了财主家的两垧，各种原因使她的收获不能满足三口人的生活，日子依然过得艰难。这引起许多闲人们的闲话：这寡妇厉害是厉害，但她守不住厂。虽然几年的劳动丰富了她的关于庄稼、季节以及劳作的知识，磨炼了她的体力，使她更适于种地和使用农具；虽然悠长的时间撕破了她所谓的"羞皮子"。开始同别人变工，不再一个人偷偷地用镢头挖地；然而，无论如何，新的灾难又沉重地落在这三个不幸的寡母子头上来了。

东边和南边燃起了土地革命的火焰，火焰并没有延烧到桃镇边区的山野里和村庄上；但反动军队却把人民从他的住宅里驱赶到寨子上，寨子上没有这三个寡母子栖息的土窑，因为它们早被那些有男人的人家抢先占去了。一九三五年二月的一天，郭凤英带着两个孩子上了寨子，只好同一个本家的侄儿两家人挤在一起。半月之后，她看见这样子不成，便雇人新开了一个土洞，然后亲手安置了破门窗和锅灶，搬了进去。但不过两月，官长们又出了新的章程：他们要把燕家圪台小寨子上的人通统赶进姬家岔的大寨子上去，而两个寨子相距着五里。可怜的寡妇带着她的孤儿们，离开泥巴未干的土窑子，来到大寨子上，更是找不到容身的处所。七月里，她的一个娘家兄弟同她一起伐了一棵树，打起四堵土墙，一间像普通农家的草房一样的泥房子，在那个山坳里突现出来。这是郭凤英的第二处新居。在这里，她住了四十天，秋天到了，深秋的山风怒吼着，大有带走这间简陋的泥房子的趋势。天气太冷，柴水都困难，她开始担心起睑儿和余才的生命；因为他们吃喝不到，衣服又单薄；是为了他们，她才身受这人间最凄惨的痛苦。于是，她决心下寨子。军官们不允许她回家里去，她便到延家沟她夫家姐姐家里落难去了。在那里，她带着自己的口粮，同孩子们渡过了严寒的冬天。这些口粮还是她在上寨子期间整整一年的播种、耕耘和收割所弄到的一点极有限的谷物；虽然在寨子上种地远了许多，但劳动不曾停止过一天，因为手一停止，嘴也将跟着停止了。

当她一同旁人谈起上寨子那时的情形，便带着极度的悲痛苦诉起来。

"哟哟，"她阴暗着脸相，说，"我哭了多少回鼻子呀！老子死后的二年再没哭，这时眼看着娃娃们多会才能长大成人呢？睑儿十一，余才四岁了。我嘴里不敢说，心里盘算：来吧，红军，红了吧！就这么个样儿，我怎么活法呢？"

然而，从苦难里磨量出来的人，经得起这接踵而来的更大的苦难。意志赐予她力量，使她逐一翻过那人间地狱给她所设备的刀山。

严冬过去，春天来了。一九三六年农历二月十六日，寡母子又住在她们的故居里，这故居已不像人类栖息的地方了。院子里枯槁的蓬蒿同五岁的余才比高低，她安起锅瓮和风箱，那些蓬蒿竟供她做饭烧了好几天。她打定主意，无论如何再不上寨子去，因为那是"万人坑"，不方便或是不能种地，他们便只好活活地饿死在官长们的"保护"之下。住在家时，郭凤英依旧种起地来，"下沟提粪筐，上山提柴筐，"她说，"你到桃镇区打问一下，那一个看见我空过手过？"对人叙述到一九三六年间她的情形时，她说这两年平平淡淡地过去了。这意思是说：她不仅丰衣足食，并且卖去自己的余粮，在一九三六年冬天，把武秀才典出的三垧土地赎了回来；而到一九三七年，便又赎回了殡葬丈夫所典出的两垧。这统共八垧自地，她心想从一九三八年起将由她同她的睑儿耕种起来。

但是，一九三八年，郭凤英竟整年病倒在家里，她不能上地。这样子，只好让睑儿独自在山里做活了。这娃娃整整忙了一年，到秋后竟给他的母亲从那八垧土地里只收到八斗粗粮。

而在这年的夏秋之间，新的故事又发生了。睑儿三岁时，他的父亲给他定了一个两岁的媳妇；核桃村墕村一个老乡的女儿，这女孩现在已经十四岁,老汉养活不过了,他要送给婆家,做童养媳。郭凤英想:"迟早终要梳头的,就娶过算了。"六月,寡妇卖了一些夏收的麦子,交给老亲家二十四块法币的财礼,并一件袄一件裤和一斗老麦。中秋节后一天,便在驴子上把新媳妇娶了回来。

"就那么个光景,我还吃了一顿糕一顿面,待了四十几个客哩。娃娃们一辈子就这一桩喜事,叫顺意些,为什么小气呢?"说到这里,这个母亲眼里闪耀着母性最崇高最慈祥的光芒。媳妇娶过,年纪太小,做饭还够不着水瓮,并且因为想娘家,常哭鼻子,婆婆不要她多做事情,只教她纺线,而这小媳妇每天还纺不到一两。

"小哩,"婆婆说,"纺了多少算多少。"

这样,家里又添了一个吃嘴,而地里的收获却是那样的微小。怎么办呢?郭凤英是如何不愿意典出去那些用自己的劳力新赎回来的土地,以至于焦急地一夜接着一夜地失眠。"我眼合着,心活着,想:怎么办呢?"她回忆着说。亲戚们都劝她重新典出去,等到喘过气时,还可以赎回来的……

"我就又典出去三垧!"她说着,紧咬着牙,两腮的肌肉鼓了起来,显示出这个女英雄的力量。

一九三九年,新的奋斗开始了。她同她的脸儿还是种着自地和租地八垧,小媳妇在家做饭送到山里。春夏秋三季,郭凤英竟给别人揽了五十四天短工。开头,她挣男短工的一半,随后工资加到三分之二,以至于同他们一样;因为她在那些男人们中间碎土、锄草和收割,并不逊于他们一丝一毫。她前后统共挣到了一些米、黑豆和三十块法币,这些很少的财物使一家人勉强渡过了困苦的一年,虽然有时只能用粗糠和榆树皮充饥。

那时,她毫无办法才做短工,像今天的话,她说,她会向公家借钱纺线，反正一样生产就是了。从一九四〇年起，她家已经不再吃榆树皮了，一九四一年冬天，便又赎回了那三垧典地，生活一天好似一天。睑儿揽工钱，媳妇在家纺线之外，这个婆婆从山里回来，还可以歇息歇息，吃现成饭。家里除了五只母鸡和一只公鸡，今年二月十四日，又买了三只母羊。这次，她本来忙着，极不愿意走五十里路进一次城，但区乡上的人都说非来不可。至于公家奖励她一匹白马的事情，她连梦也没有梦过。她从来不曾做过一次好梦。生活在贫困中而梦想到黄金和甜蜜，是那些懒惰鬼的赏心事。

现在，郭凤英——这个使许多男人因她而感到耻辱的巾帼英雄，在万人的鼓掌和欢呼声中，走下了舞台。她一手小心翼翼地牵着那匹陌生的白马，另一手提着一面光彩夺目的红色锦旗和一条洁白的毛巾，从广场的一端走向另一端，要到政府里去。但她下舞台，便被男人、女人、士兵和学生们重重叠叠地包围起来了。从这一堆人群中拥挤出来，又陷入那一堆人群的包围中；挤不进去的人只好在人群外围跷起足尖，伸长了脖子，从别人肩膀上边，瞻仰一下那个牵马的女人的风采。

各种各样的问题从各种各样的人们嘴里向这位英雄发了出来。郭凤英带着谦逊的微笑回答面前的人，从肩两旁，从背后和更远的面前，又来了新的问题：关于她的身体，儿子，媳妇……等等，等等。显然，舞台上所做的她的英雄事迹的介绍，还不能使听众满足；因为他们需要知道得更清楚，更具体一点。

有一位拄着龙拐杖的老太太，问了问和听了听之后，营养良好的面孔上堆起微笑来，露出两颗闪亮的金牙，笑道：

"那你再不要受苦了，这马还不值几千？"

"噫噫——老婶婶，"郭凤英却不同意道，"该做甚还要做甚哩，公家奖赏为了叫好好生产嘛……"

从广场里出来，郭凤英仰头看了看太阳，才不过半下午的时光。她坚持着要当天回去，因为落过春雨才几天，湿润的土地正好播种。但政府里一定要留她至少住到第二天，为的是有些问题还要同她仔细谈谈。

在政府里，她忙得一塌糊涂。这个同志来同她谈半天，写了满满的几页子带走了；那个同志又来客气地申言说，想请教她几个问题；甚至在她吃饭的时候，还有同志来恳切地说明，饭后一定要同她谈，因为别的事情需要他不久便回去。

二科的同志来找她，要帮助她拟订了这一年的生产计划。计划不大，因为她土地不多。谷子二垧，高粱二垧，老麦一垧，小麦一垧，而所有的豆类都在上述的地里套种起来，剩余的两垧则种着山药蛋、蓖麻和南瓜。去冬，睑儿和余才统共拾了六十袋粪，今年将它们施进八垧地里，加上她的不懈怠的劳作，她要每垧的收获超过一般农家。她说去年她原应出一斗四升公粮，但村人和公家无论如何拒绝接受，她便自动出了四十五斤公草；因为现在的公家，她知道已经不是逼迫她上寨子的那个了。

预期在她回家后不久，白马将变成一匹牝驴。这匹牝驴要为它的主人耕地、拉磨和生驴驹。郭凤英准备在今年之内制造一架织布机，给她的十八岁的媳妇开始新的教育。此外，三只母羊要生好两个羊羔，五只母鸡中的任何三只，必须孵出三窠鸡雏。最后，她还想栽养五棵枣树，以免余才每到秋天总是羡慕地看着别人家的枣树，而不得一尝。栽培五棵柳树，它们的枝干长成后，将来总有用处的；并且栽培十棵桑树，以备今后养蚕。

所有这些便是她，郭凤英，一个三十六岁的媳妇，向全边区妇女和那个鼎鼎大名的吴满有老汉挑战的条件。虽然她初听了那个老汉的情形时,竟有些惊奇不置;但随即懂得了,那是土地革命的赐予。

从政府里出来,文屏山已经打了九点。在宽敞的铺着砖的院子里走着,她轻声问那个带她到宿处去的小鬼,说:

"我的马喂了没?"

"喂了,"小鬼仰头回答道,"同我们的马在一个槽上。"

于是她安心地休息去了。翌晨,郭凤英本想一吃过早饭便走了,但却接到女校的通知,请她去开会。在座谈会上,她面前的桌上堆着瓜子和红枣,一大群女学生为她唱着欢乐轻快的歌子。郭凤英愉快是愉快,但她既吃不下去摆在面前的她很少遇到的东西,也无心仔细欣赏音乐。人虽坐在那里,心已经到回家的路上了。会一结束,她便匆匆起身。春风玩弄着她的衣角和她的白马的尾巴。她走得很快,很快……

前进吧郭凤英!

前进吧!时代!

一九四三年四月在银城

冰雪中悼大化

我小时每当听到一个好人咽气的噩耗，便听到有人叹息说："好人不长寿，坏种一千年。"这句话曾有很多年在我的脑中造成了一种错觉，以为凡属好人，必不长寿，这大约也是确定各人阳寿标准之一。及至后来，读了些书，经见的世事日益繁杂，我才渐渐明白这话原非好人和坏种寿数有别的缘故，而是大家盼望坏种早死，盼得越急，便感到他的寿命越长；反之，大家对之都有好感的人，倒会突然出人意料地死去，引起无数人悲怆地叹息。不想大化的噩耗也在这种叹息声中传开了。一个人民戏剧的杰出演员：多才多艺但却老老实实，还可以给人民服务上几十年的人竟如此短促地结束了他短暂的生命。

大化死后我所碰到他生前的读者和观众无不异口同声赞叹他的才能，说他身兼编、导、演，又会画画，歌喉高亢……戏剧本是综合的艺术，而他正是这种艺术的全才。他从旧社会的学院里出来，又跑到新社会的广大人民群众中投师。一个普通的农民干部如申红友竟给他在艺术上上了一课，这便成为大化才能的主要源泉了。倘若以读者的多寡来评价作家，观众的数目便显示着戏剧家、导演和演员的价值；大化的《兄妹开荒》在全国几乎变成了口头曲，而他的观众西起西北高原，东北到兴安岭的山麓，从穷乡僻壤以至通都大邑，都留下了他鲜明的印象。

可惜这印象已经无法重睹，永远变成了记忆！在伟大的人民革命事业中自然还会涌出大化一样杰出、甚至更杰出的艺术家，来填补他遗留下的空隙，而他为人民服务的精神则无疑是我们后死者的永久榜样了。

大化的名字我先是从漫画的签署上熟识的。看他的演出也在四五年前便开始了，而我们相识和发生工作关系，却是从本溪到大连的时候，随后因为出版了东北文工团的几本书，来往的更加频繁。现在当我们在冰雪中悼念他的时候，他的革命品质、工作精神，以及做人真诚在回忆中也感到温暖和鼓舞。我不是有意贬低他的艺术成就，但我必须承认他的人格比他的成就给我的印象更加深刻，正是这崇高的人格使他的不算很多的成就辉煌灿烂起来，与那些伟大艺术家媲美了。

在我们几个月的交往中，他是我看见的第一个忙人，并且是经常忙。到大连的第二天正是二届监参会开会，锣鼓喧天，万人空巷的时候，我看见他和文今两人已在伏案画舞台设置了，只在秧歌扭过他窗下的时候，他才把头伸出窗门看了一看。文工团一到，他更忙碌，除过工作的地方，你看不到他，他说过多少回要到书店里来看看，是只说没行，最后来过一回，还是因为出版黄河大合唱的事情，稿子放下，一杯茶喝了两口，结果是只朝椅子看了眼便走了，因为他是抽空子来的。我们不能了解大化的忙碌，正如参加大宴会的宾客不能了解泡料它的厨子的忙碌一样。然而更重要的是大化自己并不像那些假忙的人一样，喋喋他多劳；别人提到，他也只是咧嘴一笑而已。英国资产阶级的诗人曼斯菲尔有一首诗这样地说：假如一个人没有工夫停留一会，呼吸一下新鲜空气，那活得有什么意思呢？他在同一首诗里还"假如"很多似乎高贵风雅的话语，活生生地显露了有闲阶级的艺术家的无聊。而我们这位艺术家常常睡眠不足，早晨眼球罩着血丝去进餐，在后台把化装的笔含在嘴里，空出手和访问者握手，粉墨起来之后，他还和客人谈工作联系的问题。难道他不比任何资产阶级的绅士更高贵更风雅吗?

到都市后我听过不少生活要"都市化"的高论,也的确见过一些都市"化"过的人。我看见他们愈化愈走样。为营养问题伤脑筋,为自己房里的暖气奔波,为爱惜地毯劳神注意客人的鞋底是否干净,再三听说大连诸般远不及上海,甚至连这里的同胞不如来自四川和上海的可爱,似乎通统沾了点"鬼子气"。据我知道大化在大连半年,来时天还飘雪花,他穿褐绒夹衣,戴鸭舌帽;去时暑伏刚尽,他着全套文工团制服。他在台上的装饰是千变万化的,而在台下却老不变样。我没看到他抖弄过西服,也没有听到他谈什么东西富于营养。不发牢骚,没有怨言,生活的要求像一个士兵一样简单。而这样一个不注意"都市化"的人,他在大连的舞台上留下多么好的印象,而且变成"戏剧讲座"的听众们难忘的良师。我在辽北省某县曾听过东北政委会林枫主席的讲演,他谈到工作岗位的高级和低级时,说王大化的戏剧工作也是高级的,因为他对人民觉悟有很大的功绩。大化在艺术上的成就和他的正派作风,不仅仅在中共党内和解放区引起了重视,而且在黑暗的那个中国里也不无影响,黄炎培先生在他的"延安归来"中便加赞赏。虽然如此,大化却没有拿起"高级"的架子,不善于介绍自己的光荣历史,不忙于结交上层,没有仰面躺在沙发上闭眼指天当地批评一切的习惯。有一次他给我的印象最深,一位当地的文化人在欢迎文工团的集会中问他是否是黄炎培所称赞的那个王大化,他脸红了,局促地笑着,嘴唇颤抖着,却说不出什么话来。大化,多老实啊!

我们听到他的噩耗,深深感到人类的生命有时也真有点渺茫,大家在他身上还寄托着很大希望,而他却不声不响丢开大家死了。当我看到日报上登载新华社所发的讣告时,我反复反复读了好多遍,我才想开了一点，原来大化还是死于他优良的革命品质！按电讯说，他率领的工作队完成任务返回时，从汽车上摔下去重伤致死的。我想他们坐的不是小车，否则摔不下去，但即使一队人坐在大板车上，为什么唯独一个领导者坠车子呢？我也坐过大板车，见过有人为了占好位置用高音吵得面红耳赤。大化，你是领导者，不坐在机师旁边，也不坐在靠里一点的地方，为什么自己挤在尽边被摔下去碰死自己呢？我明白了，我从你平素的作风知道你致死的原因。让那些只觉得自己老婆重要的人害羞吧！

　　北满冻结如铁的土地里长眠了一个优秀的革命家，一个充满创造力的艺术家。他的必要可期的未来成就虽然随着他的躯体入土了，但他的精神永垂不朽！

一九四七年一月十八日

萧克将军会见记

在"八一"抗大四期毕业典礼的大会上,主席罗瑞卿同志介绍来宾的时候说:"今天我们的来宾有……有刚从山西战地回来的萧克将军。"跟着每个名字照例地哄动的掌声之后,听众中表示了惊奇:

"萧克同志回来了?"

延安边区文化界救亡协会通讯部的"通讯"要发刊了,负责同志要我去访问一回萧克将军,把晋西北战场的最近情况报告给千万个读者,我很高兴地接受了这个差事。通讯部立即写信给萧克将军,他的回答是:"请在十一日下午两时派人来谈。"一到约定的时间,我就和文协另一位同志持着通讯部的介绍信到约定的地点会见了萧克将军。

夏天的下午两时,当然是睡觉的时候,当我们走到院子里一问,一位同志的回答也正是:"萧副师长在睡午觉。"但是等我们说明了我们是约定时间而来的,那位同志就到一间挂着黑布门帘的屋里传达,正当同行的那位同志笑着给我讲:他在岢岚,睡午觉时门上挂一个字条"午睡,不要推门"这个故事的时候,屋内传出一声南方的口音:"请进来哟!"

我们进去,递过了介绍信,他让我们坐下之后,开始擦脸。这使我有机会观望观望这位将军的住室:一张木板床;床上铺着一张羊皮褥子；褥子上加一块白布单子；床的一端放一个枕头，几张最近的报纸并不整齐地摆在枕头边；一条毛毯当作被头折叠在床的一边；床的前面一米达半处摆着一张桌子，白色桌布上铺着两张西文报纸，放着一本解放报和一些零碎纸片，这就是一切，他使你记起一个人在乡镇小店所有的一切。回过头来，看见对面一座土炕，铺着两张白净的席子，炕边摆着高高低低的几个药瓶子，这也尽够向你说明萧克将军这次回到后方来的原因和目的。

他擦毕了脸，而将军的小屋全景也摄入了我的两片"克罗克"镜头。大家都回到桌子周围，看见勤务员同志已经把一包香烟和一盘果子以及三杯开水备办在桌上，因此，大家相对微笑，开始了我们的谈话。

"萧同志，辛苦哟！身体不舒服吗？"我问。

"没有什么，没有什么。"他微笑着回答。他老是微笑着，虽然脸色有点苍白，然而精神之振奋有如平常，说话仍带着铿锵的南方的重音。因此，他给你的印象不是一个病人，而是一位清晨起床不久的士兵。

"什么时候回延安的？"我和同来的同志一起问。

"八一，刚刚十天。"他简短地回答。

我们吃果子，抽着香烟，又喝着不冷不热的我们延安的特产——开水，同寻常良友们的聚会一般似的，我们不因为要吃喝就停止谈话。我们慢慢地就谈到本题上来了：

"晋西北过去抗战的形势，我们从解放报上所载你的两篇文章中知道得很详细。但是最近的抗战形势，可否请你大略地告诉我们？"

"要得，要得，"他接着说，"我谈谈五六七三个月的情形。"

他嘴停了一停，脑筋开始工作了一会之后，继续说：

"首先说东面，五月份我军的一个旅进至同蒲铁路策动，曾经攻下高村、鄢明车站，又取得了田家庄等战斗的胜利，经过时间仅半月，缴获敌步枪百数十支，重机关枪四挺，轻机关枪五挺，还有其他许多军用品，这是我们第二次截断同蒲路——第一次截断同蒲路是在今年的二月。

"再说到北边，六月初傅将军的部队从绥远退回，敌人乘机南进，占领了偏关。我们当时估计敌人并不是大举进攻晋西北，而是对抗傅、马、何诸军之进攻绥远所采取的攻势防御的作战方针。因此，只派了一部兵力协同傅将军作战，我军极隐秘的突击敌人的侧后方，在井坪老营一线给敌人以打击，敌人纷纷北退，偏关随即收复，此后，北边再没有什么激烈的战事，傅、马、何诸军也得到了休养。最后——七月底，我们派了一个部队向北推进，到达了绥南之厂汉云一带；敌人派了几个联队向着我们压迫，还正在战斗中。雁门关东北方面有我们一个旅，他们六月到达了应县、阳原和浑源一带，现在，那里的群众已蓬蓬勃勃地起来了，游击战争也广泛地发动了，汉奸政权也摧毁了，平绥路上敌人的运输已不如过去那般的安全了。此后，那一块区域将成为华北抗战根据地之一。它的位置,在南边可与晋察冀边区联系起来；在东边可与进至冀东的宋支队和邓支队互相呼应。它要箝制敌人沿平绥线西进，沿同蒲线南进，它成了绥西、陕北、晋西北、晋察冀的前沿阵地，在保卫这些地区的意义上说，起着伟大的作用。"

说到这里，我就问："晋西北在坚持华北抗战与保卫大西北中占着什么地位呢？它的发展前途怎样呢？"

他的回答是：

"首先是明白：自从今春攻下临汾后，华北正规战争基本上已告结束，阵地战完全没有了，大规模的运动战也减少了，游击战争成了主要的形式。晋西北在华北大规模的游击战争中，成了坚持华北抗战的一个支点，它是依着下面几个条件形成的：

"第一，地区相当广大。现在这块根据地有完整的十三县，敌人占城，我们占乡村的又有十几县。而且，正依着这几个支点波浪型地发展出去的有宋支队在雁北的大同、朔县、平鲁、岱岳间所建立的抗战根据地，三五九旅在阳原、应县一带所正在形成的根据地。它在东边和晋察冀边区接近，只隔着一道汾水，一条铁道；南边和晋西区接近；西边和陕北是连着的，北边和绥远地方军虽然没有地域联系，但可以从战略上配合。从这一地区位置的重要及快要一年来的斗争成绩看来，事实上已经成了华北抗战重要根据地之一。因为地区广大，使我们的正规军和游击队有回旋的余地；因为毗连陕北，使这一区域能够巩固地向前发展。

"第二，从人口和物产来说，这一区域与山西其他区域比较起来是地广人稀的穷地方；但也还不差，人口大约有二百万；物产方面：粮食每年可以供给抗战军队，煤是很多的。因为人口相当众多，使军队源源不断地得到补充；因为农产品并不十分缺乏，抗战军队的给养也不十分困难。

"第三，从军队及游击队的数量质量上说，这一区域的正规军有八路军一个师，有傅作义、赵承绶、何柱国、决死第四纵队及其他晋绥军，地方军游击队则有八路军的游击队，有强范亭、傅存怀所指挥的保安队，各县尚有警察队及普遍于晋西北的人民自卫军等等。这些武装力量，都把握着'抗日高于一切，一切为着抗日'的这个原则，精诚团结，共同去对付凶恶的日本强盗。

"因为有这些条件，所以能成为华北抗战的重要根据地，它位置于敌人的外线，使敌人的后方变成前方，它又同晋察冀边区、晋东南、晋西南以及河北、察哈尔各方面的游击战取得战略上的配合。例如今春二三月敌人攻晋南的时候，就是晋西北坚决打击后宫师团之黑田旅团的时候，敌人被驱逐出长城线的时候，也就是晋东南粉碎敌人九路围攻的时候，我们牵制了很多敌人，使敌人不能集中更大的兵力于第一线作战；这样，我们一方面保卫了晋西北，另一方面配合其他区域争取胜利，以坚持华北抗战，同时保卫了大西北的安全。

"这就是晋西北对于保卫大西北及坚持华北抗战的战略地位。

"至于晋西北的发展前途，当然不能同全国的及华北抗战的发展前途分离，因为它的范围虽不很大，但却是华北抗战战略的整个锁链的一环。这里可以从最近的前途及较远的前途来说。以最近的前途而论，敌人虽然是集中兵力进攻武汉，但在某种情况下，敌人也有可能在华北增兵，大举进攻华北游击战争。因此，我们现在便要看到这种可能，而做适当的准备，利用敌人目前在华北兵力之薄弱，广泛地发展游击战争，加强正规军的训练组织，培养基干游击队，加紧组织民众，以对抗敌人将来大举进攻，在击破敌人的进攻中，华北各个根据地及武装力量将要更加巩固与发展起来。

"为着准备这一工作，华北各级政府及军队必须有最大的努力，晋西北区应学习晋察冀区的工作，如群众的动员，地方部队的组织，经济政策、等等，这两个邻近区域，在工作中应互相交流经验，才能使斗争得到更密切的配合。

"至于从较远的前途来说，如果全国到了战略总反攻的时期，处在敌人外线的华北军队将要配合内线的军队，勇敢地夹击敌人，从战略上战役上甚至战斗中攻击那抵抗我内线军队的敌人的后方，到处截断敌人的交通联络线，使敌人的前线不但遭到我内线作战中的猛烈反攻，而且使它的后方也遭到我外线作战军的打击，这也就是内外线的配合夹击。那时候，晋西北的军队当然负担着这样一个重大任务，它在空间上要与两边打成一片：在东面要与晋察冀区打成一片，在北面，将要深入到绥远去，也就是说，要把华北许多大块小块的根据地联系起来成为一整块的根据地。那时候，就是把华北敌人全部歼灭的时期，最低限度，也要将敌人一部或大部歼灭，将其余的完全驱逐出华北境外。"

说到这里，果子补充起来了，萧克将军让我们吃果子，提议谈谈闲话，讲的人和笔记的人都借以休息休息。闲谈不几分钟，话头不知不觉中又回到本题上来了。

"晋西北与晋察冀边区及雁北根据地是不是有直接联系？"

"有的，有的。"他说。

"那方面大概的情形你可以告诉我们吗？"

"在雁北，"他回答，"宋支队向东挺进以后，只留下一个小部队，现在那里仍保持着中国的政权。晋察冀边区是很大的区域，那里的情形很好，你们派去的文艺工作团第一组据说快要回来了（编者按：该团已于半月前回延），他们回来时，便会知道其中底细。"

然后，我们便问到晋西北抗战的政治动员，统一战线和群众的抗战情绪，萧克将军给我们一个很长的回答。

"关于政治动员，"他开始讲，"各部队因为政治程度及其教育的不同而有差异。一般地说，最好的一次是今年二三月敌人进攻到岢岚、五寨的时候，各个不同的部队在打开北面战局的口号下都动员起来，所以都能不避艰苦地与敌人作战。"

"讲到统一战线，"他继续讲，"从我们看来，一般的说是好的。首先军队与军队。晋西北虽有许多系统不同名称各异的正规军游击队，但在作战时一般地都能够协同动作，就是平时的关系也很好。"

"其次，军队与政府，军队与人民。我们的军队决不干涉地方行政，有什么问题，大家都是采取着协商的态度。现在，政府的机构已经有了某种程度的改进。军队与人民的关系也很好,特别是八路军。过去有些个别部队纪律不好,随意惩罚,损害群众利益。但后来,也逐渐地改善了。现在,不仅八路军努力加强政治工作,就是其他部队都在提倡政治工作;增加政治工作人员及提高其威信;政府与人民的关系也改善了,现在正在走人民与政府亲密的结合的道路。"

"讲讲那里群众对抗战的态度,"他最后讲,"是很有意思的。过去那些失败主义者和不相信山西群众的人,说山西人没有经过斗争,没有志气,没有用。然而事实完全证明这是胡说的谰言,这在山西人民热烈参加军队及与敌人的斗争中及其言论中可以看出来的。例如当着忻县和崞县敌人一村一村烧了他们的房子以后,他们还说,'不要紧,只要留着国土在,哪怕将来没有房子住。'这句话表现得多么坚决。表现着抗战胜利后有着光明的前途。还有些群众引了一句俗话叫'日落西山不回头。'他们说,这话老早就是给日本人讲的。还解释着:'日本人从东边过来,到我们山西,将来一个也回不去,都会被消灭在山西,再也不能回头了。'从这些地方我们可以看到山西人民对抗战的态度和抗战的情绪是何等的坚决、热烈而有信心呵!"

他的这段谈话到这里停止了。我们抽着香烟,又开始了新的话头。谈的时候比较以前要随便点。

我说:"杨师长在一篇文章里写着,华北游击战,不仅有保卫华北,配合正规战的作用,而且还有收复东北的作用……"

"是的,是的,应该是这样的。"他加进去这样的解释。

"意思是不是说华北的游击战要发展到东北广大的土地上去呢?它的可能大小呢?"

"我想是依靠华北游击战争的广泛发展,关内敌人不仅顾不到关外,而且关外敌人还要顾虑关内,正在调些军队到关内来,这样便要使关外义勇军更快的壮大起来，使游击战争燃烧东北各地；同时华北在地域上毗连关外，华北游击队深入到东北去，也有可能。现在华北游击战争正在大大发展，毫无疑问地要给予东北义勇军一个发展机会，我想东北义勇军将要随着华北游击战争的发展而更快地发展起来。"

最后，我们说到坚持华北抗战与保卫大武汉的关系的问题。他说："为着保卫大武汉，必须要坚持华北抗战，使敌人不仅无法将华北的军队调到南方去进攻武汉，而且因华北抗战的发展影响到敌人对于武汉的进攻。反过来说，为着坚持华北抗战，必须尽力保卫武汉。武汉方面如果坚持起来，华北敌人将要顾虑到他的总的作战的主要目标——武汉，必要时可能再调一部去进攻武汉。这样，我们便在他举棋不定中，在他的调动中，积极打击敌人，使华北的游击战争更顺利地广泛地发展，这样使武汉更能得到保卫。总而言之，保卫大武汉与坚持华北抗战是一个战略任务下的两个地区，特别今天全盘的战争关键主要是保卫大武汉。"

谈话至此，时间已过去三个小时了。我们又谈了几句闲话之后，便要告辞而归，萧克将军留我们同时晚餐，我们则因为文协还有工作等着，谢绝了他的好意。他送我们出了房间，我们说：

"为了中华民族的解放，愿你好好休养身体，再上前线。"

"哦，再见。"他微笑地送别我们。

"再见！"我们也微笑地辞别。

大家相互微笑，我们就暂别了这文人的头脑、将军的英姿、大兵制服的中华民族解放的战士。

附记：本文经过萧克将军的详细改正，使得它完善了许多，笔者对此特致深深的谢意。

一九三八年八月二十日—九月五日

中国人民的好朋友——史沫特莱

—— 纪念史沫特莱女士逝世一周年

接到全国文联发出的"中国人民之友、美国革命作家史沫特莱女士追悼会"的入场券,我的脑里陡然浮出一个永久鲜明的影像,她对中国人民的革命事业是那样热情。

一九三六年十二月,西安事变后不久的一天,举行过一次在西安空前壮大的游行示威。游行队伍从东大街通过鼓楼的时候,鼓楼上的人和街上的人同样狂热地高呼口号,使人惊奇的是:其中有一个中年的外国女人。一打听,说是美国记者。一个外国记者,对中国人民的抗日运动表现出那样高的热情,怎能不引起青年们热烈地敬爱呢?当弄清楚她就是史沫特莱女士的时候,西安学联马上要我以会刊记者的名义去访问她。我找到她的时候,她正在整束行李,说再晚三个钟头,她就到前线去了。我奇怪她一个作家和记者,墙上却挂着带有红十字的皮挂包,她解释她要参加救护工作。说话是那样直截了当,给人一种非常严肃的印象。她坐下用打字机回答我的问题。我记得我们有一个问题是:当时青年学生最有意义的工作是什么?她回答应该动员所有的同学,利用寒假到工厂和乡下宣传。她说必须把知识分子在刚事变时的那股狂热劲儿,转变成实际的行动,不要整天在大城市里叫嚷,而不愿到偏僻的地方去。我心里想：这个国际友人真好，她的意见这么实在中肯，真像一家人一样。

西安事变和平解决的时候，一九三七年二月初，我在延安看见她，她已经换上当时红军的服装了，金发上边戴着红五星的八角帽，腰里束着窄皮带。难道这只是一个外表问题吗？不！这表示史沫特莱女士内心对中国人民革命力量的热爱。两星期以后我回西安的前夜，她派人送来她到陕北的第一篇作品，那是描写傅连暲同志参加革命的经过的，托我在西安投邮。我谨慎地带着她的稿子出去，心里想着：她对我们的革命事业的热心，值得我们中国的青年学习哩。"七七"事变后，她随同八路军到华北，在战地工作，过着和八路军一样吃苦耐劳的生活。一九三八年春天，和她一道到西安的一个同志告诉我，她在火车上还用打字机写作。同车的同志们怕打扰她的工作，尊敬地静听她打字的响声。不久以后，我们就看见她的一篇新作品《西战场上沉默的英雄》，呼吁人们给八路军捐助药品。武汉沦陷后，她作为一个中国红十字会战地救护队的队员，又随新四军出生入死，始终以能够分担我们革命队伍的劳苦为她的光荣。

太平洋战争爆发以后，她因为身体不行了，才回美国疗养。第二次世界大战结束以后，美帝国主义代替日本侵略中国，帮助蒋介石匪帮发动内战。史沫特莱女士参加"民主远东政策委员会"，激烈反对美帝国主义侵略中国的政策。这样，她就被战争贩子们当作眼中钉，不久以前被中朝人民部队打下台的战争贩子麦克阿瑟就曾经诬蔑她是所谓"国际间谍"。她要再到中国来，可是得不到美帝国主义当局的出国护照，只允许她到英国去。她绝不喜欢反动派统治的英国，她的目的只是想经过英国，到革命已经胜利了的新中国来。可是，不幸她只活了五十三岁，就死在英国了。她的遗嘱要把她的遗物全交给朱总司令处理，并且把她的骨灰运到北京来，这是对中国人民多么真诚的热爱呀！我每次在全国文联会议室看到鲜花后边她的遗像，就感到这位热情、严肃和充满实际精神的国际友人，再不能到我们中国人民中间，共同为反对美帝国主义侵略，争取世界和平而斗争，是多么令人痛惜呀！

史沫特莱女士是美国密苏里州一个工人的女儿，小时靠出卖劳动力过活，做过看小孩、洗家匙、剥洋芋、贩报的活儿。十六岁以后又做过饭店女招待、卷烟女工、速记员……等等。在这个时期她上纽约大学的夜校，在苦学中求得了知识，生活经历是很丰富的。但是她一生，除过她的一部自传小说《大地的女儿》以外，大部分作品都是描写中国革命的，有《中国人的命运》《中国红军在前进》《中国反攻了》《中国的战歌》。她人虽死了，这些作品会留作永久的纪念。

一九五一年五月五日深夜

小说篇

待 车

陇海线的西安站上,午前十一点钟的慢车快要东开了。

长长的一列车厢,一辆一辆,不是闷罐子,便是材料车。一辆客车也没有,一个旅客的影子也不见。车站上寂寞得要死。

顽皮的春风却不知趣了,它不该到这充满了秋意的车站上来佻挞。正给它拂扫着的站台,肮脏的尘土不住地飞扬起来。

城门外,在这令人窒息的空气里,一群人的形体显现了。他们朝着火车站走来,说不定是赶这一次车走的。可是车站上竟忘了这十一点整开的车,不预备一辆客车呢?

近了,更近了。渐渐地要进车站了。他们走得万分的慢。

他们终于进站了。

啊,一群伤兵!

他们有的拄着两根拐棍,有的拄着一根拐棍,有的缺了腿,有的缺了胳膊,都跟在一个军官的屁股后边进站来了。

他们几十个人,聚在一块儿。在这四月天仍然不十分暖和的站台下,依次地坐下,依次地吹出一口郁气:

"嚆……"

这,大概是疲乏的音符吧!

一个个面色苍白,这是自然的事。因为他们像是新近才带了伤的。现在,他们上哪儿去?局外人一点也不晓得;要晓得,只得谛听他们和那长官的对话吧。

"报告副官,副总司令给我们多少钱?"

一个伤兵谦恭地问。自然这时不用立正了。

"现在别问,车开时就会给你们的。"

这是军官简截地回答。

"服从"二字在他们的脑子里烙了一个深深的印痕——永远磨灭不了的印痕。

于是,这问题便不再问下去了。然而,别的问题还多着呢。

"报告副官,给我们的护照呢?"

另一个问了。

"没有护照。洛阳、郑州都有总部的通讯处。你们的名字已经都通知他们啦。"

这,又是军官简截的回答。

"不,我要回家……"

又一个这样急促地问,苦痛的呻吟扯长了"家"字的尾音。

"你哪儿人?"

"山东。"

"那你到了北平,进了东北军残废军人院再说吧。"

"不,北平,我不去。我要直接回家……"

山东籍的伤兵固执着。他和副官这样的对话,把他的大部分的伙伴都怔住了。有的哭了,年纪较小的哭得更伤心。

"副官,我们的家,白山黑水间的家呢?"

"要我们的家哩……副官!我们的……"

"谁教我们从东北跑到塞上来,把一块骨头也几乎送了。若是和敌人作战,我们还可以死在家乡。为什么不让我们争回我们的东北呢?"

"要我们的家……"

"……"

因着这样的感慨激起了更伤心、更高的哭声。

这许多突出的问题,若不是给机车的一声汽笛的呼啸截断了,那可怜的小副官将如何作答呢?

现在好了。副官站在闷罐子的门口,手执一本点名册。另外,一个护兵站在对面,他叫一个名字,一个伤兵应一声:"有!"然后,护兵将那伤兵的食指捉住,在印色盒子里粘了一下,又在他自己的名字底下揿上一个手印。这样,一块钱到手了,上车去吧!

"一块钱够干些什么?"

车篷口不时地传出这样的怨言。可是,车终于开了,大地在打圈子,一列车上载着些不健全的、感伤的灵魂离开西安,横过了关中平原走了!

误　会

　　那时是落雪的季节，大约还是立春前后不久，我在一种考察性质的旅行中，到了一个乡镇上——是在后方，在离黄河约莫还有二百多里的地方。当我在八路军兵站医院里和那里的政治委员谈毕话，已经就是黄昏时分了。我回到我住的那个小店子以后，因为天气很冷，想再吃一点东西，就跑到门口的一家小饭铺里。

　　在那里，我就和他（我已经忘记他的名字）初次相遇。我敢说，这完全是一个偶然的相遇。

　　他的一张长嘴巴噙着向饭铺老板借来的旱烟袋，坐在炕沿上，那样贪婪地吸着烟草，甚至烟锅上还不时地发出吱吱的响声。当我走进去的时候，他就连忙拿着烟袋，溜下炕沿来，让我坐上去暖一暖。客气得很，对于初次相遇的我，他那样子颇像一个走江湖的老手。

　　年约二十四五岁，中等身材，瘦长的脸上长着一张长嘴巴。他不单嘴巴长，而且似乎很多嘴，能同各种各样的人谈各种各样的话，这使得他成为一个最可亲近的人。譬如，饭铺老板就向我确定地介绍说：

　　"这人好人气……"

　　我去的时候，他在那里和正在包水饺的大师傅闲扯着，也许不是闲扯，他们好像谈着老百姓抬伤兵的问题。看他那憔悴的容颜，看他那一身灰布棉军衣很整齐的样子,我并不经心地想了一想,相信他是那个兵站医院的一个休养员。

我想得对。

我坐在饭铺的小炕凳上的时候,曾咒骂过天气,一种上路的人最讨厌的雪天。天空,山头上,窗外的街道上,院子里,树枝上……到处是白茫茫的。

饭铺老板很同情我,他直丛丛的胡须中间露出来这样的话:

"上路就怕这种天气,"他说,"可下不时常。"

"好同志,就这天气,前方一样要打!"

那个"长嘴巴"用一种漠然的态度说着;长嘴巴里,又喷出了两口浓烟。

他开始问我"贵姓","哪一部分"和"到哪里去"一类的见面话。我看他的样子,并懂不清楚我说的"部分"。因为在这个偌大的战争中,"部分"实在多极了。不过,他好像由我起身的地头判断,我并非什么"坏蛋",因此,他很高兴和我谈。

"很辛苦吧,嘿嘿……"当他知道我的长足旅行的时候,他的不甚健康的脸和善地笑着,长嘴巴就露出几颗粗大的牙齿。

"没有什么。"我这样回答着。饭铺老板就问我要什么饭。

在开始筹饭的时候,我递给他一支香烟,他很谦逊地接受了。吸着香烟,我们就谈起来;渐渐谈得很亲热,仿佛我们是老朋友,离别了几年,又在这个小饭铺里不期然地相遇了一般。

"你那部分的,同志?"我问。

"——五师!"他说。

"——五师哪部分呢?"我接着问。

"听说现在归陈支队了。"

他看我的脸，吸了两口香烟。

"那么，"我说，"你是挂了彩在这里休养的。"

"对，对！"他点头缩脑地说，"可是快好了，个把月的工夫就回前方去。"

一切都表现着很直率，而且是一个有趣多嘴的家伙。我想："假若问他是怎样挂彩的，我也许可听到一个有趣的故事。……"

但是，他等待着的两碗水饺，这时端来了，热腾腾地摆在桌子上。他扔掉香烟头子，就将一碗摆到我这边来，用微笑的眼光望着我，命令似地说：

"吃，吃！……"

我坚持着不扰他。的确，我如何能扰一个初次偶然相遇的陌生人呢？何说一个受了伤的大兵，腰里能有几个钱。但是，他却非要我扰他不可。

"吃吧，"他说，"都是革命的同志，谁碰见不吃谁的？我刚才还是抽你的纸烟着？先吃一点，同志，你的面条眼下还不得来。"

他的态度很使我窘迫。

三番五次地催促我，我再不好意思不吃了。

"好，我尝一尝你的饺子。"我说，心里暗暗地想，"这家伙真怪！"

我吃了一个，不成，又吃了一个，还不成；吃了三个以后，我是无论怎样也不再吃了。于是，他也安然地吃他的饺子去了。

他身体很虚弱，吃着吃着就满头淌着汗珠。他用手扯住袖口揩一揩额头，又擦一擦眼窝，还向我解释着：他在红十字医疗队开过刀才十多天。大腿上三八式步枪子弹是取出去了，可是身体还没有复原。因此他想格外多吃点好东西，早点好了就回部队去了。

雪天的傍晚，窗外仍然白晃晃的，屋里就昏暗得很。饭铺老板点了一盏麻油灯，放在我们的饭桌上。他吃过饭不久，就在暗悠悠的灯光前指天画地，比山说水地回答我的"你是怎样挂彩的"问题。

那是在一九三八年九月十四日（关于日子，他说他记得毫不含糊，并且说许多的大战斗的日子，他都记得）。他们一营人在薛公岭截击日本汽车。薛公岭是一座乱石峥嵘的山，汽车路像一条灰白的长虫，一转一弯一上一下地盘着这座山。

这一回，日本汽车要从东边到西边去。

"这儿，你看！"他用食指在油腻的桌子上画着，摆起筷子说，"这边一道沟，这边又一道沟，汽车路就在这中间通过。我们占领了这两道沟旁边的这个山头，这个山头。……个个山头都占了。日本汽车过来了，这边沟里就打；往这边冲，这边也打；往山头上冲，山头也打。这样，他们的十九辆汽车就上了我们的摆布，这一仗可要紧哩！那个时候正是日本占了军渡、柳林，想过黄河打咱们这儿的时候。……"他停了，缓了一口气说，"这回咱们搞到的东西可多啦，枪呀，炮呀，大衣呀，白米呀……汽车放了火了。"

他似乎不大会说故事，刚开了头，故事就完了。

"那么，你是怎么挂的彩呢？"我问，忍不住笑。

"你不要忙啊！"他改变了一下坐的姿势说，"战斗快解决的时候，他娘的，我听见我跟前的一个渠里，有人呻吟的声音。我就跳下去，原来是我们的一个同志挂了彩，躺在一滩血跟前，一步也不能动。我就背他往上走。走着走着，猛然间我觉得大腿上一痛，血就淌出来了……"

血就淌出来了，就被送到后方来住医院，就开刀……为了"我们的一个同志挂了彩"，"可是快好了，个把月的工夫就回前方去"：在前方，一切都是紧张的，"就这天气，前方一样要打"——我几乎把他的一切话都在脑子里转了一遍，甚至他非要我吃饺子的事，也都重新想过了。

我竭力想了解他。

"你参加八路军几年了？"

"我看看，"他说，"三五、三六……四年了。"

"四年了!……你是不是……"我考虑着词句怀疑地问，"你是一个党员，是不是？"

看他的眼色，他见怪我了。

我立刻明白我不该这样探问。但是，已经问过了。

"不是……"他迟疑了一下回答，于是低下头去喝他的饺子汤去了。

汤很热，他用他的长嘴巴哺哺地吹着。碗上冒着的汽被吹向灯那边去，灯光闪闪地跳着。

我很后悔。我看见他喝着汤，觉得空气很不自然，想找别的话头来改换一下。

"陈支队里有多少人呢？"我就讨好地问。

"咱也不晓得。咱下火线多时了。"

他简单地说了这一句，看了看我的脸，又低下头去喝着他的汤。这样，空气依然是不愉快的。

我自认我的态度是无邪的——一个想写点文章的人要求知道得更多更清楚的态度，而他却好像有了什么心事。当我用八路军生活很苦一类的话对他表示同情的时候，他竟开始说起反话，说着一些同起初显然矛盾的话。

"八路军真苦,他娘的,我真不想再干了……!"说着还摇摆着头——完全没有要我吃饺子时的诚恳，也没有讲他挂彩时的庄重。

他笑着——显然是一种恶笑。

一会儿，我要的面条也端来了，他看了看外面的天色，对我说:"天黑了。你吃饭，我要回去了。院部里还要查他娘的病室哩，嘿嘿……"

他付过饺子钱就走了。

吃过饭,那些拿长矛子的自卫军查过店,我就要休息了。当我正要起身回住室里去的时候,一道电光穿过片片雪花,在街上忽明忽灭地闪着,直移向那小饭铺的铺门来。接着,铺门里进来一群人,嘴巴和鼻孔呼着白烟似的气。

我看他们一共五个人。

一个拿电筒的,好像是一个头目;两个背步枪的,一进门就将步枪拿在手;另外两个徒手,其中的一个就是刚才非要我吃饺子不可的"长嘴巴"。饭铺老板还说他好人气,他这时可用力做出凶狠的样子,那长嘴巴看起来是更长了。

拿电筒的将电光在屋里兜了一个圈子,就问着长嘴巴说:

"在哪里?在这里?"

"就这个!"他两只眼睛死盯着我不放,指着我这样回答。

这时,我已经下了炕,站在地下了。

饭铺老板还眯缝起眼睛,看看他们又看看我,在那里扑簌簌地发抖。虽然是在落雪的夜里,他们带进来一股寒气,我看他并非因为发冷,而是怕我给他惹下什么不吉利的事情。

老头子不知底细;我却一清二楚这是为了什么。

我是有根有底的——哪里来哪里去,办什么事,带护照……可是没有办法,那个"长嘴巴"又多嘴起来了,好像我们结了什么冤仇,或者是我曾谋害过他一样。

"带护照不干正经事的可多啦!"他那长嘴巴很快地煽动着。

"穿得倒像,还戴的二饼子眼镜,"一个徒手的打哄着。

"你啥子时候认识我们政治委员的?"一个拿步枪的问。

大家七嘴八舌乱讲一气,弄得我不知道如何应付才是。拿电筒的

很稳健,他用半命令式的口气说:

"既然你讲你认识我们的政治委员,就麻烦你踏一踏雪,到我们院部里去一下吧!"

我同意了,我知道这案子非这样弄不清楚。

我们就一齐踏着雪,格吱格吱地通过冷清的街道。我走在前边,他们凌乱地走在我后边。一到院部,我就要求直端去见政治委员。

拿电筒的同意了,我们就一直走去。

政治委员的屋子在西边的一排屋子中间,那里点着煤油灯。见方的窗格子里边的灯光照得很亮很亮。

当最后进那屋子里去的时候,只有两个人——拿电筒的和我。别的人都在半路上一个二个地留下了,那个"长嘴巴"也没来。

我们身上披着雪花,踏进门限,那天同我谈了一整下午的政治委员就从公事桌前站起来,惊奇地叫着:

"啊——捉到了这样一个汉奸!"

"哈哈哈哈……"他和我的笑声重叠着。

一个小鬼给我们倒了茶,把茶壶放在就地燃着的木炭堆旁边,就蹲下去用一双铁筷子弄着火。那个拿电筒的站着,直至政治委员命令的时候,他才走了。

我们吸着香烟,政治委员向我解释着误会。他说有一个休养员报告街上有个人,有几成是汉奸。他说那个休养员说得很像,而且表示他恨极了,曾向他说:"非把这小子搞住不可!"

"请你原谅,这样大的雪……"最后,政治委员道歉地说。

"没有关系。"我一直微笑着,感到这误会很使我愉快。

政治委员看我的样子,也高兴地笑着,但是,我并没有告诉他,他的那个长嘴巴休养员是怎样的一个人物啊!

顷刻以后,我要辞别了。他命令那个原来拿电筒的人送我去。当我穿过走廊,转到门口的大院子时,我突然觉得在后边雪上有点微小的动静,转头一看,那个"长嘴巴"又不声不响地赶上来了。

"对不住啦——同志!可是都是为了防坏蛋……"

夜幕包裹着一切,地面上的雪也映不出他的表情;我只听见他说话的声音——很小声的抱歉的音调。他说完,还继续跟我一齐走着,好像还有些话对我说,可是他并没有说。他走着暗中找寻着我的手,找到一只就握住它。在那落着雪的夜间,我只感到他的手才是温暖的——不,乃是我的心感到他的心是温暖的!

一九二九年八月在濉县川口村

牺牲者

——记一个副班长的谈话

朔风呼啸着，令人想起那天深夜里汾河呜呜的流水。在南部吕梁山上，昨天竟日落下的积雪被风扫着，像灰尘一般从山头上涌进沟壑里去了。山洼里树丫摇曳着，悲鸣着。太阳没有温暖，发着月亮似的光。这时候，汾河上的田村战斗还未过三天，排长带着我们一个班，便又在这样的山巅上向盘锯双池镇的敌人警戒了。在十二连吃过晚饭来换哨以前，我们大概没有希望离开这个天气恶劣的哨位了。

排长在内，我们统共八个人——两个班长，战士们在新近一次补充以后又少了一个，剩得五个人了——除了轮流着有一个在崖畔的立射工事里站了望哨，七个人就都钻在农民们为了夏季避雨而挖的山窑子里。昨晚我们上哨的时候带来了一点木柴，但是夜间很快就烧完了，都冷得乞儿一般，和衣在稻草上躺了一夜。早饭以后，政治指导员遣人从连部送给我们一捆木柴，而且还有每人半斤的山药蛋。现在，我们将步枪靠墙立成一排，胸脯上挂的手榴弹也解下放在各人的枪边；都坐着自己的背包，围绕着熏熏的火堆，烧着山药蛋……

山窑子里浓重的白烟压在我们头顶上，到窑口，它立刻被风撕得一条一块，飞起去，消失了。我们在这里一个挨一个挤成一圈——不冷了，火升红了，山药蛋烧得出味了……应该快活起来的时候，反而个个人从中意识到悲惨来，越发保持着深沉的静默。唯一的原因便是我们这样紧拢着，就想起少了一个同志。那是我们兄弟一般亲热的、上级首长们一致赞许的、年轻的塌鼻子马银贵。前天，田村战斗中间，他牺牲了。

有的用柴拨一拨火，有的翻弄着火边的山药蛋，都好像悄然谛听着外边风的吼声和面前火堆的噼噼吧吧的响声。心都沉甸甸地下坠着，陷于一种伤逝的凄楚中。

"排长……"刘占鳌——我们都叫他"关公脸"；在火前脸更红得像一颗火球，翻弄着热灰里的一颗山药蛋，想说又不想说地迟疑了半天，才说，"排长，俺们有个心事，想问你一下，嘿……"

"讲吧，看你难受的那股劲儿哩！"排长直然说。

"其实也是点小事，"他这才将那颗未熟的山药蛋埋在原处，开始道，"你知道十一月的津贴费发了，俺班里领得一块的三张，五块的一张。三块零的给了张守福、魏吉德和严丑货了，五块疙瘩票到如今还在副班长身上嘞……"

"不走街镇，实在换不开。"我拨着火阴沉地插口说。

"换开换不开咱先不忙，"他似乎阻止我多嘴地说，"俺们的心事是马银贵那样牺牲了，这里还有他一块津贴费。大家再添补添补，买些香纸在山头上烧一烧，心里也都宽敞一点儿……你说？"

燃木柴的烟已经使得我们的眼窝湿渌渌的了，"关公脸"说了这话，我看见大家歪垂起头来，不知是为了避免烟熏了眼睛，还是为了不使一双双含泪的眼睛相对起来。总而言之，都静悄悄地屏着气，看看排长是怎个心事。

"不好！"他又往火堆上搭了一根木柴，淡漠地说。

按军职说，他是我们的排长，党里头他又是支部委员，为什么这样表现团结的事，他会说不好呢？我们班里是不论哪一个，"关公脸"一提议都赞同了。现在，十几只眼睛在火堆周围或者大瞪着，或者眯缝着，不约而同地望着他。

"不好，"他解释道，"我们是革命的军队，我想我们每一个同志参加进来，都是为了革命，还讲个什么迷信？要是马银贵还会说话，他一定不赞成，他在政治上比我们哪一个还明白哩，这个同志……"说着便低垂了头，对火沉默了。

都哑然相对着。

看样子，谁也没有嗅到山药蛋的香味，也没有人注意外面风刮得山窑子顶头雪土混合着嗦嗦地溜到窑口的事。"这个同志"的塌鼻子，鼻子两旁，几点雀斑，帽舌头下边露出的一双炯炯的眼珠子，以及那总是微笑的厚嘴唇所构成的一张严肃而可亲的脸庞，完全占领了我们的脑海。

"小伙子今年才十七岁。"魏吉德，我们班里的学习组长，又是一个活动分子，抬起头望了望大家的脸色，仍然低下去，继续拨着一块拨上去又滚下来的通红的火球，独语似地说，"八岁的时候，他爸就死了；十一岁的时候，他妈没一点子办法，就把他送到晋隆纱厂来。经理问到年纪，他妈就问几岁才合章程；人家说不上十二岁不要，他妈就忽然间高兴起来了似地，笑了：'我们小孩正十二岁啦……'"

"唉……"我们听了，有人出了一口长气。

"就这样，马银贵同我们一块上工了。"他接着说，"起初，他在弹花场里扫地，后来可又调到织布场里搬布匹，最后才熬到摇纱间里……当个童工，好不容易！挨打受气，一天挣得人家二毛钱。记得有一天放了工，他回到家里扯住他妈的袖子，哭个不住气。他妈哄来说去，他还是宁愿母子两个提上洋铁筒子,沿街讨乞,再也不上工去了。弄得他妈也哭起来的时候,哎,他可又不哭了——第二天照样按钟点上了工……"

"小伙子从小就是硬骨头,你们看!"排长对我们大家说。我们都好像害羞似的,眼皮垂了下去……

"四年以后,"魏吉德故意将声音提高起来,"他实在只有十四岁,就成了熟练工人,工钱就长到三毛……"他声音又低下来。"唔——又做了不到二年,日本人打得来了。工厂也倒闭了,里面扎了日本兵。我们呢?好像没主子的狗,东走西窜还找不到半碗饭吃……忽然间,咱们的人来了,组织起游击队。年轻人都疯了一般撇开父母老婆走了。工友们也一群一伙地参加进去了。马银贵可给他妈扎住,门限也不准出的:'要走吗,先把妈妈处死再走吧……'蝇子似的在他耳边嗡嗡个不休停……"

"马银贵呢?"

"一声也不响,哑巴一样!"他咽了口唾沫,叙述着,"有一次,我到他家里去了。我说我等不住了,我要走了。他给我眨眼。过了两天,他跑出来了,喜得脸上的几点雀屎也退光了似的。那时候刚交了春天,也是下了大雪,比外边这雪还厚,我们两个一跌一滑,找到游击队。唉,通统像昨天的事情一样……"

说到这里,大家不约而同地仰头向外望望皑皑的积雪。排长看见一个角落里点的一炷香早已燃尽了,连忙转头来问道:

"轮谁?刘占鳌?"

"嗯,俺的哨。"刘占鳌答了一声,便将几颗烧得将熟不熟的山药蛋塞进口袋里。他挂起武器,临出去的时候还说:"俺不是工人,老阎队伍里当了七八年大兵,到八路军里来,俺才看见这样坚决的战士。

说句老实话，要纪念马银……"

"换你的哨去！"排长点起另一炷香，不耐烦似地截断他的话，命令道。

他顺从地钻出山窑子去，背着步枪踏着雪走了。我从窑口上看见风从地面上扬起的雪片落在他的肩膀上，弓着腰，双手拥在袖口里走着的背影不见了。这时，排长责斥我们盲目地附和了刘占鳖的意见——那种从军阀部队里带来的烧香磕头，你兄我弟的毒素，他说会使我们的队伍腐烂的……

"纪念，纪念，"他结论道，"学习他就行了！"

我们都没有一句话说，而且经这样解释过后，好像已给牺牲者烧过香纸了似的，心里倒宽敞了一些。开头烧了的山药蛋差不多熟了。大家开始挑选地吃着。如果你从外面的山径上经过，也就会听见山窑子里发出用手拍打粘在山药皮上的灰屑和嘴巴咀嚼的声音了……

这时严丑货从哨上闯来了。他是同马银贵一样用乳名来参加部队的小伙子之一，也是个十七八岁，也是从游击队到改编一直到今天的老战士。他进来满口不干净的话语诅咒着天气！一屁股坐在背包上，双手抱着两个膝盖，烤着那双冻僵了的脚，嘴里不停地嘶嘶地叫着。因为突然有了面前的火堆和围着它的鸡雏似的一圈山药蛋，他还没有认出我们顷间谈话所造成的这个特殊的气氛，脸孔笑嘻嘻的。

"你急着干什么嘛？"排长温和地教训他，说，"一下子两只脚都抬在火上！冷热相结了，脚出了毛病，行军战斗又是个麻烦……谁背你呢？对，对，放在旁边慢慢烘热……"

严丑货仍然是笑嘻嘻的，拣起一颗山药蛋要吃了。

"你记得？"魏吉德掀了掀他的肘子问道，"去年我调到大队部的时候，银贵他妈打发谁到队里来干啥呢？"

"噢,"多嘴的丑货略微想了想,嗨嗨起来,"队伍在洪洞的时候,他叔叔来了。你知道,他爸在的那时候他才两岁就定下个奶亲,你知道吧?"

"是他表妹子不是?"魏吉德皱着眉吞吞吐吐地问。

"对,"说着突然笑了起来,"姑娘大了,咱那儿日本兵糟踏得不行,催他们接过来。他叔叔啰啰嗦嗦了几天,队长指导员没法儿只得答应了;要银贵回去,谁晓得他可死也不回去……这事情。嘿!以后一有请假的,指导员就给马银贵同志讲了一遍又一遍……"

"那个时候游击队里是这种情形,"魏吉德热心地然而慢慢吞吞地证实道,"庄稼人参加了才几天,这个也请假要接婆娘,那个也请假要埋老人。走了就不来了。你看,不是给日本人杀了,就是怕他们强奸,还不好好抗日哩。我们纱厂里来的那可是说啦,马银贵就是……可惜了,小伙子可惜了!"他神经质地重复着。

"唔,那是。愿讲个学习啦,愿讲个团结啦,都好。"农民成分的张守福噙着他的短烟袋啵啵地抽着,愣着脸赞叹道:"要不是牺牲,在咱们这里迟早准是个大干部儿哩……"

丑货吃了两颗山药蛋,这时嘴上机器的喷口一般冒着气,两只笨重的脚上也冒着气。听口气也罢,看样子也罢,他总之是渐渐省得我们为什么这样沉静着了……并不像平时在军士哨上进行军事或者政治课目的讨论会一样……他好像刚才进来做了什么失检的动作似的,局促着局促着,笑嘻嘻的脸孔沉下了。

"马银贵……"他用手背擦了一擦嘴巴,看着闪闪的火焰沉默了。

"怎么?"我们几个希望新消息似地同声探问说。

"你们大概还不晓得哩。游击大队编营的时候岁数小的都没编进去,你算算,现在营部的小鬼段斗子,九连连部的发子,十二连的通信员根深儿……"他用一只手压倒了另一只手的三个指头,瞪着眼白想着。

"十连的金孩儿……"魏吉德提示说。

"对,这些都是原来在游击队拖枪的,调出来了。马银贵不依,我也跟着不依。那一天,营部把我们两人喊去了,营长——不是这个营长,就是现在咱的副团长——叫了一声,'你们敢反抗命令呀!'我们两人悄悄站下不动。等了半天,他算起账来了:一条步枪七斤半,又是米袋子五斤,又是三颗手榴弹、两袋子弹,又是背包、挂包、水壶、刺刀……'三四十斤哩,你们背得动吗?不是背着就拉倒了,同志啊,还要打仗哩……'他吓唬着我们。"

"后来怎么……"有人急着问。

"你听我慢慢说呤,"他稍稍停停说,"我就真几乎动摇了哩,哎,马银贵在我旁边站着,立正了。'下班,报告营长!'他说,'下班也利利爽爽。'他还说咱们这儿讲究个吃苦耐劳不怕牺牲,指导员还说啦,都是为咱中国。'我们在晋隆厂作工为谁?'他辩驳起来似的,'咱们这儿又不打人不骂人,死了也愿意!'……编了营到现在这才一年的工夫,谁晓得他真给牺牲了……"说着,风箱一般出了一口气。

我们都热切地注意听着。张守福听了便随口说道:

"就同有个说法儿似的……"

"有个什么说法儿?"沉默的班长转来干涉似地问。

"就同,就同……有个凶兆什么的……"

"有个屁兆!"班长头一拐,说,"刘占鳌刘占鳌,排长刚批评了一阵,你又来了。我看坚决勇敢的都容易牺牲,怕死鬼碰上子弹,我看也活该!"说着很抱怨的样子,依然还是沉默着,歪着头静静地盯着冷冰的土墙壁。

自从马银贵牺牲以后,班长一直保持着这个样子,神像一般不跟人多说一句话;说话就同和人家生气一样,而且气很粗,好像随时都掂着重东西似的。自然,我们班里遭受了这样的不幸,既是班长,他精神上更是难过一些。可不是,无论如何,我心里不也像时时刻刻插着一柄尖刀子吗?昨天上哨以前,他还在连里嫌我在抢救马银贵的时候,没有尽了我最大的努力;现在他又说了这话,我听起来,怎能不怀疑他话里有话呢?全班都在这里,排长也在着,我还不应该将前天深夜所发生的事情,仔仔细细报告一遍吗?

大家都仿佛受了点气似的,沉默了许久许久。火堆自管它熏熏地燃着,外面风自管它吹着……

"唉……"我叹了口气,说,"牺牲的已经不在这里了,已经不会说话了。那夜晚的事,我看谁也没法子辩,就是给了班长也一样。破完路啥时候了?敌人来了,咱们掩护他们二个连退却接了火,打到他们退过汾河,上了山,咱们再退,又啥时候了?下半夜的月亮不是已经上来了吗?你们通统过了河,机关枪阵地也移到山头上了,我弄得剩下一个人才往河道里退……"

"你怎么掌握你的两个人的?"班长愤愤地转脸来问我。

"不忙,"我竭力平着气静静地说,"自然我们原来三个人,张守福早就失掉联络了……"我看了张守福一眼,他一下子头就低下去了。我瞪了半天,说:"我同马银贵趴在铁路边上,突然间北面下来一挺机关枪,一梭子子弹打完了又按上一梭子,打得我们头也抬不起。娘的×!我们两个——我同马银贵爬着去同它拼手榴弹去了。把机关枪赶进碉堡里去时候,我又找不见他了。我拍着枪托,四下里黑黝黝的,没有答声……"

我说到这里停了一下,看见他们瞠目结舌,等得很急的样子,我一口气就说下去了——

"我退的时候跑着跑着,听见离不远有呻吟的声音。我蹲下去,轻

轻拍了三下枪托。我几乎要开枪了,呻吟的地方才答了两下。自己人——我想着,走近点低低地问:

"'谁?'

"'我嘛,哎哟哟……'

"'口令?'我问。

"'明……天……'

"糟糕!这是马银贵。我跑去背他,他一只手还握着步枪,一只手拉住我的手,说:

"'算了吧,副班长……'

"'怎么?'我性急地问他。

"'掷弹筒把半截腿炸没了,不中用了,哎哟哟……'

"我不管他说什么,背着就走……我一只手扯住我的棉军衣的后襟,说:你们看这大片的血!我完全迷失了方向,你们清楚,汾河在叫,机关枪也叫。哗哗哗哗哗,啊,比今天这风,大得说不来。炮还吼呢,他还在我脊背上嗡嗡嗡,嗡嗡嗡:

"'不中用了,你走吧,不中用了……'

"我本来那时候想到要给他比喻那些剩一只腿还活着的伤兵,可是我说不成一句话。我骂了他两声,他才不叫了。我背他到河边的时候已经满身大汗。这里河分成两道,中间夹一块干滩,我想总浅一点。我们过了第一道河,上了那块干滩。啊呀,打到大腿的水……

"'不行,'他说,'水冲着我的烂腿。放下吧,你走吧,拉倒吧……'

"而且他溜得太低了,我想放下重新背一下,过那第二道河。我刚刚放下,一串机关枪子弹落在前边的河水上,你看——敌人听见了声音,封锁起河面了。他忽然把手里的步枪递给我,央求起来:

"'一枪打死我,副班长,打死我你快走吧……'

"我一听这话，立刻脑皮紧绷绷地，害怕了。月亮照在河滩上，一切一切。哪怕是一块石头，都给它照得分分明明，他肘子支在地上斜躺着，我蹲在旁边把他怎么办呢？敌人的炮打着山头，机关枪的火网封锁着田村……我完全呆了。呆了半天，只好说：

"'马银贵，有什么话快说吧……'

"他出了一口长气，猛地坐了起来，直竖竖的，可是好一阵不开腔。过了一会，他没有提起他妈，也没有提起咱们班里连里的哪一个，只是可怜地盯住我，说：

"'我要死了，我还不是一个共产党员……'

"你们说，你们说我怎么忍心一枪打死他呢？我背着他背了二年的那枝打死过多少敌人的五六步枪，走一步，回头看一看。最后，我一下子冲过第二道河来……唉唉！"

一口气说到这里，我才看见他们个个人的头早已倒吊起来了。外面风卷扬着积雪，呜呜咽咽；这里，熊熊的火堆辉映着惨然的脸孔。在我们后边，地上乱糟糟地铺了一层谷草，上面立了一排步枪，枪下放着一列装在套子里的、东歪西倒的手榴弹……我惨然打了一个寒噤，好像我是刚刚偶然来到这个哨位上的。

过了一会，我们的排长，连连地微微点着头。

"记起了，记起了，"他自言自语着，眼睛向山窑子顶上的浓烟里翻了几翻，想着，继续说，"今年春天吧，他一连请求过三次，可是他只、只有十七岁。说不够十八岁的……"他摇了摇头，然后结束道，"已经加入的还按候补的论哩，没有法子，不能因为他一个人就……"

"可是你知道吗？"我的悲痛稍许压下了一点，说，"小伙子难受了个时候，每逢党日，我们上党课，忙得很，他同他们留在班里，人家下棋的下棋，打识字牌的打识字牌；小伙子真像丢了个什么东西，立坐都不安啊……"

"没有法子……"排长听了，重复着。

这时候，仿佛一个追悼会的默念一项完毕了似的，人们的头抬起来了，脸色也转换过来了，手足也好像睡醒之后会动弹了。有的人又才斯斯文文的不像粗野的军人的样子，将手伸向火堆四边的山药蛋。魏吉德拣起一颗，捏了一捏，皮子裂开了，冒出汽来；但是他却慢慢地将它仍然放在火边，坐端正起来。

"说起这，我也记起来了，"他忧虑地说，"还是在游击队的时候，马银贵不是年纪小吗，摸摸他的头顶，调笑他什么时候回家，什么时候接他的婆娘；他脸一红，只一句话——打走日本人再说……"

"真的，"丑货插嘴说，"我也知道……"

"可是编营以后，话头就不一样了，"魏吉德的眼睛由丑货脸上转向大家，演说一样说，"打出去日本人还不能回家哩……"

"真的，"丑货等得很急的样子，这才接上嘴，说，"他是我们连里的青年队长，我们开会的时候，他常说的：'我们青年，嗯，我们青年真是，打完日本还有工作哩，不要受了批评就嘴噘起来了，哼起来了……'我记得清清楚楚。他真好……"

听了他们两个人的追忆，我凝然望着火堆，仿佛又看见马银贵的影子，听见他说话的声音了——他的头小，可是领得一顶军帽总大，戴起来总把眉毛遮住，露出两颗刷溜溜转的眼珠子，胸脯儿时时刻刻好像故意似地挺得高高的，说起话来厚嘴唇一张一合，声音清脆而有力……

大家都沉思默想着这些……

"说来说去，牺牲的太早了。"排长将手里的一块木柴扔在地上，叹息了一声。

"他会用手榴弹炸死自己的吧？"魏吉德问我。

"一颗也没有了。"我说，"都扔光了。"

"不会第二天早晨给敌人捉去吧，我想……"沉默的班长最后惋惜地疑虑着。由于将马银贵活活地扔在敌人面前，他的心总是被咬住一般跳动着；而且我们全连每个人的心都不能平息一刻儿……

角落里孤寂地立着的一炷香又燃尽了，这回轮我的哨。我收拾起手榴弹、子弹袋和步枪，踏着沙沙的谷草要走的时候，他们要我也装上几颗山药蛋，到哨上去吃。但是我能吃得下去吗？至少在最近几天，马银贵把我的肚子弄坏了；并且外边还有那样大的风雪啊！

我从哨上回来的时候，木柴烧完了，留给我的几颗山药蛋也冷了。火堆变成一摊白灰。我们又冷得各自缩成一团。

晚饭以后，十二连来接了我们的哨。

我们回到连里的时候，听说营里的两个侦察员从汾河边上回来了，并且说他们还到了田村。我饭也没有吃，就跑到连部去打听了一下，指导员兴奋地告诉我马银贵的结局。

第二天早晨敌人到河边一看，河中间那块干滩上红红的一片。他们还特意打发了一个士兵过去看了一回——血旁边的泥滩上，指头挖下两行字：打倒日本鬼子！中国共产党万岁！一个人爬下的踪迹和拉下的一道血迹，直端进了汾河！

"你还不是没有吃饭吗？"指导员最后关切地说，"快回去吃吧，冷坏你们了啊！"

一九四〇年十一月在杨家岭

地　雷

一

"一二一，一二一，打倒日——本！"

"打倒日——本！"

"一二一，一二一……"

这是阴历三月天，太阳在灰冥冥的西山里快要沉下去的时候，太行山区有一个李道村，自卫队正在一块广场上操练。他们转圆圈跑慢步，那个在圆圈中心踏步叫操的人显然很着急的样子，跟着队伍的排头转动着，嘴不停息地喊着数字，希望跑得像军队似的嚓嚓地响。但是，无论如何，庄稼人甚至将"打倒日本"四个字喊得极整齐，声浪震天价响，脚下嚓格嚓，嚓格嚓的总是跑不整齐来。

这惹得在老爷庙旁边的路口上，挟一杆红缨矛子放哨的李树元老头子看着看着，忍不住失笑了，笑的满腮的苍色胡子都粘起来。因为操练的人不是比他小一辈便是小两辈，而且他两个儿子都在里边，他便理直气壮地笑骂道：

"羞死你们的老人了，你们，咳咳……"习惯地咳嗽着，随即认真地说，"唔，打日本，那是真刀真枪，甚的时候还是要人家八路军哩，老百姓腿硬得那样子,踏不在字上吗——"

"一二一,一二一……"

自卫队一股劲操练着,跑得广场上扬起了尘埃。大约他们连听都没有听见。老头子便孤寂地抱着他的红缨矛子,斜倚着一堵土墙吃烟去了。

"轰隆……"西边远远的又响了一声。

老头子心里咚的起了回声,不由得忧郁起来。已经好久了,每天每天都响这样的几下子。说是打雷,可是这才三月,而且天气晴朗明媚;什么地方拉开火线了?声音又不那样紧迫。前天,那样多的军队经过李道村开向西边去了,有一部分还在本村扎了一宿。以后人们便都传说着:日军在那边修铁路,这里听到的那响声便是他们在用炸药开山洞;并且喧嚷着,说修得真快,修着修着向南通下去了,等到整个修通了的时候,他们便由铁路出发向两边的村庄扫荡,那时,这里会变成什么情况呢?

"唉唉!"他叹息了。

去年那叫做"夏季扫荡"的时候,老头子院落里的两间倒坐房子和大门,被日军纵火烧了。幸而有两个烧不坍的窑洞,他同他的两个儿子金宝和银宝住一个,他的老婆同两个媳妇和金宝的孩子住一个,已经凑合了快一年了。"凑合着吧,"他常对家人或村人说,"不凑合有甚的法子呢?……难道就忘记敌人把咱撵到山洼子里,没明没夜的像蚂蚁一样乱跑了?"

现在听说"扫荡"便想起这情况来,新的恐怖似乎又要威胁着他了。不过他默想着敌人修铁路的那边,成千成万自己的军队开过去,是怎样一回事呢?……

他盯着下边哗然的小河,自言自语着:

"甚的时候把日本打出去了,我老汉也不要站在路口上,年轻人们也好好到山里下苦去吧,不要隔几天就操啦练啦……"说着,他就朝广场望着。

"一二一,一二一……"那里仍然跑着,叫着。

从那样一群人中间,他一眼就看见哪一个是他的金宝,哪一个是他的银宝了。他的——他们眨着像他的一样的眼睛,或者长着像他老婆的一样的额头,他觉得他们比谁家的儿子都好。"日本鬼子把老子的房子烧了也罢,牛拉去杀的吃了也罢,只要小子们欢天喜地,老子有儿就甚么都有了!"当到无可奈何的时候,他曾这样慨叹过,听来颇带点顽强劲儿;但是他自有他自己的意思。

广场上,他们跑完步练习着抛手榴弹。

"你看!"他的银宝举起一颗那种用枣木修的假手榴弹,说着说着,呼的一声就抛了几十丈远。多少人都笑着,称赞着,打诨着,唯独他的哥哥金宝站着,很不满意。

老头子看了,越发生银宝的气。"二百五!"他很冷心地说,"才二十来岁的个人,刚识得自己的名字,当了几天村公所村丁,显能做甚哩嘛!?村里的那些年轻人也真是……还举他当自卫队排长!"

他觉得活在这年头,一家人无事无非团聚在一块,比什么都好。于是带着对他的银宝深深的不满意,背转向路上蹲下去,发现他的烟已灭了。

他思索着什么似的,又慢慢地装起一袋烟,慢慢地挟在大腿和小腿之间,然后慢慢地从怀里掏出一把火链,喳喳两下子拍着火来,将燃着的艾絮放在烟袋上,插在丛丛的胡须掩埋着的嘴里,同谁赌气似地吸起来了。

他一袋又一袋地吸着,不觉得太阳便沉没在传说日军修铁路、听见开山洞的那边去了。晚霞还辉映着这边的山头,但只昙花一现便泯灭了,代之以无涯的暮色苍茫。一柱柱炊烟从烟囱里升起,缭绕着汇集了起来，笼罩在村庄的上空。

这时候，沿着小河的路上，从东边走来了一个军人。李树元老头子吧吧地将烟袋里的烟灰磕掉，扶着矛子便站起来。那军人走近了的时候，他照例说道：

"老乡，路条？"

"没有，后边有队伍。"大约因为走快了一点，说话时还吁吁的。

"咱八路？"

"是的。"很匆忙地样子问，"村公所在哪里？"

看来定是有紧急的公事，老头子便用他那二尺多长的烟袋，指着旁边被日本人烧得四零五落的老爷庙，很信任地说：

"进吧，就在烧剩下的那两间社房里。"

话没说完，那军人扭身便走去了。李树元孩子似地扑簌打了一个寒颤，预感到什么不平常的事要发生了。但是会是什么事呢？如果是后边来的队伍要在这村庄里宿营，那是最寻常没有的了，但是前天才开过去那样多的队伍……

霎时，在那军人走来的路上出现了抬东西的老百姓，两个人一副，走得极快，软软的扁担一晃一晃，好像很沉重的样子。在那条路转向这边的拐弯处，他们，夹杂着押运的队伍，川流不息地走来了。前边的快到他跟前了，拐弯处还是一副接着一副闪过来。有人又问了问他村公所的所在，他只一指，自管呆呆地看着前边的路上，仿佛他要点数似的。其实他早已眼花缭乱，糊里糊涂了。转眼一看他旁边，他们所抬的东西已经一个挨一个，一排挨一排地停放在庙外那场子上了。最先到的那军人胳膊一伸一伸忙碌地指挥着。

老百姓，军队，乱杂杂的像热闹的市集一样。抽扁担的，擦汗水的，甚至有脱下鞋袜擦着脚的。说话声，咳嗽声和往地上抛扁担的声音混淆成一片……

不知什么时候，自卫队便收了操，统统跑到这里来了。他们不管军队喊叫着"站开！站开！"便挤进人群中去，同那些民夫们混杂起来。连李树元老头子自己也似乎哨都不放了，不觉得被吸进里边。

民夫们这儿一簇，那儿一簇地议论着：

"看起来小，重啦！"

"你说，路太长远了。"

"再要走，我是不行了……"

解散了的自卫队员们疑惑地看看他们，又看看他们所抬的东西，摸不清这究竟是怎样一回事。忽然，在一个人群的角落里，李树元用尽了平生所有的气力，急促地绝叫了两声：

"银宝！银宝！"

银宝这才伸起腰来走开了。原来他像个年轻的探险家似地，用手摸了摸那放在见方木框子上的圆圆的、秘密的东西。他走开便又混在人群中。许多人都好奇地打听着——从哪里抬起，送到哪里去……民夫们一个个都狡狯地用摇头来回答一切问题。只是当三番五次地被问着这抬的什么东西的时候，他们才悄悄地将嘴凑在别人的耳朵上，说："地雷。"

二

晚餐时，银宝放下碗筷，手在嘴上抹了一把，便像有紧要事情一般开门出去的时候，他父亲坐在炕头一眼盯住了他，问道：

"你又哪里去啦？银宝。"

银宝一条腿已伸出门限了。

"等等,同你说个话。"

"说甚咧……"他很不愿意地回转身来站着,显出等说完马上便走的样子。

但是老头子叫住他,却是在村庄里有了这种事情的晚间不让他出去的意思。平日,每天每天晚餐后,李树元家的麻油灯便熄灭了——老头子自己坐在炕头嚂着他的长烟袋吸着,金宝抱了他的孩子地下蹓来蹓去走着;媳妇们洗完饭具上炕去同婆婆一块坐在角落里,一家人便在黑暗中闲谈起来了。不仅在近年因为战争中油价昂贵而不点灯,便是太平年间为了节省也是如此。他们的闲谈常常是没有一定题目的,从鸡下蛋很多扯到牛不肯吃玉米棒子。又回到米囤子里常常有老鼠跑进去……等等。谈到瞌睡起来的时候,便各自黑摸着睡去了。银宝常不参加这种闲谈,他放下碗筷便从张家游到李家,找年轻人们逗混去了。抗战以来,无论谁个都有了一定的组织的时候,他更是如此。不是说要去开会,便是说要去上课,反正村里空出那么一间大房子,粘贴着红红绿绿的标语、伟人像,年轻人们挤在里边一闹便是半夜。可是今晚老头子不能让他到外面去。他阻留下他,便教训了他一顿。

"真是憋得说不来!"老头子一只腿曲着,一只腿伸着,坐在那里黑桩子似的把烟袋从胡子里边的嘴上拨开,气愤地说,"地雷,好不厉害的东西!那是作害日本的,你个老百姓小子,你摸他怎的哩?摸下半分利吧?轰一声响了,怎说哩?……"沉默着瞪了银宝半天,这才重新嚂住烟袋;烟袋上老鼠一般吱吱响了两声,一星火光挂在他面前的黑暗中。

"怕死人了,啧啧……"老婆婆恐惧地缩着肩膀。

屋里充溢煤烟和老头子嘴里喷出的烟草的烟同酸菜气混合在一起的呛人的空气。灶火在洗过饭具以后用煤泥糊起来了,用火柱通了一

个孔,蓝色的火焰从这孔里箭头一般升出来,闪闪的跳着。银宝便一只脚站在地上,一只脚蹲在灶台上,看着蓝焰,不服气地说:

"那么容易,就响了……"

"你怎的晓得响不了?"老头子一口咬定逼问着,"是人家老兵们晓得那家具的门道也许哩,你怎的晓得响不了?"

"啧啧……"老婆婆还是缩着肩膀看着银宝。她没有见过地雷,但是意识到它是很暴烈的东西。

金宝抱了他的小宝贝在地上径自蹓着;媳妇们一眼看着银宝,等待着看他说什么似的。银宝一句也不响了。老头这才教训他,说他晚餐后就不该再要出去了。

这时,村里杂乱而紧张的很。到处院里的狗不住地汪汪地吠着,可见村道上时刻不断地有人走:军队、民夫或者本村的干部,弄粮食的、弄柴的、弄水的……每个路口上都放着哨,远远地看见黑暗中蠕动着一个人影子,哨兵便"喔呀!"一声,使你恐怖地站住,才细问你干什么事的。

"你跑出去算担葱的呢卖蒜的呢?"老头子伸出胳膊在炕栏上将烟灰磕下,恐怕熄灭了,匆忙地装起又一袋烟,吸着,"这世道,吱吱,人都喊叫捉拿啦、铲除啦,吱吱,汉奸那东西是真有的哩。你甚的事情也没有,话不对头就吃现亏哩……吱吱吱,嘶——"

他重重地吸了一气烟,然后哺地呼了出来,好一阵没有响。他想着年头不同早先一样了,早先他可以脱下一只鞋给他几下。现在不行了,他不敢压制抗日的人。他只轻轻地结束他的教训,说:

"我说的话是爱惜你还是作害你?自家仔细想去。"

黑蒙蒙的屋里便一片静默……

从李道村往西五十余里,隔着土山、沟溪、小河、村庄和树林子……

那里南北纵迤着一道汽车路,曾经到李道村糟踏过两次的日军天天在那里修铁路。开山洞的声音白天在李道村时常会听到的。今夜,在李道村老爷庙那里停放着的大堆的地雷。村里狗咬,人叫,说话的声音随处可闻。

李树元家里保持着紧张地寂静,谛听着外边的动静。闲谈没有往日那样自然,有人"你听你听"地低语着,大家便屏住气,歪起头来了。许久以后,外边村里忽然有人叫了两声:

"树元叔,树元叔……"

屋子里,人们一下子便成了静物似地不响不动了。

老头子还是歪着头继续仔细听着,对金宝说:"孩子放下,出去看是怎么的哩?"

"我看去,是村警的声音。"银宝说着便要走了。

"就叫你哥哥去吧。"老头子厌恶地阻止住了他。

"啧啧,天胆!"老婆婆狠狠地盯了银宝一眼,说。

金宝把他的孩子给了他的媳妇,他迂缓地出去了。在那敞房子大门被日军烧毁得零落的院里,他叫了一声"哪里哩",沉重的脚步声便由轻微而消逝了。

过了很久的时候,他转回来,他掀开门进来,还没等别人齐声探问一下消息,便粗声嚷道:

"早些睡觉吧!"

"怎的哩?"

"明早晨,天亮就要送地雷去哩……"

"怎的……"

"明早晨,天亮就要送地雷去哩!"他加重语气重复了一遍,才慢吞吞地将村警的通知转告了众人,"凡是自卫队的人们,统统要去。咱这里换差,怕直端往地头送哩,村警说。"

李树元惊愕地呆住了,凝望着金宝。

"地头?"老头子迷惑着,"地头在哪里呢?"

"还要问呢?管保是直端往火线上送!"银宝心直口快地插嘴说,"往日军修铁路的那面开了那多的队伍,还要问呢?又快紧张几天了……"说得显得倒像很满意似地。

"听你哥哥说!"老头子瞪了他一眼,便转向金宝。

"总差不多,"金宝照例慢吞吞地说,"村警说五六十里地;实在的地点,唔,我看他也同咱一样,不晓得。"

他把别人告诉他的话大多压下来了,原来村警在黑暗中扯住他的袖子,挤眉弄眼地讲了半天。他鼓动家似地给他宣传着日军这回必定要吃个大亏,好像他亲眼看见过似地,说八路军已经布置好了,就是等地雷去哩……金宝好像并没有为他所动,简直像忘了一样,也不惊怕。他是一个再不能更死板的农民。

虽然如此,老头子略微一想,他明白了。他开始为这件意外的事苦恼着,怎样好呢?以前自卫队送过粮秣,送过伤兵,送过子弹,就是没有送过这种东西。这种暴烈的使人一见栗然的地雷,并且也没有直端往火线上送过……他寻思着是否有使儿子们摆脱这桩差事的办法——没有办法!没有一点儿办法!老爷庙那堵高高的墙壁上,军队的宣传队写了那样大的一排红字,他不认得它们,但是他问过小学的教师,人家告诉他说是这样读法——军民合作打日本。并且还给他解释了好久,他曾点着头认可说:"对,对,就要这样!打日本第一要紧,你不要以为我是个农民分子,我懂得哩!……"并且看样子,前方又吃紧了,不去是不行的,公事,这是公事……

"送去吗……"他想了半晌,喃喃说。

"老天,我心都跟他们去了!"老婆婆抖着说。

"不要怕,"他却转来安慰起他的老伴来了,"怕不了的。你看村里去多少人哩,要是凡是自卫队的人手统统要去的话……"他说着转向儿子们吩咐着,"拿稳你们的身子,抬那东西要小心,到地头可万万不敢瞎摸,瞎摸可使不得……带粮不带呢?"

"不带生粮,说顶好各人带些干粮。"金宝回答。

"那的,就把咱的炒面带上些,"老头子继续吩咐着,"好炒面,细糠磨的,"但是忽然想起来似地呢喃着,"炒面大概也不多了,敌人撵得咱窜山头的工夫,每人背上一袋子还当饭吃哩;可是装去吧,家里人不下苦,不要吃,过几天就要磨啦,谁晓得狗×的日军多时来呢?……"他啰唆着没有完结的样子。

老婆婆冷然盯着他说着,截断他的话:

"不要念你的经了,"甚至她也讨厌他的吝啬,说,"为甚要糠炒面呢?面囤里还有几斤白面放着哩,烙成饼子叫他们带去,又不是天天有这种差事哩,你给他们带些糠炒面,到人家地头上一时连水也找不着一点儿……"

老头子一阵没有话说。最后,他命令道:"那的,你们睡去,媳妇们做去。"

这天深夜的时候,李道村许许多多人家却又点燃起麻油灯来,灯光映照着窗纸,远远地看去,同天空的点点星斗一般。凡是点灯的地方,屋顶上都竖起着一柱新加了煤的黑烟。农妇农女们给她们的儿子、丈夫或者兄弟们包装着干粮;他们呢?睡去了,恢复着日间在山里春耕的疲劳。明天,他们一清早便要出发到不确知的地方去了;现在老爷庙那里摆了一滩地雷,荷枪的战士们在几条村道上鹄立着,守护着它们……

三

晨光熹微中，村庄喧嚷着，紧张了。村道上来来往往到处是人。喊叫人名的声音、高声说话的声音、要绳索和扁担的声音混淆着。太阳升起来的时候，村庄便一片静寂，失掉灵魂似的静寂。金宝和银宝混在熙熙攘攘的人群中不见了，只见伸向西边的大路上，人们抬着那些地雷走去了——一副接着一副的……

李树元老头子仿佛失掉灵魂似的，突然一下子变成一个穷光的、孤寂而无助的老头子了。日军放火烧了他的房子，等他们退去他回来看见后的那种心的痛楚，竟像现在儿子们出发去帮助打烧他房子的人以后，他所感到的痛楚一模一样。然而也无怪，因为他的房子毁灭，他难过着难过着，忽然从几十年的迷梦中惊醒了：土地房产不值钱，人的生命才是天下至宝。他看见同村的人有嚎哭着他们被惨害的家族，他便觉得十分可以自慰，说："烧了烧了吧，八路军把日本打出去，平了天下，金宝和银宝再修新的去！"他所看见的世界，他所关心的世界很小；这个世界便是他的家。他一辈子把自己限制在这个范围里，因此在什么都变成飘渺幻灭的战乱中，他把一切的希望都寄托在儿子们的身上。现在，儿子们上火线去了，他便难过起来。

忽然他想开了：火线危险是危险，地雷厉害是厉害，但是村里去了那么多的年轻人，偏偏就是他的儿子而不会是别的谁家儿子出了错子吗？反正，这世道，听天由命，自己碰自己的运气吧。为什么上次日军在村里杀了几个人，他一家都托天平安呢？他觉得他的运气好，他福大……

他想开了便觉得轻快了许多。

早饭后，老头子自己揭开牛棚到小河上饮牛去了；饮完牛转来的时候，村东头住的魏培贵老头子也赶着牛向小河走来了。他们在村道上各自往两边拦自己的牛让路，李树元随口问道：

"你的小子，去了？"

"去了，"对方回答，"我看见好像还是我的小子同银宝两人抬一个哩……"

"不是吧？"

"差不多吧。我的眼不对劲了，也许没看清楚。"魏老头子淡漠地说着，赶着牛便下坡了。

李树元老头子却挖心炼肝地不安起来了。他把牛拴在住宅外边的阳场里，便满村走着，每遇见一个人，不管他是谁，便问：

"你看见今早起银宝同谁一块抬着的？"

"没看见……"

谁也没看见。李树元觉得那些人仿佛都是自私自利的家伙，谁还注意别人的事情？他在他们起身以前给他们千叮咛万叮咛，教他们弟兄两个人时时刻刻在一块互相照顾着，并且给金宝特地叮咛，教他不论到哪里都要小心银宝，他冒失极了。起身的时候人们乱动乱嚷，把老头子都吵昏了，眼花了，只见人数一点够，两个人便抬一个走了……

最后，他到村公所问去了。村长讨厌得连理都没理他，径自办着自己的公事，要不是村警在着，老头子真不好出来哩。

"问做甚呢？"村警笑着。

"没甚事，问问啦……"老头子尴尬地说。

"放心吧，树元叔，"村警拍了拍老头子的肩膀，说，"保险没事，同谁一块抬也一样。你想想看：金宝已经是孩子的老子了，银宝那的活龙活虎就跟他抬在一块了？我看见他同魏培贵的小子一块哩，没事你放心……"

老头子听了，心算认真地沉下去了。

他刚刚回家去，随即又出来，手里捧一把香纸，直端走进老爷庙的正殿里，点燃了香，焚化了黄纸，希望地盯着关公的塑像，胡子中间的嘴里喃喃着。

"只要保佑小子们平安无事，今年香会给你老人家挂匾，五尺绫布的大匾……"反反复复地重复着这个意思。如果那塑像有知，也会喝他一声："麻烦透了！"

然后，老头子回家去再没有出现在村道上。

便是在屋子里，那西边开山洞的声音也听到的。这天那里依旧隔不久便轰响一声，有时窗纸还会被震动得哈哺一响。啊，这种声音时时唤醒着人们意识中关于战场、敌人和打仗的幻想或记忆！而现在，李树元的两个儿子，是朝着轰响声传起的那边走了。"啊啊，地雷……"老头子竟日梦呓似地自言自语着，"地雷……啊，那东西……"总是想要说句什么话而说不出的样子。

午夜，人们睡得正酣的时候，猛地统统被惊了醒来。李道村西边远远地山崩地震一般轰了起来——有时像春雷在西天里震荡，有时机关炮急促的吼声便像有人在老爷庙擂鼓……

"天翻地覆，天翻地覆……"

李树元老头子失魂落魄地嘟哝着；急急忙忙穿了衣服，纽扣也没有结，用硬梆梆的手掩着衣襟，便从因为儿子们不在而他独自一个人住的屋里，撞出院子去。他朝向西边天际间一望，混沌沌的同往夜一样；但是响声还是继续吼着。

"开了火了……地雷……小子们……"

他的脑子从这个意念闪到那个意念。他看见村里许多处点起灯来，这里亮了，那里熄了，忽而又亮了，鬼火一般令人毛发悚然。并且什么地方传来了婴儿呱呱的夜啼声,令人心里十分焦躁。

"唉……"

当一颗颗流星在天空划一长道消失了的时候,李树元老头子从屋里出来走进草屋里,端了一筛谷草倒进牛槽。夜里他被惊醒以后,连眼皮再也没有合过。老头子被挟在两个矛盾的念头中苦痛着——想着那些地雷一定重重地作害可恶的日军一下子,又担心着他的送地雷去的儿子们的安全。暴烈声停止了好久好久,他才想起要喂牛。

喂过牛他便走进女人们住的这边屋里。她们早已穿好衣服,三个人挤在一块坐着。老头子掀开门进去的时候,远处忽然又暴响了几声。这种声音他们听惯了,这是炮声,这几年,几乎没有隔过十天听不到的。

这时正是拂晓,地雷声不断地轰着。

"你听,又响了……"老婆婆面孔白得同纸一样嗫嚅着,看着老头子的脸,"你说小子这会折转了没?"

"折转了,管保折转了,"老头子竭力肯定地说,想使女人们心里宽阔一些,"送到就折转了,大概连夜往回跑的。老百姓在火线上有甚的用呢……"他不仅这样安慰女人们,而且自心暗暗地这样希望。

"火线上的事还有个准?大媳妇摇着孩子说。

"那是真的……"二媳妇对着面坐着,附和道。

"早些做你们的饭去!"老头子打断她们不中听的话,说,"你们真像些黑乌鸦,没一个喜鹊子。你们不会把话说得吉庆些?你们……"

两个媳妇一声也没响,做早饭去了。她们从缸里掏了水倒进锅里去,用火柱弄着煤泥糊起的灶火,用升子盛小米放在灶台上……老头子照样坐在炕头,嚼着他的长烟袋独自唠叨个不休。

"起身的时候我给他们嘱咐了又嘱咐,抗日,那是要像人家军队说的一样,是全中国的事情,指望咱一家不济事,反正,这世道,把自己的身子保护住,是正经办法。他们还不懂?又不是实憨子……"

他把些歪道理说得很顺口,说得整天与针线和饭具为伍的女人们听了没有一句话可说。

"你听,你听,啧啧,……"老婆婆瞪眼看看屋顶。

他们坐着的,站着的,端着盆子走着的,一下子便都静止了,歪着头,眼睛里显出极度的不安。等到响过几声又沉寂了,便又动弹起来。

"我给关公许了愿了,"老头子又唠叨起来,"只要他保佑小子们欢天喜地回来,咱给他挂五尺绫布匾……咱这里老爷庙可灵哩,比哪里的都灵,你们看庙里'有求必应'的匾,大大小小挂了多少?都挂满了……"

"咚,咚……"隔壁屋子里钉钉子似的,远处又响起来。老头子嘴里话越多,表现他心里越不安;但是越听到炮火声频响,他越要唠叨,简直像痴人说梦一般……

早饭剩了一大半,老头子连一碗粥都没有吃得了。不见得火线会一直扯到李道村来,但是他便从柜子里取出一包土地买卖的契约,塞进衣服下边的怀里去,腰带一结,像个孕妇的肚子鼓着,便提了长烟袋出去了。

他竟日在村西头一堵阳崖下蹲着,噙着他的长烟袋盯着抬地雷的人们去了的那条路。有时会有村中别的老头子看见他,走来同他蹲在一块吸一阵烟,东拉西扯谈一阵。别人走掉了,他还在那里,倒像轮他放这一步哨岗似的。太阳从东边移动到西边,他的烟口袋也一干二净了,还没有一个人从那条路上走来。

"唉……"他叹了一口气,提着烟袋回去了。

四

傍晚的时候,李树元见老爷庙那里以前放地雷的场子上有一簇人。

"他们做甚呢?"想着顺便走到那里去了。

村长、村副、闾长们和农救会干部都在那里,同一些不相干的农民们喊喊喳喳议论着。他们没有因为李树元老头子走来,而间断了他们的谈话。他便悄然轮番着看他们的脸相——每一张污垢的、皱折的和年轻的面孔上都泛着一种欣喜的气色……

"要二十个就去他二十个……"

"可不呢……四十五岁以下的就行的话,咱李道村二十个……三十个,四十个也拔得出来。"

村长两手拥在袖口里躅着,这时站住,说:

"人手是有的。可是,你们说,这些人常不支差。村公所讨论下来,就怕张也说不公平,李也说不公平。"

"管你分派吧……"

"就是哩,"村警热忱地插道,"这差事我看也没谁不愿意。咱军队打仗得来的东西,咱们老百姓去搬一下,谁不愿意……盼不得天天要民夫去搬哩。"

"对,刚才送信的人不是说二三百里远的还去哩。"

"你们商讨去,分派下谁是谁……"

"这是句正经话。"

李树元老头子眼皮一眨一眨,惊奇地由这个说话者的脸上移到那个的脸上。看着并且听着,他便明白了一点他们所谈论的事情的影子了。心里感觉到一种莫名其妙的轻松和愉快,丛丛的胡须中间的嘴微微咧开,露出几个黄牙齿,静静地问:

"打胜了？"

"胜了！"村警两步走在他面前，笑眯眯地打趣他道，"这就不用你再担心你的银宝同谁一块抬去了。你还没懂得？军队又要民夫哩，搬那些得来的东西哩，嘻嘻！"

"嘻嘻！"老头子不由得孩子似地跟着一笑。

于是这两天来，他的恐怖感觉，火线上传来的炮火声所加于他的威胁，甚至挂念着儿子们的焦急也一齐被这捷报所扫除了。并且它像一服药一样兴奋了他。他脑子里极为自然地浮现出一幅打仗胜利的图画——敌人那边的军队个个倒毙在地上，恰像他们到山村里来杀害老百姓一样，横横直直的这里一具那里一具；而自己的这边军队也好，老百姓也好，也恰像敌人来抢东西似的抢他们的东西。这时他把希望又寄托在银宝身上，他比他哥灵巧，说不定也捞摸一点东西回来；因为他的房子被烧掉，日本人是应该赔偿的。

"怪不得，他们送地雷的今天还不回来？"他像才睡醒一般迷迷糊糊地说。

"回来？梦见了吧？三州六县的要人哩，去了的还能回来？"旁人笑着。

"唔唔，"他点头说道，"要不我说咧，打日本，甚的时候还是要人家八路哩？"他想起开群众大会时的景况来，笑了，"嘿嘿，老百姓就是摇纸旗子还可以……"

村长照样两手拥在袖口里躅着，照样站住。

"这话你老汉可说不得！"他无情地驳斥他，说，"不要老百姓的话，用不着远比，我问你，你说地雷会飞不会飞？"

"自然要人抬……"老头子羞怯怯地答道。

"好说了，"村长这才告诉他，"这回听说一夜取下来好几个大镇子，挖了百多里铁路；听说铁路两边十几二十里住的老百姓上火线的比军队还多哩；听说老百姓办了大事了……"

"哪的，我的金宝银宝也……嘿嘿！"他想以这话和自尊的神气掩饰他的窘迫。

"那自然，嘿。"有人只淡漠地一说。

他便由此夸耀起来了：

"实实在在，做起事两个小子都还顶一把手哩……"

"那好，咱们村公所的人到公所里商讨去吧！"村长还没等老头子说完，便这样催促了一声。

人们便四散了：有的跟村长进了村公所，有的下小河边担水去了，有的回了自己的家。

这天晚间，村里家家户户传说着西边火线上的事情。在牛棚前、草房门口、厕所旁、炕头、灶旁、椅凳上……人们莫不惊叹着地雷的厉害。光怪陆离的战报从这个农民的嘴里传给那个——说成千成万的日本鬼子给地雷收拾倒了，一个也没活出去；说他们修的铁路什么的，给挖得连一点影子也没有了，并且夸耀说他们修得快，咱们破坏得更快；说日本人存的三窑洞掳掠的金银财宝，原封没动被夺过来了；说……

李树元老头子回到家里，叫他的老婆再不要锁着眉头了吧，媳妇们也放心吧。

"打了个大胜仗，"他捋着胡髭，不管别人怎样急着听，他总是迂缓地说，"日本人，给杀光了。铁路，也修不成了。得来的东西啦，听说算不完。小子们啦，有人见来的，平安无事……"

送地雷的那批农民还没有回来，搬胜利品的一批又走了。李道村比前两天更寂寞。除了雄鸡在村坡上、屋顶上和院子里喔喔叫着，没一点动静，仿佛人们都上山里下苦去了。但是今年十分缺乏春雨，土地硬得石头一样下不得种籽；而前线却紧得很，人都到前线去了。

"这世道，这世道……"李树元老头子慨叹着。

他整个地陷于一种既非完全忧虑，也非完全乐观的境况中。他平生没有经见过这种世道。他一辈子是个庄稼汉，竟也不懂庄稼汉心理上所起的变化了，有时甚至连儿子们，连银宝为什么会变成那个样子，他都摸不清。至于他自己……

"我老了，"他常自己说，"我的老人老了的时候给我留下十多亩地，我一手尽一辈子泡料着；如今两个小子，我还是十多亩。一辈子没遭过意外的灾祸，也没得过外财。从来不同人闹气变脸，高喉咙大嗓吵嘴……"

现在，儿子们还没有回来，田野里的劳作仍然停顿着。老头子除过喂养耕牛之外，每天吃了饭，便一手提着那只破旧的桑枝编的筐子，一手握着那把小铁锹，整日在村道上和道旁的荒草坡上转来转去，丢了什么东西似的寻觅着牲畜的粪便。当发现一堆牛粪或者狗粪，他便用铁锹把它拾进筐子里，然后继续用眼睛搜索着。

"轰隆……轰隆……"

他不明白为什么打胜了，这两天炮声还是若断若续的响着。这便是他不是完全乐观的原因。他常常拾粪完毕的时候，在老爷庙外边把筐子和铁锹放下，到村公所去了。干咳两声，便掀起村公所的门进去了。

"在你们这里吃一袋烟。"他会说。

"吃吧。"人家便这样的应他一声。写字的写字，看报的看报，念粮秫账的念粮秫账，打算盘的打算盘……好像都忙极了，没工夫同他闲谈。老头子蹲在地上寂聊地看着人家工作着，寂聊地嚼着他的长烟袋吸着，吸得屋子里缭绕着他的浓烟很重的时候，他站起来说：

"去了的民夫没消息吧？"

"没啦。"人家这样应他一声。他便悄然开了门，出去走了。他心里沉闷闷地把长烟袋挂在腰带上，带了他的拾粪的家具回到了家里。

进得家门，他的老婆便会问他：

"还没回来的信儿？"

"有啦，"他会说，"村公所人们说快回来了。"说着将鞋脱在地下，上炕去坐在那永远固定似的，他父亲死了以后他便开始坐着的炕头；沉默地噙着他的长烟袋，吱吱地不住气地吸着，直到屋里又充满了亲手作制的、强烈的烟草的浓烟。女人们又开始喀喀地咳嗽了起来，他的老婆又厌恶地看他一眼，说：

"吃的你肠子都黑了！"

"唉，由不得么，不吃做甚哩？"他才苦着脸相说着，放下烟袋来。"一辈子都没遭逢这种世道……"于是他平生的忧愁苦痛都集中到这一刻了。

突然有一天晚间，偌大的悲痛摇撼着李树元老头子，事情竟转到这样一个曲折的方向。

五

这天晚间李树元家正吃饭的时候，外边已经黑蒙蒙的了，忽然村道上传来一片人们走动的脚步声，说话声，叫喊声，闹嚷嚷的样子，很像村里出差的民夫们回来了，一定是的，不然屋里会听见外面有"给你，这是你的扁担"，"哎，老五，咱把绳错拿了"这一类的声音？

"我出看去。"李树元放下碗说。

刚刚放下碗，院子里便响着沉重的脚步声，不一会儿金宝便掀开门进来了。很疲乏，面孔灰暗着，肩膀松连着。他一句话也没说，把绳抛在地上，扁担立在门角落里。老头子看着看着，一下子便像患了喘息症似的，急问着：

"银宝呢？嗯，银宝呢？嗯，银……"

都焦急地瞪着金宝，他却慢慢地、静静地说：

"他？……他……不回来了。火线上就……就……参加了八路军了！"

"……"老头子长长地出了一口气，头低下去了。

这时外边东邻西舍隐约可闻的说笑声喊喳着，因为男人们都回来了而嘻笑着，孩子们叫着。这里呢？麻油灯暗淡地燃着；灶火从炉边爬出一点蓝舌头摇晃着，屋里一片静寂。

银宝的媳妇也把头低下去了，但是她一会儿便抬起头来，年轻的、美丽的微笑仍然略略浮漾在嘴唇上。她看着李树元老头子还是低垂着头，好像它将要从肩膀中间掉下来似的。

"爹爹，"银宝的媳妇细声地说，"为甚那样哩？他还好好的，还活着哩，又不是……"老头子猛地直起头来，一指头钉住金宝，咬牙说道："你是比死人多出一口气！"

于是金宝将整个的故事说了。但是他太笨，他说不好。这夜李道村差不多家家谈论着他们千年没有听说的，而现在亲眼看了的场面和故事。本村银宝的故事虽然是其中的一段插曲，但听起来最亲切、最动人。传说得最广泛最深入，连刚会讲话的小孩子和百事无干的老头子都被说得目瞪口呆。

……银宝同魏培贵的儿子抬的那个地雷，炸毁了一座铁桥。他们跟着队伍抬到桥脚下把它埋了，又跟队伍一齐藏在岩石后边引火线。队伍告诉他们说当地雷炸了的时候，他们便往后退，到吃饭的那村子里去。但当地雷一响，桥一断，战士们一哄而出，一片杀声同守兵冲搏起来的时候，魏培贵的儿子朝后跑了，银宝却不知不觉地，完全不知不觉地被吸引着似地，跟着冲了过去；冲锋中间，有一个战士倒下去了，他又不知不觉地拾起牺牲者的步枪，继续跟着别人疯子一般地冲着。等到解决了战斗，他还不知不觉地跟着，从这架山上下来奔上那架山上，一声也不响，大约已经不懂得害怕了，并且也不敢离开队伍。天亮的时候，战士们发现部队里有一个青年农民，背一支步枪，没有手榴弹，也没有子弹，连装它们的袋子都没有。战士们问他是哪一个游击队失了联络的，跟着他们跑呢？他说他是老百姓，送地雷的；夜里跟着走的时候，已经黑了，看不见人样，所以认不得。战士们这才想起了，在山野里哈哈大笑起来。有人问他："那么你算是民夫呢还算战士呢？"他说什么都可以，反正都是打日本！忽然战士们都劈劈啪啪拍起手来了，乱嚷着"欢迎！欢迎！"他便跟着走了……

　　农民们把这故事到处说得掀天动地，而金宝却说得简单极了。老头子还是眼瞪着他：

　　"到底是怎的回事？人家拉去的还是他自己愿意的呢？你怎的同个死人一样哩？啊？"

　　"人家也欢迎哩，他也愿意！"

　　"呸！"老头子重重地向金宝唾了一口，转脸咆哮着，"他愿意，我不愿意！老子不愿意！老子……"说着，唾沫星子溅了老远，"这的，谁还敢当民夫哩！找村长，找村长去……"

　　他当下便要到村公所去，家里的人阻止了他：因为天黑得很了，并且要求他说话要小心些，抗战时期多少人当了兵了，不要落个人也回不来，再让人家说三道四，惹得神鬼都笑。他不服气，嘴里老哼着甚么……

　　翌晨，李树元老头子尝味道似的吃了一点就到村公所去了。他低头在村道上走着,想着村长那气派;非同他吵架不可。村长一定不管,但是他却非要他起公文追回他的银宝不成。"吵就吵。"他想着,并且在他脑子里已经同他吵起来了。他的银宝是十个月所生,拉了屎,他给打扫了;撒了尿,他给晒干,一天一天育养成人的。抗日是大家的事情,该他的银宝去吗?

王三赶着牛走过来了。他想就在村道上挥着他的长烟袋讲一气道理,看看他怎样说。

"啊哈,你老汉老也老了,光彩起来了!"王三没等他开口,便道喜似地赞扬着,"你银宝,哈,送地雷的民夫里头一名!都同他一样,小日本还愁打不下去?"

老头子一时没有话说了,给说这种话的人讲半天他的道理,显然是白费舌头,他走着只顺口说:

"饮牛去哩!"

"对,"王三回答着,还加添道,"啊,银宝好的,真是好的……"

他略微有点糊涂了,王三会用这样真挚的、诚恳的态度同他说话?以前人家讨厌他,背后说他是刺一刀子都不见血的人,见面顶多冷冷地一笑,不然歪过脸装没看见,便走开了。

"这世道……"边走边想着。

"哎,老汉。"又碰见一个年轻人,亲昵地叫着他,"前线上人家都说你的银宝是抗日的英雄,哈哈,你成了英雄的老子了!"

他看见人家笑容满面,便不由得也微笑了一下应付过去。走着,便又碰见一个人。

"李道村出了英雄了,哈哈,倒出在你老汉家里了……"那人远远地就玩笑着,当走近的时候,还很关怀的样子问他:"你哪里去哩?"

他只模模糊糊用他的烟袋朝前指了一指。

从来不常听到的一些辉煌的名词和从来不常看到别人对他这样的态度，这把他弄得不知如何是好了，他竟不是怒气冲冲地，而是犹豫地掀开村公所的门进去的。

"噢，老汉来了。"

村公所的人们齐声说着，坐在椅子上的站起来了，躺在铺盖卷上的坐起来了，写字的放下笔仰起头来了……他不禁诧然瞪起他的花眼，不知所措。他从来到村公所没有这样过，常常不声不响坐在炕边或者蹲在地上，悄然噙着他的长烟袋，没有人理睬他。而现在——

"快坐吧，"村长连忙殷勤地捡了一把椅子，并且羡慕说，"你好福气啦，有这样个儿子……"说着从桌上拾起一张昨天深夜有人从县里带来的那张油印报：

"刚才我们还看了一阵报上登他的故事哩。"

"都登了报了！"老头子痉挛地歪着脸。

"登得还仔细哩，甚的县，几区、甚的村……"

老头子情不自禁地用抖嗦的手，接过那张报纸来要读的样子；但他除了"李树元"三个字因为一生看熟了之外，再一个字也不认识。他木然在手里执了一会，仍然将它交还村长，村长念给他听了一遍。

村长将它放在桌上，走去揭开立柜，取出一包东西，上边贴着一张印着金字的红纸。他将它放在老头子手里，并且说：

"这是人家送给我的一包曲沃烟，你大概一辈子就吃你自己种的烟叶子。我送你，算成村公所先贺你一下。昨黑夜县里还来了个公事，说政府正讨论怎样奖赏你家呢……"

老头子眼泪快掉下来了。

"我的老天！报上都登了。……"他匆匆地告了别，走出到老爷庙门外，一手抱着礼物，一手扯住袖口小孩子一样擦着眼泪，嘴里这样喃喃着。

走着，瞭了一眼那晚放地雷的场子，想着：

"我老了，快入土的人了，啊，这世道还要把我改变一下哩……我一辈子没想到这事情，没认得世面……啊，银宝，你成龙呢变虎呢，你……"

这天老爷庙路口上放哨的是魏培贵老头子。

"哎？你拿的是甚呢？"

"烟，曲沃的，我也叫不出牌子。"李树元老头子将它举在眼前看了看，神色平静地说，"村长送我的，说县里还要重重地奖赏我哩。你看人老了，眼也软了。刚才在公所里，我就几乎儿滴下眼泪。嗯……"

一九四〇年十二月在杨家岭

一天的伙伴

我们十五个人，除了队长和我，都是些战争以前的大学生和中学生，现在被派到吕梁山前线的一个支队里去工作。昨天，西边约八十里的那个兵站派了一个运输员，赶着一匹骡子驮了我们简单的戎装，送我们到这里。这是一个离前线更近的，被日本人毁坏成一堆废墟的乡镇，没有一所完整的宅院。因而此地的兵站驻在镇外七八里的一个山村中。而我们整天行军使得脚板都麻木了，并且再出发还得经过这里，便没有一个人赞成到兵站去住。镇子的当街有一家以前的杂货铺，现在主人逃难走了；门板也没得，满蒙尘垢的家具零落着——这便是我们昨夜的宿处。不过我一到地头，队长便带着军用证明书，跟着昨天那个运输员到兵站去过了。他们答允照样抽一匹力气顶大的骡子送我们到下一站。队长说那个站长还不停地摇着扇子说：

"天太热了，你们要出发得愈早愈好，对啊。"

今天早晨东方亮时，我们便起来将所有的被毡、衣物和书籍捆做两大包，放在杂货铺门前的台阶上，准备出发。我们脸也没洗，在静寂的街道上站着和踱着，等待那个派给我们的运输员到来。但是直至我们蹲在饭摊上用过早饭，还是这个样子等待着。太阳在碧蓝的天空升了起来，照澈了整个荒废死寂的乡镇。懒狗在墙影下垂着舌头喘息着；

树叶丛中,鸟雀吱吱喳喳地吵得人心烦。我们仰望一下那颗通红的火焰似的太阳,回头来盯住从兵站到这里的那条街道,人都变成性气极暴躁的了。

"怎么样?"一个身量像体育家的同志挺着胸脯,捏着拳头,要打似的站在我面前,愤愤地说,"怎么样?我看索性待一天,他来了先揍他一顿再说。指导员,你说呢?"

我用反对的眼色和愁苦的微笑回答了他。当然,他们很可以看出我也是恨着这个不曾见面的运输员。因为兵站方面绝不会骗我们,那么,他搞什么鬼呢?

"揍他一顿,我主张!"一个同志激怒地叫道。

"赞成,不然简直混球极啦!"别个俏皮地附和着。

"他是怎样一个家伙呢!……"第三个哲学家似地沉着脸思索着。

我在极度的心焦中,几乎噗地笑了出来。但是一种顾虑将这念头扼住了。我顾虑他们真要七手八脚打起他来,我怎样办好呢?他们都是新入伍的知识分子,实在不敢保险;而我们这队伍是不许动手动脚的,连骂人也不许。防止这样的问题发生,这是我的任务。

"放冷静点吧,"我说,"揍了他也解决不了我们的问题,还破坏我们的部队纪律。"

他们立刻围起我来,吵嚷成一片。说要惩治一个消极怠工而不严格执行命令的家伙,队长和两个同志到镇外的路上等他去了,我自己只有以"打了他我不负责任"来对付他们。我设想着他到来以后的情景。他是一个能忍让的人还是喷火药,我无从预料;不过他的样子似乎粗略地描画在我们每个同志的心中了。

——他整个地是一个非常可恶的人。

许久许久之后,当我们已经完全绝望了,确信这天走不成了的时候,街道那端有一个身材很小的人,穿着一身褪色的灰军装,盖在一顶阳伞一般大的草帽下面,骑了一匹黑油油的大骡子来了。那骡子在因为两旁的屋宇坍塌了而显得凄怆的街上走得那样快,以至队长他们在后边小跑似的追赶着。骑在骡子上边的人却一倾一倾地摇晃着身子,逍遥地用做作的女声不清晰地唱着:

你赶你的骡子……奴开奴的店

来来……往往,常哟相见……

当到了我们跟前的时候,不知怎样一下子,他身子一闪便溜下了那可说比他高两倍的骡子来。他将缰绳用力地抽了两下,骡子便高高地昂起头站住了。

"就这两捆吧?"他用眼睛打量了一下躺在台阶上的行李捆子,无表情地看着我们,说。看他那样子连一点因为迟到而抱歉的意思也没有。

在我们面前,他背着骡子的头站着,手里捏着缰绳,恰像他是一根拴骡子的木桩。按他矮小的个子看来,他不过是一个十五岁上下的"小鬼";而身子的茁壮和脸孔的线条表现他确是二十好几岁的人了。他长得一副怪相貌——怪不在于那古铜色的脸孔,蛤蟆似的圆眼睛,和那扁平的塌鼻子;而是鼻子下边那段嘴唇好像使刀子割去了一块,而且两颗突出的犬齿中间的牙齿一颗也没有了,形成一个漏洞。说话的时候,他的残缺的嘴唇颤抖着;凡遇唇舌声和齿舌声,那舌头便像一个活塞一样露了出来。

我很满意我们中间先前要打他一顿的劲气竟这样容易地消敛了。也许有人看见他这样一个人,怪可怜的,或者可笑得不值一打;但主要的,恐怕还是他终于来了,又能赶一站路使大家欢喜。总之,只有竭力主张打他一顿的同志一眼盯住他,问道:

"来得还早了一点吧?"

"昨天出差半夜才回来哇,牲口要吃了草料才能用吧?"他用一种对待孩子似的冷漠而轻蔑的态度,发音模糊地咕噜着。便将骡子拴起来,取下鞍架子要捆绑行李了。

有几个同志看见他那样一个矮小的人,挤去帮助他。他却摆出一副认真研究怎样捆法的神气,摊开两只胳膊将大家统统拦住,眼睛看鞍架子,说:

"站开些吧。"

他虽然个子矮小,看起来一把便可以推倒的样子,可是他是这样一个熟练的运输员,并且这样有力气——他用膝盖抵着行李包,两手自如地摆布着绳索;当使劲抽它的时候,他耸着肩,扭着腰。瞬间,那驮子便捆绑得服服贴贴,仿佛那行李是长在鞍架子上一般牢靠。他解了骡子牵到鞍架子跟前,说:

"抬一下吧?"

两个同志便将驮子打从他的头上抬到骡子身上去。他熟练地将自己的被毡扔在驮子上,又转到骡子后边像摇跳绳似地将缰绳搭上去,用手拍了拍骡子油亮的臀部,喊道:

"哒哒!"

骡子便走开了。他跟在尾巴上立刻唱起曲子来。

我们十五个乱丛丛地走在后边,在我们的白草帽上涌荡着太阳的光芒。大家一边走着,一边说笑着他是这样一个机械的、不可亲近的人,说话"吧""吧"地。他却好像没有听见一般,径自走着,不稍停息地唱着他的曲子,连回头看我们一眼也没有。

骡子走得很快,使人看了觉得他不是跟着骡子,而是在追赶着它。起初,我们只是偶而瞥见他同它在前边的遥远的影子。这像平常一样,我们是不在意的,自管吊儿浪荡地且走且说笑着……

后来，在曲曲扭扭的山谷间的路上，凡是被我们挡住询问的行人，竟都是这样的忠告我们：

"远了，老总们，快点追吧……"

谁知他会不告诉我们一声午间休息的地方，就前边走了呢？现在，我们只好拼命追了。

太阳在头顶上燃烧得更灼热起来，路上的土屑像被炒过似的烫着我们穿草鞋的赤脚。我们都是满头湿渗渗的，恰像我们是适才从澡塘里出来，手里握的汗巾都快要滴水了。但是，我们非得加快脚步追赶他不可。

大家急走着。许多同志辱骂着他：

"看他就不是一个好东西！操他的……"

正午时分了。我们简直饥渴得很快要倒下去。当我们看见前边出现了一个罩在绿荫的树丛下的村庄时，我们恨不得插翼飞到那里，坐在凉爽的树下。而这时，一个体弱的同志忽然倒在路上，紧闭着眼睛，脸色惨白得不是一张白纸。除了胸脯起伏地呼吸着，他简直是一具死尸。大家不知所措地站在他周围，叹息着。有人提议用把缸子到路下的小河里取水，来营救这个不幸的同志。我们这样办了，并且成功了。两个同志搀着病号，到了那个大村庄。

村庄的路边有一个小饭铺，眼前覆盖了一株乌云一般的古槐。我们决定不再追赶他了，就在这里小憩和吃午饭。当我们问过饭铺老板，他说不曾看见有那样一个人赶着那样一匹骡子经过的时候，我们心都沉下去了，面对面呆视着。

"怎么办呢？"有人叽咕道。

大家马马虎虎吃了些东西，汇清账，就都挤在那株古槐下喊喊喳喳地吵成一片……应该负责任的自然是队长同我了，我们深深地恨着这个运输员！

"骗了公家的骡子和咱们的行李跑了。"

"这是战区，也许还是跑到敌人那边去了。"

"汉奸，没有二句话说。逮住就了结他！"

"枪毙他，枪毙他！"

"不，用石头砸碎他，因为子弹还要打日本人哩……"

捕获他是没有这个可能的。因为，谁知他是朝南走了呢？还是朝北走了呢？南北都一样，离战区都不过一日路程。

这样，话便多起来了。

张同志说他有本哲学名著，抗战以来不管关山万里，他总是带着的；现在被那匹骡子驮着，丢了。王同志说他的远在大后方的爱人临别赠他的照片，包在他的小包袱里，这下子也完了。李同志甚至说一双布鞋子被带跑了，现在只剩了脚上的草鞋，可怜极了。赵同志还说……我们当时的狼狈情形是可以想象的！

"总之，"一个同志绝望地叫道，"看他那副怪样子就不是个好东西。一鸡巴高点的个子，没牙没嘴唇的，还满口是那种淫荡的调儿……"

"花柳病鬼！……"

"唉，我们真是……"

队长同我们讨论着我们的办法，但是一切办法只有到达前面那个兵站才能定夺，现在是非得照直走前去不可。我们两人竭力说服他们，并且责备我们自己，承认我们太不警觉了。

太阳在树梢上边不可明察地移动着，正午过了。这村子里的庄稼人午睡起来，三三两两走下村坡，懒懒地向各方面的庄稼路上去了。而我们，还在那株古槐树下喧喧嚷嚷地没有休停……

先是定睛探头看着，当认清楚的时候，忽然大家拍着手的、跳起来的，都狂喜忘形地笑了。

"是他！是他！"

是他。他赶着那匹骡子竟在我们走来的路上出现了——不拿鞭子，一只手捉着骡子的尾巴，短小的两腿急走着，仿佛他是被它牵着跑似的。他还是低头唱着他的"淫荡的"曲子，声音是那样模糊不清。

走到小饭铺前边，他"得尔——得尔"喊了两声，骡子便站住了，低嗅着路上的马尿。他走到小饭铺门前，我们也都一拥而至，他用那双蛤蟆眼睛盯着我们，用那突起的咖啡色的脸颊对我们微微一笑（他的嘴巴不能够表示这种情态），突舌地说道：

"在联络站等你们好大的时候呀，你们悄悄就到这里了。"好像还含着不满意我们没有告诉他一声便走了的意思。

"联络站？哪里？"我迷惑地问他。

"路口上有一座大庙的那个村子嘛……"他很随便地朝着我们来的方向摆了摆胳膊，说着便转向饭铺的敞开的窗口，向里边亲昵地说道：

"有热汤给老子喝一碗！"他说时舌头突出，"子"字发做"磁"字的音了。

"好孙子，爷爷供不起你的汤了。"饭铺老板笑骂着，捋了一把胡子，盛起一碗面汤。"过来一碗，过去又一碗，从来没说照顾过一个麻钱的茶饭。"

"你不晓得八路军穷？狗崽的……"他接住汤碗，说着便在檐影下蹲起来。

我不知道用什么样的中国话来形容我们一行的同志们这时的心理，和由这种心理所显露出的表情；有的显露出绝望以后又有望了的欢欣，有的似乎带点抱歉的意思看着他，有的则发生了一种莫名其妙的可笑感觉。总之，都笑着看他喝汤……

他蹲在那里，小孩子似的两只胳膊将碗捧在嘴边吹着，喝着。他的每一种动作都是那样可笑而且可怜——他吹着，不是哺哺的，而是呼呼的；他喝着，其实是一下一下地往那残缺嘴里倾注着。有的同志笑了，他却很认真，好像他渴急了。不得已时，他只眼睛盯着碗里的汤，碗边略微挪开嘴巴极轻蔑地说：

"笑？有甚笑头呢！"

"嘿嘿嘿……"人们还是忍不住他们的笑声。

队长和我都觉得这太难为情了，便把他们叫回树底下。在这里，大家收拾着那些随处乱抛的挂包，水壶，把缸子，解下的裹腿……不久，我们看见他站了起来，向我们叫道："斗！"

我们知道他说要走了。这时，直至这时，我们那位晕倒的同志才吞吞吐吐地说，他自己软弱得不能走了。大家便又议论纷纷，有人提议让我向这村庄的村公所要一匹牲口。

"就骑这骡子吧！"这个运输员走来听了听，不耐烦地说道。

"那好，那好。"大家立刻嚷了起来。

我倒觉得他真坏得很。他大约为了避免麻烦和耽搁，因而便不顾公家的骡子的死活了……我望了望他那张坚定的脸孔，不信任地问道："行吗？"

"行！"他说，头一点，草帽便突地由后脑溜到脊背上去了，带子挂在他的颈喉上。"连人带行李统共不过三百斤。骑吧。"

看了看那匹站在路上的骡子——啊，那样一匹结实的大骡子，黑油油的皮毛像镜子一般闪亮。他去捉住它的辔头，牵至路边，两腿分弯地站着，拍了拍一只大腿，他催促说："骑吧！"

病号同志便踏着他的大腿骑上去。

下午，骡子走慢了些，到前边那个兵站共四十里路程，我们一直相跟着。

起先都挤在骡子后边走，好些人似乎已经忘却午间对这个运输员的想法，开他的玩笑，有人甚至想看一次把戏，给了他一支香烟；有人忙着给他擦火柴，擦着还忍不住地嗤笑。他这个可笑的矮子，没牙没嘴唇的人接住吸了……他是用两个指头挟住香烟，按在嘴角外嘶嘶地吸的；自然，有些吸进喉咙里去了，有些则从残缺的嘴巴上泄出来。大家都笑得眼泪汪汪的，他也用喉音嘿嘿地笑着，没有停止吸烟。

大家七嘴八舌地问着他的个子矮和缺牙嘴的原因，他只冷冷地一笑：

"嘿，没意思。"

大约他觉得挤在他身边走着的这些人，都不怀好意，他们只是在寂寞的行军中寻开心而已。他轻蔑地看了看众人，依然用手捉住骡子的尾巴，唱起曲子来了。

人们便也三五结伴地前后散走开了。

我总是默默地跟他走。过河的时候我们一块赶骡子，走大路我也不嫌绕远，他时时忠告我这条或那条捷近的小路，我固执着不去走。如果他知道我们午间在那株古槐下的情形，他难道不会怀疑我监视他吗？他不时地斜过眼来偷看似地瞟我一眼。十里路之内，我们没有交谈一句。不过，看他的样子似乎对我发生了一种比别人亲切些的感觉。那残缺的嘴唇颤抖着，好像想同我说些什么！……

忽然，他转过头来威吓我似地微笑着问道：

"同志贵姓？"

"刘，"我说，"你呢？"

"我姓吴，叫吴安明。"他盯住我，"周吴郑王的吴，平安的安，天明了的明……"说着还是看住我,好像他还没有说完,或者等待着我对这个名字的意见似的。

"吴同志。"我拍了拍他的结实的肩膀,叫道。

他向我仰起头来,两颗犬齿裸露出来,威吓着我似地微笑着。

"你为什么这样结实,却这样矮呢?"我问。

他倒抽了一口气,不胜感慨的样子将脸转向路上走着,说:"唉,说起来话就长了……"

于是,他一边走着,一边对我咬字不清地,冗长地叙述着他的过去。他说他父亲便是赶骡子的,他哥哥也是;他十五岁便跟着他们赶了。他家赶骡子发了财,骡子添到二十四匹,雇了十几个人。他父亲不赶了,住在永宁州城他家里当掌柜的,天天握着酒壶喝个脸通红。他们兄弟两人跟着牲口,一年三百六十天总在路上。他伤感地告诉我,他父亲像看待雇工一样地看着他们。"吃喝一样,"他说,"可是驮子绑好或是到站,有时店门小,进不去出不来,雇工们就说掮不起,主家掮起他们也掮起……"

他说硬是驮子压得他不往高长了,像才十五岁,结实倒结实了些……

他的手放脱骡子尾巴,弯下腰去重新结了结草鞋带子,然后才继续走着。

"唉,我爹……"他不禁深沉地叹息了一声。

"你爹怎么样?"

"他把我们当成奴才且不提,"他竟悲悯地,或者是带着一种惋惜的神情,说,"日本人打下永宁州,他就在家里当了汉奸了,你看成人不成人?"

他这话引起了我的好奇心,我奇怪着他又怎样参加了我们的部队。

他结结巴巴地给我讲了好几里路,才说完他的故事。

……日本军队将他家的骡子统统"征发"了去,要在山岳地带作战的时候驮大炮。雇工们东逃西散了,他哥哥也不敢去跟牲口。他父亲长长地叹息着,表示不得已要放弃那一群骡子了。但是他,这个吴安明,舍不得他所关心和热爱着的这些伙伴。他想,没有了它们,他将操什么营生好呢?他固执地冒着他自认微贱的生命,一天一天死跟着那些骡子。日子一久,衣服无法替换,竟穿起敌人的破烂来。当行军到广阳镇的一天,日军的战斗部队前边走了,后边的辎重一下子被我们夺了过来,他也跟着他的骡子做了俘虏。

他说八路军曾严格地审问了他,最后告诉他骡子不能再给敌人服务了,要给抗日的军队使用。他呢?他们说给他路费他可以回家,或者挑一匹最好的骡子赶着,做一个运输员。他难过了好久好久,因为他希望他能将骡子都赶回去,这是他的。他又一天一天死跟着八路军走着,不声不响,饭也吃不下去。部队里时而有人好意地煽动着他,使他回忆起陷落了的城池,他最后痛哭了一场,把眼泪擦干了。

"好,参加!"他沉痛地说,"回去还不是当汉奸?"

"这骡子是不是你的呢?"我津津有味地问他。

"是的,"他说。说着朝前一看;路途分成两条同样大小的叉道,骡子走了上边的那条。"得尔得尔,老子肏你妈;眼长在屁股上了?"他大声突舌地叫骂着,那骡子那样猛烈地一拐便下到正确的路上,以致那位骑在上边的病号同志简直快要掉下来了。

"好骡子。"他看了我一眼,愉快地说,赏识着他的伙伴。

他已经不是先前那样瞧不起别人,不理睬别人的样子了。在我面前,他是一个结结巴巴,喋喋不休的人。他对我描述着他参加部队以后,生活比他在家里赶骡子还痛快,而且竟比他家里还平等。他说苦是很苦,不停不息地出差——送子弹，给养，军衣，干部……情况紧急了，日夜都走。但是不知怎样，他觉得不嫌苦。他告诉我许多部队的番号和电台的番号。二年来，他不断地被调来调去。

"到哪里都是赶骡子。"他最后说。

"想调换个工作？"

"不想，"他漠然说道，"吃惯了屎的嗅着屁还香哩，我一天不见骡子就想……就是不能学认字，啧！"说着似乎觉得十分惋惜。

我仔细看了他一阵，好像我们是适才相遇的。我这时心里深深地感到我同这样一个善良的人在一块儿走着。但是，我一看却被一种不愉快的现象所苦了。他那嘴巴将永远被人当做怪样子哂笑着，每当吃饭，饮水，说话和发笑的时候，都是他永久的苦恼。我替他痛苦似地耸了耸鼻子，指着问道："那怎么回事？"

"这狗奂的，"他却满不在乎地朝前边走着的骡子骂道，"这狗奂的踢了一蹄。"他瞪起圆眼睛回忆着，"那次，去年春天吧，我们到汾阳县驮粮。在路上，我看见它走着，两条后腿中间不知怎样的绊了一根枣枝，怪不得劲。我弯腰给它取时，这狗奂的大概以为我要刺它一下，蹦一蹄，端端踢到我嘴巴上。它害得我住了两个月野战医院……"

"不方便，嗯？"我怜悯地问。

"惯了也没啥。"他又露出两颗犬齿，嘴唇颤抖着，向我笑道，"就是有个女同志爱上咱的话，咱连嘴也不能亲……"

我仰天哈哈大笑起来，他用喉咙哼哼地笑着。前边和后边走着的同志们都奇怪地看着我们，尤其是看看吴安明，他脸色略略有点红了。

当我们走到一条河边的时候，他突然"得尔——得尔"地叫住骡子，脱起衣服来了。他脱得赤条条的，将脱下的衣服交给骑在骡子上的病号同志，便跑进河里洗起澡来了。他弯腰用手舀着水，急急地摸擦着精光的腿、臂、胸、肩,以至肚脐下……骡子过了河站着,探头用嘴揽着河边闪亮在斜阳下的青草。骑在骡子上的同志笑得爬在驮子上。我提着裤子管涉了过去,也站着笑呆了。我们的几个同志从后边走来,先是大笑着,忽然有人叫道:"后边来了骑毛驴的女人,你!"

吴安明狼狈地拖泥带水奔了出来,拿到衣服,便披了上衣,登着裤子,哒哒地喊走了骡子,他跟跟跄跄跟在后边。但是,毕竟没有什么骑毛驴的女人,他还给我解释着他被吓了一跳,他是怎样地恐怕在群众面前破坏我们部队的风纪啊……

西边天际间耸起了朵乌云。它浮动着,散布着,遮蔽了半个天空的时候,我们已到达这天的宿营地了。

洗脸,喝水,吃饭完毕,兵站派人领我们到这村中他们指定的民房里。但当领我们的人一走,我们便又吵成一片。那间农民的房间里充溢着一种稀奇古怪的臭味,光是墙壁上用指头抿死臭虫的痕迹,看了便令人感觉到浑身发痒。看样子今晚要落雨,院子里睡不着;而昨夜在那个杂货铺里所受的苦,今夜又要重复甚至更甚吗?我们有的噘起嘴嘟哝着,有的沉着脸不开腔,另外的讲着如"喂臭虫"之类的俏皮话。最后决定我去交涉重号房子。

我走进兵站那敞大院落,便听见有一间简陋的房子里传来哼曲子的声音。"吴安明。"我想。我走到门口,看见骡子在里边吃草,槽前的地上堆着一簇切碎的谷草。旁边一捆没有切的,这上边铺了吴安明那块粗灰布被单,他便躺在上边哼着他的"淫荡的"曲子。看见我来了,他一冒坐了起来。"睡的地方有了吧?"他问。

"……"我没有回答他,转眼看着房子里的一切东西——垂着腐坏了的高粱秆子的屋顶,吃草的骡子,谷草和苍蝇乐园的粪便。

"不管啥地方凑合一下,"他亲热地解释说,"前方不比后方,什么都困难。好店一夜,坏店也一夜……"

"唔唔……"我吱唔着走开了。

我不知他是对我解释他为什么住在马棚里呢,还是劝我不要去交涉重新号房子呢。总之,我心里很难过,今天整个的事情在脑子里转了一遍……

一九四一年一月在杨家岭

在故乡

  阴历年的前几天,我带着一种近乎好奇的心理回到故乡。故乡变成边区以后,我这回还是头次回家;而不在家里过年,到现在已整十年了。
  虽是腊月的末尾,因为今年逢闰,季节却已过了立春。我牵着那匹因竟日的奔驰而疲惫了的白马,行近我们的村子时,似乎愈来愈觉得初春的阳光更加温暖。那些黄秃秃的土山,和散布在山洼里的赤条条的白杨树,甚至零落在路旁的碎石块,都给我以一种熟识和亲切的感觉。我一边走着,一边张望着四周,心想发现眼前的故乡同记忆里的故乡有些什么差别。昏鸦哇哇地叫着,从这壁山崖上唰唰地飞到那壁山崖上去。牧人们领着一群一群的归羊,在村道上簇拥而过,咩咩的叫声淹没了村子里的一切动静。这村子,一片节节排排的农家住宅,静穆地摆在晚来的炊烟底下……
  "还是那样,"我走着,还暗自想道,"故乡还是那样一个寂静的山村!"
  村子里除了东头那个石灰庙壁上写着"施政纲领",和庙门口用粉笔歪歪斜斜地涂画了一些选举和公粮的标语之外,同我前次回来时也没什么更异。我这回探家一则是省亲,再则还想看看故乡究竟变做什么样子。显然，我的理想未免掺杂些孩子似的天真和空幻！想象中的现在的故乡竟是什么都另换了一种模样的。

到家的那天晚间，父兄们和伯叔们同我在一盏黯淡的麻油灯周围闲谈。他们说我整天上路疲劳了，几次催促着早点休息；我却因为精神格外兴奋，一丝也不觉得困倦。况且，我这些年不曾回家，村子里的本家和亲戚当晚便陆续有些来看望我的；我若睡去，也难免有人要说我架子大了起来。来的人多了，窑里就充溢着旱烟的浓烟；因为多数人秉性沉默，一劲儿嚼着烟锅听别人讲，到散走时也就默默地走掉了。谈话的常常是几个人。他们照例探询一些外间的情形，譬如什么时候才能够打走日本人等等。但终于我们把闲话拉到故乡的事上来了。我当然急于要知道一些故乡现在的情形，"一满不像个世事，"满腮胡须的伯父轻淡地笑笑，说，"比起早先大变卦了，一样一样都颠倒过来……"

于是众人你一言他一语地开始讲了起来，声气里充分地显露着对于眼前的故乡很是不满。比方常常要开会，今天听讲话，明天又议事，都是双手画不成八字的一些百姓，什么事也不济，尽是耽搁山里的事务。再比方：那些十来岁的儿子，正好拣柴拔草，每人供给一个炉灶和一个驴槽，公家却硬要去上学。更悖逆的是男子汉竟不能打婆姨，打了不是要离婚，便是成了官司……

"这些，哼，"我的父亲捋着胡子冷笑了一声，截断众人的话头，"这些话全是白白给我们的老四说，他而今站在革命这边，同人家还不是一路子的人？"

众人微笑着，却不再讲下去。

"日子总算都好过了吧？"停了一停，我问。

"自然，"伯父说，"穷鬼而今是没多少了，都有地种了还……早先的揽工汉而今都成了顶结实的庄稼户，回回赶集，驮出去的是粮食，驮回来的是棉花和炭。明后天,你到村子里去转一回,看一下家家窑顶上堆的干草,高粱秆子,豆秸,你就明白了。"

"这就好,"我说,"没有过不了日子的人就好。"

"嘿,"噙着烟锅坐在灯影里的三叔父忽然笑了一声,仿佛想起什么可笑的事情。他说:"咱村里就是七老汉还过不了,还是你早先见他的那副可怜样子……"

这时,一个老人,翘着几根稀疏的黄胡子,肮脏的破毡帽底下露出经久未剃的头发,穿一身虽是重重叠叠的补钉也还像布条一般破绽的衣服,蹒跚而来的形状,突然一闪,出现在我的脑子里。"四先生回来了。"这样子像乞丐的老人向我招呼着,因为牙齿很脱落了几个,说话已有点突古,"这"说成"的","高"说成"刀"了。"出门的来年,该是很刀升了吧?嘿嘿……"这样,接着便是一阵连续不断的咳嗽和吐痰,并且扯住露棉絮的袖口擦擦因咳嗽震出来的眼泪,嘴里嘟哝着"老了,老了……"然后慢慢地那样亲切地坐在我的身旁,同我拉些闲话,一直到吃过我家的一顿饭后,才心满意足地告辞而去了。

这便是七老汉。前次我从省城回来时,因为时间没有这回天晚,他当日便这样来看望我,直至晚饭后才走。人是好人气,只是一穷,便顾不得什么体面了。他的简历,说来也太琐细。记得我幼年时,祖母在世,每当她老人家教训起父亲、母亲和哥嫂们只顾眼前享受,不管往后受困来,便说:"不看姓陈的榜样。陈登宝那时候是骑骡压马的财主,婆姨看见饭碗里有个蝇子,就倒给黑狗吃了,嫌脏哩。看而今七老汉爬成一片子,活成什么人了。"从陈登宝到他的儿子七老汉,自然有一段曲折的变迁,只是我幼小时候在家贪玩,不理会这种事情,待到年纪大了,便出外读书,现在提起七老汉,也只有些断续的隐约的记忆而已。

据说，村当中那所富丽的砖瓦宅子原是陈登宝的家舍，祖母说七老汉还是在那里边生长大的。但现在，那里边住了好几户我们的本家。而七老汉呢，自我能够记忆以来，他便住在村北头紧靠边的那个破土窑子里，窗户极小，烟熏得顶黑，过路人也许以为那是烧砖的地方。至于"七老汉"这个称呼，是因为我们村子里的几家姓陈的里边，他在同辈中行七；现在还有三户本家，人家厌恶他不成器，同他像是仇人，常常见面，却不谈话。他兄弟二个，哥哥万年，早已死掉了；我出生便没见过。自我记得，七老汉就是一个孤独的老人，一生不曾娶过婆姨。关于这点，传说颇不一致。有的说当年曾有多少人争着把女儿给他订亲，但陈登宝都嫌不合婚，还说："愁我的小子没婆姨？"后来家道败落，人死财散，婆姨也没有人给他了。另一说，订是订了一个，只是陈财主死后，看见七老汉不争气，人家说给他好比拿女儿去投黄河，退亲了。无论如何，七老汉一辈子光棍汉倒是真的。他幼年说是财主家娃娃，从小不曾受苦，便养成一种惰性，又不愿辱没家门去做叫化子；因此，除七老汉之外，他有许许多多绰号，而其中为人所共知的，便推"串通"和"闲人"两个了。在我的记忆里七老汉的影子总是弓着腰，蹒跚着在村子里游来游去，这家门里出来，那家门里进去。夏天，天气炎热，他在树荫里打盹，或在墙影下靠壁蹲着，把裤管卷在膝盖以上，懒懒地用手驱逐着那些不屈不挠地侵犯他的肌肤的苍蝇。在严寒的冬季，他那土窑子虽好些，也因为缺乏些火，还是不如"串门子"好，谁家的窑暖待在谁家窑里，将他的满肚子的故事不厌烦地倾吐出来。他常常不回那破土窑里做饭吃，总是张家一碗李家一碗地混着，虽然不能常饱却也不至饿死。七老汉有一种机巧的混饭本领。暖季，他在饭时以后到别人家里，说："你们有剩饭给我凉凉吃它一碗。"天气冷了，他可以走进门打着寒战。"好冷呀，我活老了也没见这么冷的天气！"

慨叹着,然后才说:"把你们的饭给我热热地吃一碗。"有时,他竟变些奇妙的花样。当别人依照礼节让他吃饭时,他会对众人笑道:"你们猜我吃不吃?"回答老是否定,他一边笑你没有真情,一边便动手拿起碗筷来了。"吃的,"你说,"七老汉一定会吃的。"他虽在吞咽着饭食,还连连的夸奖你善于预言。这种奇妙的花样虽则听起来近乎无耻,但在当场,都也只惹得笑笑罢了。七老汉的旱烟瘾相当大,我清楚他从来不种植烟草和置买烟锅,但在我脑子里,他的形象常是这样:大声的讲话和使劲的吸烟反复交替着,以致他总是在一团浓密的烟雾里面。在故乡,人们将吸烟人分做三等:头等吸烟,样样俱全;二等吸烟带一把火链;三等吸烟,赤手空拳。七老汉可以说是一位永久的三等吸烟人。你带着烟锅碰见他时,他会要求尝尝你的烟草,吸着并且假装被烟呛得咳嗽起来,连声赞美着:"好烟!好烟!"而你同他分手的时候,你便只好带着你的空烟包走了。虽然这样,七老汉在故乡没有更坏的名声。他不赌博,更不曾犯过盗案,除了吃旁人的饭和吸旁人的烟草之外,一无嗜好。而且,在故乡,无论何时何地,谁家有了争吵和斗殴的事件,七老汉便急急忙忙地蹒跚去了。这种和事的好好先生的职务,不仅使他能在解决事件期间理直气壮地吃几顿好饭,并且也是使他毫不劳动而能够在故乡生活到现在的原因……

现在三叔父在闲谈中偶然提起,我这些关于他的记忆立刻一一显现了出来。本来,我竟遗忘了这个老人。回到家里,我像孩子似地问过许多人的近况,独没有想起他来。而这时,我倒有些记挂起他了。我随即问道:

"他没分得土地?"

"分得了嘛,"三叔父说,"分地的那时,说他是无产阶级,给他的还是三坰顶上地哩。"

"好倒运人！"我的父亲愤愤地插嘴说，"就是有地，他要种进去，锄务好，才能收割得吃哩！七老汉，哼，不怕饿死的话，懒得连嘴也不愿张么，还有好日子过？"

父亲是个直性子人，在故乡，谁人不晓得他常以言语伤人，而对于七老汉这类懒惰的二流子，更是铁面无情。但七老汉也委实不像样子。故乡的一个受苦人可以种十几垧地，养活着婆姨娃娃几口子人。七老汉虽然年岁老了，种三垧地总还能凑合。而这三垧地里的收获，便会使他一个人过起有吃有穿有烧的日子来了。然而他们说我们这位七老汉却把分得的地通统租给旁人，自己连瓜菜也不种一棵。因此，村子里有些喜欢闹笑的人，便讥讽他，叫他做"可怜地主"，说他又学他老子的样子往出租地了。

"今年秋天，"我二哥说，"我在咱那跑牛坡地里掏山芋的时候，可怜地主提只砍柴笼子来了。嘴里说：'好山芋，好山芋！'就要帮我们拣。我盘算他准是想要些山芋，不要他帮，我给他些他去吧。可是他不听，只管他拣。等到拣满了笼子，才说：'这几颗给我老汉吃了吧？''好大的手脚！'我说，'那是几颗？几百颗也够！'不管怎样，他说着就提着走了。恰巧爹往家里送山芋转来，看见他正上坡。'七老汉提些什么，怎那么重？'说着就喊叫：'七老汉，等一等！'七老汉听见头也没敢回，连忙赶上坡，翻过山梁去了。后来我还给爹说：'叫老汉吃去……'。"

"对，"我听得笑了笑，赞同说，"叫老汉吃去。"

"吃去！"父亲瞅了我们一眼。"为什么？给咱的大黄狗吃了，它还看门，黑夜里贼偷起还不方便，给七老汉吃了？吃了就是吃了，完了。"

众人都哗然笑了一阵。这笑声惊醒了睡在三叔怀里的孩子。他哇哇地哭起来了。

这时候，灯盏里的麻油已经点干，灯光更加黯淡下去，以至将要熄灭的样子。我请二哥立刻起去添了油,继续我们这夜谈。但很有些人打起呵欠,都说要各自回去休息了。我便只好将客人们送出大门去。

外边夜很寂静,只是他们从村道上走过,才引起几声杂乱而清脆的犬吠声。下弦月还没有升到东山上,但已有一抹清淡的微光映照到树梢、屋顶和柴堆上了。无边的苍茫的夜幕包裹着我们这个村子。人们这时正在日间烧暖的炕上打着舒适的鼾声;我却依然没有一点睡意——经过半夜的闲话,把我听得仿佛喝了浓烈的咖啡那样兴奋,只盼天快亮起来,便可以看见那些变了样的村人和依然可怜的七老汉了。

第二天上午,二哥提着细柳枝条编制的香纸篮子,陪我上祖父、祖母、母亲和大哥的坟里去祭奠。我们决定去时从住宅后边的山路走去,转来时再走村当中,以便消消停停看一下林子里的情景,也不耽搁上坟。侄子英儿硬要跟我们同去,说他也好久没给过世奶奶和伯伯磕头了,至于老爷爷和老奶奶,他的记忆里还没有他们,便不说了。英儿一去,我家那只大黄狗便一定跟在他的周围摇尾巴,仿佛随时准备着接住投去的食物。我们便这样一行来到坟场中。

在坟场里祭奠是十分简单的。点香烧纸之后,二哥同我站在坟场外边,眺望着四方的远远近近的山峦。他又在给我讲说这里的山势,说我们这宿祖茔座落在风水最佳的地点。我不喜欢听他这一套,只是定睛看着对山上斑斑点点的一群白的绵羊和黑的山羊,以及羊群旁边那个穿着一件羊皮外衣,戴着有羊皮耳遮的帽子,挟一杆长柄铁铲站着的牧人。

"那拦羊的是谁呢?"我指着问道。

"贾步高。"二哥说。

"嗯噢。"我立刻想起来,这人从前在我家干过长工的。记得他因为孩子很多,揽工挣得养活不来,冬天退工之后,便入了鼓乐班子,做吹鼓手。我这时仿佛又看见儿时常见的贾步高——脖颈上挂着鼓，挺着肚子，边走边用两手打着鼓的样子了。他的婆姨，因为脸色黧黑而粗糙，大家叫她"黑豆面老婆"。她带着几个孩子——引着的，搀着的，背着的——常年在故乡沿村乞食。

"他现在给谁家拦羊呢？"

"给他自个么，"二哥边走边说，"你当还是早先的贾步高哩？他而今种二十多垧地，七八口子人，今年出了石五公粮呢。这会你到他家里去，也是只听见驴嚎、狗咬、娃娃哭。三个儿，老大在闹革命那几年'自由'下一个婆姨，一个小孩子而今也满院子跑了。老二去年冬天娶过媳妇，就是，你该晓得的，前村里那何拐子的女儿。听说而今又打听得给老三定亲哩……"

"唔……"

"哈哈，"我听了，将两个贾步高联想起来，不禁奇怪地笑了。但随即又陷入深深的沉默中，想起那个"可怜地主"七老汉来；因为再拐一个弯，我们就要从他那破土窑子前边的路上经过了。

七老汉照例不在家。那歪斜得仿佛时时准备坍下来的柴门上，仍是挂着一把生满紫锈的铁锁子；门扇因为破烂，用绳子横捆了两道。院子里，除了主人每天要踏过的出入道之外，满是被铲去枯草的痕迹。一只昂轩的花公鸡率领着几只杂色的母鸡，在门口那个污秽的垃圾堆里，寻觅着食物。一个人的光景过成这种样子，也确是不可思议的了。

"站着看什么哩？走吧！"二哥催促着我。

我们从村道上直端走下去，来到一个向阳的打禾场前边，场子的崖跟，有些村人在暖烫烫的初春的阳光下拉闲话。渐近跟前，看见都是垂着胡子的老人。其中有一个上身脱得赤条条的蹲在那里，埋头把一件破袄子在膝盖上翻来翻去，忙于搜索着虱子。看见我们走来时，那老人连忙穿起袄子，不知是忙不及扣起纽子，还是根本破烂得没有纽子，只掩起衣襟，束了一根麻绳腰带，便同众人一齐迎向我们走来。

我一看见，便知道那是七老汉。

大家互相问候了两句。凡遇这类应酬，七老汉总是走在旁人先头。他站在我面前，样子十分亲切，一边用手从后边捉着那似乎将要掉下去的破裤子，一边凝视着我，说：

"啊，看你瘦的。公事太忙了吧？"说着转向别的几个老人，"你们不信？走路碰见，四先生认得咱们，咱们认不得四先生哩。"

"唔……"

我竟不知讲什么是好，只好吱唔着笑笑，也不敢直视着他。这七老汉的样子，比起我前次见他时，多少也有些改变了。胡子里已经夹杂着几根白的，皱纹更加深了一些，脸孔枯瘦多了，并且由微微的褐黑变做全然苍黄。最显著的是牙齿脱落得剩几颗了，看样子也更愁苦了些。

"你……"

"我活得不像人了。"他颓唐地说，"黑夜里听说你回来了，今早起也没敢来看望你。'啊……看什么呢？'自个心里还盘算，'人比人，活不成人。'旁人到你家的又多，咱这副样子还……再说，你老人的那脾气，一说二骂，我后来避得不见他的面。嘎嘎……"劈柴似的咳嗽打断他的话头，待用袖子擦了眼泪，才说，"你大约回来住些时吧？"

"过了年就走了。"

"哼，外边公事紧吧。嘎嘎——嘎嘎嘎嘎！"

我在这种凄惨的气氛里，感到精神太受压抑。自己虽有些怜悯之心，但又无适当的话可说。况且，别处有些人看见我同七老汉拉话，都走来了，岂不更是局促？

"你们拉话……"我说着便同二哥和英儿走了。

七老汉离开旁人,独自送我出了打禾场。他依依不舍的样子,似乎还有些话想同我单独谈谈,但却不开口了,只是皱缩着脸孔苦笑着。记得从前这个时节,他过不了年,求告到我们门上,曾给他施舍过些黄米、白菜和山芋之类。我疑惑他现在仍是那个意思,便说:

"你可以到我家来,我在时我老人不能骂你的。"

说着,我们便决然地走开了。我再也没勇气回头看他一眼,只听见在我们背后,又是七老汉那似有节奏的嘎嘎的咳嗽声……

"说他懒得可恨,人有时还由不得可怜。"二哥说。

"……"我一直沉默着回到家里。

岁暮的九天,家家户户准备过年:蒸黄米馍馍的,做豆腐的,切白菜的,泡豆芽的,清扫家舍的……都忙于迎接这一年一度的人间喜剧。很少的几个村人来访问我,还是在黑夜抽空子来的多。我自己除了几家亲戚和伯叔请吃饭之外,总在家里,翻阅一些从前藏下的旧书。但无论在哪里,耳边总听见这类话语:世事变了,都有了办法。从前在我们村子里,过年杀羊的是很少的几家,大多买三五斤肉,在除夕晚上吃一顿,其余留在正月里款待客人。现在却是很少的几家不杀羊,单独杀两只三只的也很有几家。这虽是都看破世事,不打发财的主意了,但还是家里拿得出来。至于馍馍、豆腐、芽子之类的"年饭",那是都要准备好整个正月里够用的。十年以前,我在家里过年时,故乡是另一幅图画。固然也有忙着办吃用的,但忙还账、忙躲债、忙变卖、忙偷盗的人却居多。环绕着村子的那一架一架黄土丘陵,故乡的人把种子和血汗下进去,然后从那里取得一切。土地像以前一样,仍是湛黄色的,一条一块地摆在那里,但经过为它而充满着血腥和眼泪的几个年头之后,我回来看见现在这样的故乡和故乡的人……

"只有会动弹的,谁不过好日子?七老汉的话,再革一回命,还是七老汉!"在一天我同几个访客谈到故乡的这些情形时,父亲便又咬牙切齿地插进嘴来,仿佛谈到故乡便得提起七老汉似的。父亲提起他便骂:"脑袋睡成扁的了,还懒得翻身。看他那副骨架,狗肏的!"

"你总是张口就骂人,人家老了。"我向父亲投去深深不满的眼色,说。

"老了?"父亲反来瞪了我一眼,"我也老了,还有你们这些小子们服侍,也还动弹哩。"

众人都默然而笑。这时候,我想起七老汉这几天竟一直没来我家。看他向来的为人,我总以为他会来的。现在想来,准是父亲给过他下不去;他若不是避躲,便是像对他那些本家一样,怀了仇恨。但他要是上门来,说他过不了年,我即使瞒着父亲,也要给他些年节的食品,反正村子里只剩这样一个无儿寡女的穷鬼,何况还是行将就木的老人了。

但七老汉始终没来我家。

就在除夕前一天的早晨,我起来到外边大解。从茅厕里出来,看见我们同院子住的五叔父刚从村子里拾粪回来,羊皮帽子包裹着耳朵和脸颊,只露出面部的一小块儿,鼻孔下边的胡子上还结了一簇冰丝。看见我时,他颇带点奇怪的神色告诉我:七老汉竟已咽气了。说昨晚还有人看见他"串门子"后走回去,没人肯相信这是真的,以为又是谁在开他的玩笑。因此,五叔父说他看见七老汉门外聚拢着一大堆人。

"说来说去,"五叔父最后说,"老汉还是看见没法活,自个上吊死了。听后村里那王拴老汉说,前几天七老汉同人家拉起闲话,拉到咱村里光景都像样,只他过不了年,就眼泪直往下淌……"

待到早餐时候,这消息便传遍了全村。男女老幼,尽是谈论着七老汉。自然有嗤笑的,有咒骂的,也还有怜悯的。孩子们不省世故,把这事当做稀奇,乐个不休。放下碗筷,用袖子擦了擦嘴巴,英儿便要去看热闹,说他还没有看见过吊死的人。他的母亲骂他,说"吊死鬼"如何如何可怕,但他却绝不罢休。他的母亲拉起笤帚打的时候,他竟哭闹了起来。终于,她给他纽扣上拴了一片红布条,说是抵挡死尸的"邪气",让他去了。

英儿转来后,给我们一家人比手比脚地说:

"呀,舌头吊出来老长,一满成了黑疙瘩……"

他带回更多的消息,七老汉的本家给他赶做一身粗布寿衣,买了一具薄薄的柳木棺材,当下找人去掘墓,说赶吉庆的除夕必须将他埋殡。如此说来,七老汉是的确上吊自尽了。

确实在除夕的下午,我同家人们站在大门外边,看着七老汉的灵柩无声地被抬过去。前边没有引路的鼓乐,后面也没有嚎哭的孝子,只有一只领魂的公鸡被绑置在棺材上面,因为抬棺者的颠簸,东侧西歪的咕咕惊叫着……

便是这样子,七老汉的那副可怜相永远从我们眼前消逝了。不久,天黑了,这人间喜剧便照样启幕。家家大门口和院子里辉耀着点点的红灯笼,恰像天空的繁星一般。农家窑里传来咀嚼声和笑声,满村此起彼落的响着爆竹;对山的寺院里发出幽扬的飘逸的钟声。便是向来对七老汉持着研究态度的我,这时也将遗忘干净了。

新年里,人都闲着,不是闹秧歌,便是斗纸牌。有些来我家拉闲话的人,不免还拉起七老汉来,都说他近来早已显出死的征兆。从前是不管旁人讨厌,他向人要得吃,并且要吃饱;近来有时竟递也递不进手里去,也不见他自己做饭。众人还逗着笑,说:"七老汉该不是要成仙了吧?"哪知他竟讨了这么一个结局……

"他的那些本家也是……"伯父说,"老汉死后不过头七,就往他住的那破土窑子里满满地填了一窑子干草。"

"人家嫌堆在外面雨淋哩,"父亲却冷漠地说,"雨淋了,生了霉,牲口不肯吃。"

"窑还用说,"我的一个表兄走来,"七老汉死后,三垧地归还了公家,就不知有多少人去问乡长,要租得种哩……"

"噢,地好么,"父亲立刻表现了极大的兴趣,他爱土地如同爱自己的生命,但随即又冷淡下来,说:"问不问,还是原租户种,没个旁人种的道理。"

我听了这种对话,倒有悲怆的感觉。七老汉生在富贵家门,却过了一生懒皮狗的生活;最后还是这样的下场。但也无法,故乡既变做另一个世界,时代便铁面无情地丢弃了他。

正月初五,我便又束装出门了。往年在元宵节后,村人才开始劳动;今年因为节令都早,我走时,村里已非新年气象了;阳光已经照得人肌肤作痒。各处的住宅旁边,都有人将棉袄脱到一边,在场子里碎粪。那健康的肩背上,汗水反射着阳光。村道上,常有人赶着驴子来来回回地往山里送粪;因为冰雪开始解冻,路途十分泥泞,所以处处响着喊驴的声音,警告它们:"滑啦!滑啦!"

我离开这美丽的故乡,渐行渐远;但却时而回转头来,依恋地看看那些山水,树木和人家……

一九四二年三月在绥德故雕山书院

喜　事

故乡的风俗和习惯，仔细想起来，全都有它们的意思。譬如无论红事或者白事，除非万不得已，人们总是等到秋收以后，在冬季的几个月里才做。一是因为在农忙的时候要耽误大家的工夫，再便是待客用的各种肉类暖天放不得的。就是冬季，除了白事要听阴阳先生的指点之外，红事又常在阴历年底。这大约是因为待客的食用和过年的食用可以一齐备妥的缘故。在我的记忆里，腊月二十四、二十七和除夕这三天，几乎每天都有几次鼓乐声从我们住宅下面的路上响过，后边接着一群衣冠楚楚的，虽是受苦汉，也装得一表文雅的"引人的"和"送人的"；在他们中间，一乘花轿在四个满头大汗的轿夫肩上晃荡过去。我至今还不曾忘记故乡的人用以取笑待婚者和待嫁者的那句话：

"今日几，明日几，多会等到腊月二十几？"

我正在腊月二十四回我们庙村去。路过的许多村子，常常从这个或那个院落里传来悠扬嘹亮的鼓乐声，甚至窑顶上也簇拥着看热闹的人。沿路有好几个地方，我的去路被吹鼓手们细吹细打的娶亲的行列堵塞起来。出门多年以后，在快要回到家乡的路上，遇到这些从前对我熟悉的情景，我现在竟觉得新鲜而别致了。但我骑的白马却似乎并不习惯于这种音乐，当这种音乐突然从村中传来时，它要惊愕地昂头竖起耳朵，而在当路碰到的时候，它便在锣鼓喇叭合奏声的前面暴跳起来了。头一次碰到，因为我猝不及防，它便把我从它的背上扔到结冻的路旁，碰伤了我的膝盖。下午，日头还很高，我便回到家里。家人们同我接应了几句久别重逢的那类话语之后，便惊奇地问我为什么腿跛。我感慨着故乡的喜事那样多，便把路上的遭遇约略说了一遍，惹得众人全哄笑起来。

"是嘛，年尽月寒，尽是娶媳妇的。"二哥随着笑声说道，咱村里今儿也有三家，天黑时就从咱这坡底下过了。

于是众人都谈起娶亲，说这也同"旧社会"不一样了。从前的人挣个婆姨先不容易，有些订亲了还娶不起。现在的人有土地和苦工，便有了粮食；老百姓的粮食就等于一切……说话中，二嫂已从立柜里拿出一碗油糕，端在我的面前。冷的，我不敢吃，父亲叫她去做饭时顺便热一下再拿来，她便端走了。

"这是人家送的喜糕。"父亲还解释着，捻了一把胡须。

"招财儿家的还没送来哩。"侄子英儿趴在我肩上说。

其实，"喜糕"我还记得，这也是故乡的一种风俗。娶亲的第一日，事主必须用油糕待客。新女婿应该把油糕盛在一个柳条编制的盆子里，亲自挨门逐户去送；稍微讲究的，雇一个旁人捎着跟在后边；普通农家，那便是新女婿自己送去了。我记得是每家四片，同村人无论本家或者外姓，都有一份。想到这里，我心里不禁暗笑起来。我小时候每逢这种日子，午饭总是不吃饱的，诡谲地给自己的肚子留下空隙，专等着吃别人的喜糕。英儿现在对喜糕送来没有的事这样关心，想来也不外这个原因。

不久之后，院里哄起一片谈笑声，说是憨招财儿送喜糕来了。照例，他不进屋来。我的好奇心促使我拐着跛腿，出去瞻仰一下新女婿的风采。他竟完全不是我所想到的招财儿了。衣服崭新：深蓝的棉裤棉袄，束着一条月蓝色的腰带，洋袜子新鞋，戴着油亮的黑缎瓜壳帽子，顶上突起一颗殷红的疙瘩。脸上洗得挺白净，看不出一点羞态；而憨态似乎仍然像以前一样——斜眼睛，笑时纵起两颊的肌肉。这憨态使我一下子回忆起我所记得的憨招财儿来了；从前他的鼻涕快要压塌嘴唇，因为擦鼻涕，袖口像磁片一样硬而且亮；嘴里不断地淌着口水，胸襟变成了河滩。他家是我们的远族，我和他同辈，他大约小我两三岁。我们小时冬天常在一起打瓦片或赌小钱。他是最弱者，任何小孩子都可以用拳和脚教训他的乖戾，而他的唯一回答只有哭叫着找他的娘老子去了。凡是这种人，谁都是喜欢用点小聪明给他起个绰号，因此招财儿的绰号便特别多，诸如因为眼睛斜所得的"吊眼子"，和因为个子矮所得的"三尺鬼"等等。但这已是十多年前的事,现在不提好了。这时招财儿给同院的五叔父家和我家送完糕，便要走了。却看见我出来站在门前的台阶上。他眯起那双斜眼睛，盯视我半天……

"这不是四哥？"招财儿迟疑地说，"甚时回来的？"

"刚才回来嘛，"我的一个顶喜欢逗笑的从兄弟说，"多年不见了，你还不把你的喜糕多送他吃两片？娶媳妇的人，一点人情世故还解不开……"

"两片？毬，三片也能行！"

招财儿慷慨地说着便把肩上的柳条盆子放在台阶上，连忙认真地用一只手拾着油糕片放在另一只手里。我看见那手里已经有三四片之多了，他却还继续拾着。这时，父亲突然激怒地从屋里冲了出来，叱咤起所有围拢的人。

"该做甚的做甚去，你们！"他大叫着，"人家起身时按门户打发够的，短下了好笑，是不是？尽是瞎种！"骂着，叫招财儿掮起柳条盆子，他用手推着他的脊背说,"快去,还有这么多没送,一会新媳妇娶回来,拜天地时寻不上新女婿着……"说着,便一直推他出了大门。

院子里便爆发了一阵哄笑声。

重新回到屋里,众人都各自安静下来。我洗完脸,坐在炕沿上喝开水。一个模糊的印象忽然闪现在我的脑里,便迷惑地歪起头来,问:

"我记得招财儿早几年不是娶过媳妇了吗?"

"娶过了,这是二婚。"二哥说。

"嘿,"父亲冷漠地说道,"说是喜事,其实也够苦情。新社会里,这怕是头一样不好处……"

我越发迷惑起来,更急于知道这究竟是怎样回事。父亲不仅是旧社会的人,而且是同治皇帝的遗民。小时,母亲曾说,大哥当年在城里读书的时候,因为变成民国,剪去了辫子,假期回到家里,怎样被他老人家痛打,如果不是众人求情,几乎不得继续上学。故乡变做新社会以后,自然更不会满他的意了。听说虽不敢公开诋毁,也不由得嗤之以鼻。我知道他所说的不好处,大约恰恰相反。终于,还是二哥告诉我这件事的梗概。

招财儿的头一个婆姨是魏家山娘家,叫魏兰英。(故乡的女人除了女学生和以前的婊子之外,全没有官名。未嫁呼乳名,出嫁叫某某家,而在公家则是称某氏。由此可见,魏兰英只是特殊的一个。)秉仁叔叔因为招财儿落拓不洁,在招财儿十六岁时便给他成了家,叫他的婆姨好好照顾他。初过门的一二年,两口子都小,倒还安生。随后,故乡闹起革命,混乱了好几年。这婆姨机灵活动,又有一份好口才,便跑到红军里面,当了"女宣传"。那以后便起了官名叫魏兰英。她把长头发剪短,娘家婆家都管不得,成了"公家人"。秉仁叔叔因为时势变了,也不敢开口。这样过几年,抗战一起,故乡便定了局。那时魏兰英要走延安,被娘家挡住,才留在地方上工作。她也常回家来,但每回总是同家人和招财儿淘气,闹离婚。一闹便是好几年。起先,两亲家还不愿伤情,竭力维系着,后来招财儿丈母也变卦了。出面帮她女儿。这样,秉仁叔叔着了气,便在愤怒中答应了离婚。

"就在今年四月,"二哥结束道,"两家在区上登了记。魏兰英而今在区上工作,又识了字;因此,一离婚就不知多少人争她哩……"

"还争哩!"父亲截断别人的话,愤怒地插进嘴来,"是秉仁你叔叔,要是我,哼,早用臭脚片子踢出门限了。"

"自古'秃子嫁哑巴,西葫芦配南瓜',"二哥反驳道,"你单揭别人的短,不说咱招财儿的不争气……"

"原来不晓得不争气,两家离开二十来里路,上山受苦还了见哩。人家大财小礼订了亲,锣鼓喧天引回来,淘声斗气几年,捣够蛋了,说一声'离婚',登个记,完了。"

大约二哥知道在这种事情上同父亲弄不清白的,便不响了。屋里一阵沉默。我自己一时也无话可说,只在脑里闪着与这事有关的那几个人的影子。忽然想到二哥在叙述招财儿的事时,却不曾提到招财儿自己怎样的。我便以此问他,虽说仍有些好奇,但却打破了那种不愉快的沉默。

"他会怎么呢?"二哥笑道,"听说也打过几回魏兰英,可是回回总是魏兰英打了他一顿。人家问起,他就会憨笑。人家说:'你婆姨哪儿去了?'他说:'谁晓得,大概出门去了。'有些二流子说:'你婆姨在区上同人家……'他倒乐得笑了,'嘿嘿,管她毬哩,我连自己都管不了。'你看……"二哥笑了笑。摇了摇头。

这时候,有几家近邻听到我回来,便有人来看望。又是一阵道好之后,话头便转到别处去了。稍后,热过的油糕端来,众人谦让一番,那连后来招财儿的喜糕算进去,统共十二片油糕便在人们的嘴里大嚼起来。再后,正饭也端上了,大家说话的嘴便更被占去。

黄昏后,几家娶亲的按照路的远近,都依次回来了。我们大家一拥而出,挤在大门外面去看。刚刚看了头一家过去,回到屋里便听见第二家的鼓乐声由远而近地传来,于是众人又涌了出去。故乡的规例是娶亲的一定要在日落以后回来,这样下轿拜天地之后,"新人"正好在灯光中进入洞房。招财儿家因为路远,直至掌灯后好久,方从我家坡底下经过。我们出去一看,好不热闹。两班吹鼓手一齐吹打,锣鼓喇叭声震天价响;行进的步伐极其缓慢,简直令人怀疑他们是站在路上;前前后后的火把辉煌夺目,映出了山崖、村木、住宅和我们这些看热闹的人的面孔。约莫有十分钟之久,那行列和火把才从我们的视线中消失了去。但鼓乐声的旋动仍然刺激着我们的耳膜。

回到屋里,我说:"灯笼火把,还有两班吹鼓手,秉仁叔叔发财了?为什么这样大摆起来?"

"他发谁的财哩?"二哥笑道,"还不是撑好汉?秉仁叔叔心里盘算,离婚就离婚,还愁老子没媳妇?他这么摆,不是抖富,是给世人和魏家山的亲家看的。以咱看嘛,真是何苦。离婚的事咱村里是头一桩,别处可不知多少。新社会就说新社会的话,可是秉仁叔叔是固执人,不听……"

"那他不是破费太大吗?"

"还说破费?"父亲又插上嘴来,"家产尽绝也是痛快,只要气出的顺。"

这样,便又都沉默起来。大家的看法不同,正如故乡的一句俗话所说:"琵琶和三弦弹不在一条弦上",便不如不谈还好。

夜间,有许多村人来同我拉话。挤满了一窑的人,你一句他一句地说着,说来说去,话头自然会拉到这夜眠前正在进行的招财儿的喜事上去。他们不仅说东的也有,说西的也有,而且多数人都喜欢说,要是他是秉仁叔叔,他将怎样怎样……有些人竟至为了别人的这样一件事,互相争执了起来,赌咒发誓,似乎真是自己的事情一样,弄得面红耳赤。其中有一个进门要低头的大汉,前次我出门时,人们都叫他"旗竿"。他们说他在今年春天被选做我们村里的自卫队队长,从前的长工,而今同村长一起一变而为本村的首脑人物了。他扎着绑腿,农民式的棉袄上束了一条皮带,褪色的灰军帽底下露出用刺刀和剪子理成的"文明头",言词中适合不适合地夹杂了许多新名词和新术语。众人都说他在冬天利用农闲整顿自卫队,白天派哨,夜里还要去查,因此忙得很。又说他为了负责任好说话,已经得到一个新的绰号叫"响炮"了。听了大家为招财儿的事情而争吵,他便嚷道:

"咱们吵一夜也吵不清楚!你们晓得什么?秉仁老汉口口声声说,魏兰英离婚,背后还有公家的点子,才真是合住眼睛说瞎话哩!"于是,他开始告诉大家,三月间他到区上去开会,亲眼看见区委劝魏兰英的情形。"区长说:正为她是公家人,只要能凑合,还是不离婚的好,免得老百姓背后说长道短。魏兰英表示不行,哭成个泪人,说,这么着,她宁愿回家当老百姓,也要离婚。区长还批评她一顿,说她意识不正。……"

"那么,"我父亲不信任地歪头问道,"为什么秉仁给我说,她从娘家回来还闹得松些,从区上回来就越发厉害哩?你说?"

我满以为响炮被这一问窘住了的,谁知他却立刻顶上一句:

"这事年轻人懂得,你老汉不懂。"响炮说,"从娘家回来,娘老子劝过的;从区上回来,同男同志们一块惯了,一看见招财儿那样子,你看气不气?"

"对，对！"几个人同声说，"这话人能听下去哩……"

"那么，……"父亲又歪起头来，但瞪了半天，终于说不出什么来。

"这个不是公家人，"响炮加添道，"听说是个家里圈大的女子，咱就盼望秉仁老汉给招财儿娶个好媳妇吧，嘿嘿……"

说话中，英儿喘吁吁地跑了回来。他母亲说他是"集集赶，会会到，一回不到不热闹"的人。的确，他是顶喜欢赶这种热闹的一个孩子。譬如这天晚上，他是来来回回地将三家娶亲的都跟着看到新人进入洞房，甚至耽误了晚饭。

"妈，妈，"英儿跑进来叫道，"招财儿的新媳妇比他还高一头，两个并排站着拜天地，我看见了的。新媳妇可胆大，那么多的人，还敢撩起红布盖头，偷看招财儿哩。我看，哼，魏兰英走了，招财儿又引得个老妮妮……"说着，摇头摆尾地抖擞着，表示他的好奇心是如何地被满足了。

"再敢瞎说，"他的母亲瞪了他一眼，申叱说，"割你的舌头！快咽吞你的饭去，早是秉仁你爷受屈得要命，你还……"

"我看见的，又不是捏造。"英儿噘起嘴来反驳着，拿着碗筷便出去了。

屋里，众人一阵哄笑之后，反倒不谈这事了。我看出每个人都谨慎地约束着自己的舌头，不使自己说出不合时的话来；因为秉仁叔叔原是带着报复心理办这桩喜事的，而英儿却那样毫无顾忌地喊出一种不幸的兆头，谁知事情将如何发展呢？我自己更无话可说，只在脑里暗自想着新人撩起盖头偷看她的行将成为终身伴侣的那种心理。一个农家姑娘要嫁给一个完全陌生的受苦汉，同他过一辈子，她是何等急于一睹他的样子，而这一睹对她似乎有着一种决定一生命运的意义。但我知道，从前的女孩子多数并无这种勇气，突破无数双眼睛的束缚，而做出这样大胆的举动。现在，听说闺女们也常随在母亲的身旁，出现在群众大会上，胆子渐渐大了起来。胆子一大，便不免触犯到旧的规矩，使一些人大惊小怪，像英儿这样的小孩子也觉得新奇了……

翌晨一清早，便传来了这喜事的新消息。五叔父照例是在鸡叫以后起去拾粪，早饭时才回来的。他所带回的消息，说拾粪的和担水的在路上都谈开来了。

事情是这样：花烛之夜的一切规矩和礼数都做过，新人背上拖的那条发辫变成脑后的发髻之后，送人堂客最后也退出洞房，那里便只留下招财儿和他的新媳妇了。据多数听房的年轻人说，这之后不久，那支理应亮到天明的红烛便熄灭了。"你为什么把蜡烛弄熄？"听见招财儿在里边问。"我不愿看见你，"新人不屑理睬的声气说。"为什么不愿意看见我？""你是我的仇人。"中间隔过了一阵沉默，才又听见招财儿迟疑的声音："他们说今夜灯不能熄的……""我就要弄熄它！""你不对嘛。""你管我对不对，你管我对不对，你管……""好厉害，"外边听房的人想："还有没见面的仇人？"有些村中的二流子和招财儿的表兄弟之类的亲戚，一半是逗笑，一半是气愤，便同声喊道："打！"随即听见新人在里边也喊："打！你们是姓×的，都进来打死我！"立刻，里边在漆黑一团中扭打成一片，夹杂着招财儿的叫痛声和新人的哽咽声。虽然在黑暗中，视觉失去了效用，但那个温暖的、陈设花红的洞房里，这时的情景是可以用脑子想象的。听房的人见事态恶劣，又进不得门，便吆喝了许多已经睡了的人来，这才告一结束。

"这里，这里，"五叔父指着他的手背和耳后的脖子，说，"把招财儿抓得稀烂。"说着，连连地摇着头。

大家听得瞠目呆口，先还惊奇地笑着，随后都长长地叹了口气。

"旁人看起来，招财儿也实在可怜……"五叔父补充道。

"不是说新媳妇也哭了,为什么呢?"我问。

"新媳妇也可怜,"聪明的五叔父点头道,"也可怜,他们说今早起看见她眼肿得像核桃一样。……"

"两个前生没讨得缘分。"二嫂叹息着。

"唉,秉仁叔才可怜哩。"父亲失神了半天,这才接上来说。

"他是自寻的,"二哥评论道,"一离婚就请起多少媒人,财礼大小不管,要好的。'顶少比魏兰英臭婊子好一千倍儿!'这是他说过的话。人家要甚给甚,说二十四块银洋的订亲礼,有着;说银手镯银项圈,有着;说一匹蓝市布,有着。一切的大财小礼都有着,单怕人家不给订,四月里离婚,五月里订亲,六月里就引。硬是众人劝的,这才耐到年底。我看那么着就不行,而今的世事,总是弄合适些好,还同旧前一样哩?同旧前一样是好了,魏兰英也离不了婚。"

这一来,大家突地哑然沉默了。

按照喜事的礼数,这天早饭后,先是拜"神主",事主和亲近的族人,按照辈数和男女之别,次第向祖宗的牌位磕头,一对新人自然也参加在自己的那一辈中。拜完神主,便"见大小",新郎和新媳妇向近族和亲戚,依着辈数的大小磕头或作揖;而在行礼之后,受礼者要将喜钱放在盘子里,喝一樽酒退去。记得从前行使铜钱和银洋的时候,放喜钱常常举在盘子上空,让它们掉下去,发出一种铿锵之声。近来改用纸钞以后,便不知如何做法了。我也极想去看看这场热闹,但又不好意思。我家去的,自然只有英儿一个了。

下午,那个昨晚来过的自卫队队长响炮又来了;他是在那边五叔父家里给从兄弟派了今晚的哨,叮嘱了一些事项之后,顺便来我家走了一下。他说秉仁叔叔为了择吉日的事竟同懋德爷爷吵了一架。懋德爷爷是我们村中在家的唯一认识字的人。从前,他做过十三年村长,并且是每家的长年顾问,任何事情都须请教于他。但到革命以后,无论谁问到他有关公事的话,他总是摇手而去,一边连声说着,"解不开"。或者"不管了"。近年则只是当做买卖的时候写契约,小孩子生病的时候画符咒,娶亲的时候择吉日而已。响炮说,当秉仁叔叔同他吵起来的时候,他便一拐一拐地急忙走回家去,把他那本包罗了各种契约、符咒、卜卦、时辰、象数,等等式子的"通书"取了来,给所有在场的人看,虽然他们中间几乎没有一个认识字的人,更不懂日子的好歹了。"我快入土的人了,还有作害旁人的心?"懋德爷爷说着,激动得全身抖嗦起来;响炮瞪着眼睛,颤抖着头,向我们比拟着懋德爷爷当时的形容。

"两个老汉都像小孩一样,逗得人好笑啊。"响炮最后说。

"秉仁大概是活气不好,胡猜疑……"父亲面色阴暗地说道。

"不识时的人那来的好活气呢?"二哥插上嘴来。

于是,众人便把话头转到秉仁叔叔的"活气"上来了。人家说他气得头也抬不起来,从早晨起,肚里连冷水也不曾进去,更不说吃东西吧。磕头的时候,他勉强起来,算是磕了;但脸皮全成了银青色,仿佛得了什么猛病一样……

"招财儿可是不羞也不气;虽说脖子上抓得稀烂,还是一面憨笑……"响炮笑道。

谈到招财儿,便又适合了英儿的兴趣。他说"见大小"时,应该磕头的,譬如招财儿的祖母和母亲,招财儿却磁人一样站着不动;别人连喊:"磕,磕!"他却憨笑道:"自家人还……"而轮到不应磕头的平辈亲戚时,他却慌忙跪了下去,竟至连磕三头……

"可好笑哩,"英儿摇头摇脑地说,"笑得人肚子疼。"

"你就是那样!"他母亲皱起眉毛瞅了他一眼。

"看的人全笑哩,又不是我一个……"英儿不服气地说,"什么都是我不对。"

突然,院子里响起一个老婆婆大嗓子说笑的声音,随即推门而入,一看是三寡妇。我还认得她,是因为不仅在我们村中,甚至在周围二三十里以内,她也是一个著名人物。她生过六个儿子,却都活不在一起,分另了;她现在同一个小女儿单独过活着。这老婆子很有本领,会接生,会针灸,常揽工纺纱,也常搬弄是非;因为整天"串门子",消息是顶灵通的。无论谁家有点拌嘴的事,她都清楚底细。然而,超乎这一切之上,她还是一个出色的媒婆,故乡的亲事由她撮合而成的,正不知多少。现在,她说是五婶子眼痛,她早在那儿用针扎过,完了顺便来看我一下。她进来见我们谈着招财儿的喜事,便禁不住地显出绝大的兴趣。

"刚才我还同你们的婆姨们说了半天,"她大声嚷道,"招财儿的亲事,幸亏我没沾边。今早起,新媳妇要送人堂客把媒人叫到新房里,说:'明儿到我妈家里来,我同你有话。'天爷爷,又少了淘一顿气着?我老婆子对天发誓,从今以后再不说媒了。两口子过得砂糖一样,就忘记媒人了;两口子吵嘴拌舌,就记起谁说的媒。往后闲得没事,我不会多纺几斤棉花?挣得几尺花布,给七女穿上,长大寻个好女婿……"

她这一阵唠叨,惹得众人大笑不已。

"三寡妇,"响炮揶揄地说,"说一回媒一头猪头,十六个馍馍哩……"

"呸!"三寡妇稠稠地吐了一口唾沫,说,"吃够了。而今的人时兴什么'自由啦''恋爱啦',咱老婆子家,晓得她们的心事?你不听说'白面好吃腻也吧,女婿风流穷也吧'?……"

"够了,够了,"父亲厌恶地制止道,"人家拉正话,看你……"

"拉正话,"三寡妇神速地改变了脸色,说,"你们说新媳妇为什么在新房里打招财儿的？"

"为什么？"几个人同声问，希望这消息灵通者有更新鲜的贡献。

"我怎么说哩？"三寡妇迟疑一下，继续道，"对，这么的，七月里招财儿、双喜儿和狗娃三个一搭里赶集，路过招财儿新丈人家的村里，不知怎么叫这媳妇晓得了。大概是邻家有个小女儿，说认得咱村里的人，两个就在大门外面的磨盘上坐下做针线，直等了一天，要看一下女婿，天临黑时，他们三个才过来了。那小女儿可认不得招财儿，狗娃倒认得这媳妇。他听见上面小女儿说：'这就是庙村的人。'知道她们的意思，就把前面走的双喜儿（你们晓得，他又高又大，五官也端正）当成招财儿，说：'招财儿，慢些走，没盘费了？'双喜儿这小子心眼也满稠，也把自己当成招财儿，返身就说：'不是我走得快，是你们长些狗腿，太短了！'这媳妇喜得忍不住，嗤地一笑就跑，一溜就回院子里去了。谁晓得过门一看，女婿才是走在顶后边的那个三尺鬼，吊眼子。你看气不气？……"

"哼，"父亲冷漠地说道，"实在会诌，实在会诌！"

"哼噫，"三寡妇翻起眼白来，说，"谁诌是四条腿拉尾巴的！我老婆子六个儿一个女，外面是青天红日头，我敢咬口人家，不怕报应……"

"你的赌咒，我晓得，比喝凉水还容易。"父亲说着，轻蔑地抿抿嘴。

忽然院里嚷着"快来看，快来看"，众人都蜂拥了出去。

坡道上是招财儿和他的新媳妇"回门"起身了。回门是娶亲的第二日两人一起去拜丈人家。送人堂客骑着毛驴走在前边，新人在后，我这才远远地看见大家传说的"新媳妇"。五短身材，圆圆的脸；擦着粉，抹着胭脂；红缎袄，蓝绸裙，反映着鲜艳的阳光。她在毛驴上目不斜睨地摇摆着，因为远了一点，我看不出她的表情；但我却多事地想象着她的心情——那种一个人陷入如此境地的心情……

随后走过去穿长袍短褂的招财儿和带回门的人。

"好事不出门,坏事千里闻"。故乡的谚语说。

的确。招财儿在丈人家里所闹的一些笑话,两天内传到我们村里来,变成大家谈笑的资料;我不是说笑话,这里便不提了。不出一般人的预料,听说那媒人并未到新媳妇的娘家家里去,她大约知道去是没有好下场的。招财儿的丈母娘抱怨她的老伙伴,说他为了礼钱可以把女儿纳进黄河里去。又听说那老汉一劲儿噙着烟锅,一言不发。虽说新媳妇哭哭啼啼,死不再回婆家来;但在他父亲的百般威吓,和她母亲甚至用眼泪规劝和哄骗之下,三五天之后,终于还是同招财儿一起被送回婆家来了。

回来便过新年,倒没听得什么变故。新年一过,初一初二便听说他们又打架了,自然这打架是并尢什么是非可论,简直只是要打而已。以后众人也听腻了,因为他们的打架几乎没有间日的时候。说到这点,招财儿真傻。他总是先摆出一副凶样子,有一回竟将捆庄稼的麻绳拧起来,有一胳膊粗,浸在水盆里,站着叫骂他的新媳妇,声称这叫做水蘸麻绳,将打死她在地上。无奈这家具泡制好了之后,却握在新媳妇的手里,打得招财儿哭叫不得,以致后来使他不敢再同她睡在一起,要求仍然睡在娘老子炕上。

"这还了得!"秉仁叔叔叫道,"走!我送你睡去!"

初五过后,我又要起身出门。就在初五日晚上,听说秉仁叔叔拿了一根顶篱笆用的木棍,去送招财儿睡觉,嘴里还不干净,臭骂着女人和世道。也许是新媳妇被吓住了,没敢动静,只是略带讥刺地说:"是他不来,还是我不要他?摆出这个阵势?……"好大工夫,两人在屋里静悄悄地,谁也不理谁。突然间,不知怎么一下,便又打了起来。谁知秉仁叔叔等在门外偷听着,这时便破门而入,只见那顶篱笆的棍子落在新媳妇的臀部,发出沉重的声音和女人凄惨的哭声。打完,知道这夜不会再闹了，秉仁叔叔便带着恨消之后的轻松去睡了觉。招财儿睡在炕上，新媳妇却靠炕沿立着，啼哭着。终于，在招财儿的鼾声中，她收拾了一个包袱，拄了顶门的棍子，拐着腿星夜时分出走了。翌晨，人们从各种形迹看，看出她是这样走的，却摸不清她的去向。有人猜疑她寻娘家去了，也有人认为她大有可能去区上控告。但以各种材料判断，村中多数人一致认为：像旧社会的女人一样去寻短见，说明显些，便是投井或者跳河，那是绝没有可能的了；因为现在连小脚婆姨也会找到说理的地方——政府办公的所在。

初六的早晨，我只听到这些，便匆促首途了。这喜事的结局，我至今还无从知道，因为我家给我的信，父亲，总是请懋德爷爷写的，从来不提闲事。

一九四二年十月在蓝家坪

土地的儿子

一

这一天，乡村里所有的人都忙着准备过年了。男子汉扫院、担水、贴对联、糊灯笼，以及按照旧习惯上坟去给祖宗烧香纸，和酬谢这一年内特别帮助过自己的人；譬如生病时人家用土法治好了，买地时人家当"说合"或"代书"等等。婆姨们则只是准备除夕的夜饭和大年初一早晨的饺子馅。乡长一清早就提着他应得的那份区上分来的群众慰劳政府的猪肉，回他离乡政府三里路的家里去了。我也没有什么工作要做。慰劳驻军的物品三天以前已经送进城了，至于给本乡的抗属送"年茶饭"的事，今年因为一天的时间有限，人又特别忙，所以大家一致决议按照行政村各自进行去了。这样，我们住在乡政府里，也不过做东西、吃东西而已……

晌午过了一会儿，院子里忽然有人叫道：

"老刘！老刘！老刘在不在？"

我答应了一声，听见门外放下一根什么棍子的声音，那人就进窑来了。这是李家峁的李老三，他满面笑容使得两腮巴的胡子像鸟翅膀一样展开来。手里提着一个柳条小筐，筐里放了约莫有十几个白面馍馍。他进窑就把提的东西放在桌上,然后从他半旧的羊皮袄下边的怀里,掏出来一杆不足一尺长的寒伧的烟锅,慢慢地伸进一个十分肮脏的烟布袋里,装起旱烟来了。

"乡长回家了?"他笑着问。

"回家了,"我说,"你来做个甚?"

李老三一边含含糊糊地说他不做什么事,一边就从风箱上抽了一根高粱秆,从灶火里燃着,吃烟去了。我做出准备和他拉半天闲话的样子,等待他开言。

老汉噙着他的烟锅,不忙不迫地、点验似地依次察看着零乱地摆在锅台上和石床上的猪肉、豆腐、豆芽、粉条和白菜……他看着看着,就转过来,好像十分怀疑似地问道:

"过年用的,样样都有了?"

"有了,"我说,"一样也不短少……"

"我看还短一样,"老汉用玩笑的态度说。说着就把烟锅放在桌上,从小筐里把馍馍通统拿出来放在石床上。

我阻止着他,说我已经有了足够的馍馍,妻从竖柜里端出满满一木盘来给他证明;但这都不能使他停止。于是他从小筐里往出拿,我从石床上往进放,四只手搅成一团。他抢不过我;我把馍馍统统放进去了以后,他来不及再拿,就把小筐重新放在桌上了。

李老三好像认真地生气起来了,拿起烟锅,习惯地蹲在地上。

"我是和你逗笑哩么,"他在蓬乱的胡子中间喃喃地说,"老实是为你们没有?毛主席提倡得连咱这号人也有办法了,还能叫公家人短少下甚?……这几个馍馍给你们,你是嫌寒伧哩?可是多少总是我的个心意!……"

我清楚这个老汉的一点情形,他的"办法"并不见得很大。旧社会他是一个手艺低劣的石匠,还专门偷人家的庄稼;就是说他是那种"无田地学手艺"的人们之一,手艺既不足以养家就靠做贼过日子了。新社会转变了,这几年去南路做工,生活虽然好了许多,但在两月以前征粮的时候,还是一个免征户。讨论到他名下,评议会的意见说:他既然不偷庄稼,日子过得再好点,也不要他分担公粮,政府自然采纳这个意见。现在他所说的有办法,不过是比较着说而已。

我不能收他的东西。不错,乡政府驻地附近的农户给我们送来许多过年吃的东西,但像李老三这样的人,全乡群众都念他过去的可怜,不要他负担一点公粮,我们乡政府能收下他这许多馍馍吗?

"我们不能收你的东西,老三,你忙着,就早些回去。"我婉言劝他。

"又不是给你一个人的,这……"他坚持说,"这还有乡长的哩!"

"那你就送到乡长家里去,好吧?"我提议说,但是李老三却同我争辩起来了。

"我为甚么要送到乡长家里?"他执拗地说,"这是给政府的么!"

"你为甚么要给政府送呢?"

"你不要问为甚,老刘!"李老三眨着眼笑着。

我突然想起他送礼的唯一可能的原因了。

"假如是为了没叫你出公粮,李老三,"我郑重地说,"你不是送礼,而是破坏政府的名誉!人家会说:'对了,给政府送点人情吧,送了可以不出公粮!'你说我们给人家怎么解释呢?你说!"

"老刘,"李老三也激动起来了。他站起来指着门外说,"外头太阳红火一样,我李老三不敢虚说:要是为了公粮,叫我全家不要过这个年就死干净,怎着哩?……"

他说着,神情十分紧张,眼睛圆瞪起来,好像那两颗眼珠子要迸跳出来一样。这倒使我莫名其妙了。

"那你是为了什么呢?"我问。

老汉蹲在地上，低垂下头去不作声了。他噙着烟锅，间忽从胡子中间放出一口一口的烟雾，沉思默想起来，像是有一种不被了解的苦衷沉重地压倒了他。半晌，他才抬起头来，忽然在满布皱纹的脸上露出一丝微笑，然后羞赧地、犹豫地、带点试探的口气，低声说：

"我今冬买了三垧地……"

"哈哈！"我禁不住笑了，"你买了地，政府又不是说合，也没写约，盖了个图记，就要吃你的酬劳？"

"老刘，"李老三站起来，眼睛湿涔涔的，声音也有点颤抖地说，"你是个明白人嘛，有说合有代书就能买起地吗？没咱的新政府，不说我手上吧，就是我孙子手上也买不起一鞋底大的一点地！"老汉说着，激动地全身都要痉挛起来了……

这样看来，我是不能不接受他这份情谊了。

二

我们吃着李老三的馍馍，便由不得想起他的过去来。

李老三弟兄三个。老大年轻时曾揽长工，三十岁上下的时候，婆姨和娃娃同时骤然死于伤寒以后，看见无力重新组织一个家庭，才跑到西路的宁夏一带谋生去了。老二原是一家地主的租户，还可以勉强过活；却被光绪二十六年的饥馑的大浪潮冲向东路的山西。他们都是一去不复返，而现在是否还在人世，就没有人能够说的上了。

李老三，同他的哥哥们一样，除了一个婆姨之外，没有从他的父亲得到任何东西，而这三个婆姨还是用三个姊妹的代价换娶的；各人住的仅有一个土窑，则是自己修整的。所以老汉在世时常常喟叹说："'卖鞋婆姨赤脚跑'，咱当了一辈子石匠，连咱住的一个石窑也没砌起……"

也因为这点，他不叫老大和老二学石匠。"靠山的吃山，挨河的揽船，"他说，"还是种庄稼的好。"娶过媳妇就都分另出去。只有老三年纪小，同他住一块，跟他做活。但不到几年，老汉就咽气了。

父亲死后，李老三一天比一天深陷到苦难的深渊里。种地吧，没有土地；揽工吧，没有主家愿意雇用这个不会受苦的人。做石匠吧，谁用他这个半瓶醋的石匠呢？村里有一个公共石场，凡是李姓的居民，都有权利在那里打石头。李老三起先就在这个石场里打石板卖——锅台石、炕栏石、铺地石、窑檐石、房顶石、仓石、石床等等。生意不好，因为顾主不多，而且不经常。当时李老三一家人的生活可怜到这步田地，以至于在坡底下的垃圾堆里去翻拣别人丢掉的白菜叶子。冬天穿着单裤子太冷，就把破棉被齐腰裹上去，远看起来，好像他穿着棉袍。

李老三渐渐开始赌博了。当然他是完全没有本钱的，过年前后，他口袋里装着破碗片，自己用手去拍拍，说："不要怕咱没钱，怕你们赢不了吧！"碗片发出铜子似的声音，迷惑了同村的赌徒。他也常去赶庙会，上大赌场。这时他的本钱是用红布包着萝卜片冒充的银元了。他偶然赢了很多，就沾沾自喜地带回家去量米买布。可是输了就倒霉，让别人尽情尽意地臭骂一顿，甚至被那些流氓成性的赌棍们使劲地抓住他的领口，服服帖帖地挨一顿揍，或拉了他游庙示众，说："这是石匠老李的坏种子，空手骗人！"这种冒险没有持久，他就在村里村外的任何赌场上都蹲不下去了，永远变成一个站在圈外伸长脖子的旁观者……

可是他又开始了另一种冒险。起先，他偷着本村或邻村的收割在地里的庄稼；这里一把，那里一捆，总不在一处偷得太多，避免物主的追究。但不久也被人识破了，在这一次赃物被搜出之后，只要有人发现自己的庄稼失盗，就气势汹汹地第一个去找李老三。这以后他很少敢偷本村的庄稼。他开始远行，一夜的工夫，远至来回五六十里路程。但是有一次他又倒了霉。他在二十五里远处偷了一个混名叫"砍刀"的富农的庄稼，砍刀率领他的几个"将门之子"坚决地、仔细地搜索踪迹，终于搜索到李家硷来了。砍刀就向村头交涉了一番，要求逐户搜检。结果李老三被检举出来了。凶残的砍刀和他的几个虎狼儿子，就把李老三吊在他自己的方口土窑门上，差一点没有打死。过了四个月后，村人看见他还是扶着棍子走路。

虽然如此，李老三还是过着这种冒险生活，一直到新社会。

一九四〇年的夏天，李老三的邻居李能贵家收割在场里的麦子，失盗了四捆。失主根据"贼要贼捉"的"论据"，硬问李老三要，逼得他不知如何是好，哭哭啼啼跑到新社会的乡政府来。

"人常说'捉贼要赃啦，捉奸要双啦'。"李老三一把眼泪一把鼻涕地哭诉道，"咱多少年不拿本村的一根庄稼了呀！旧前吧，咱进场偷过谁的？这不是亏心事？乡长老人家……"

乡长使他放了心。他向他表明新社会实事求是的意思，说一切盗案虽然不许施刑拷打，但也有法子查得水落石出，而渐渐使新社会完全没有贼盗。因此希望他改邪归正，并且既往不咎。乡长甚至委婉曲折地告诉他：他过去三十年内所做的坏事，应该由旧社会负责，直说得李老三禁不住悲怆的回忆，老泪重新横流起来了。乡长转来安慰着他，向他建议以一个石匠，到南路去做工。

"你晓得咱本领不强呀，乡长……"李老三用红肿的眼睛望着乡长。

"新社会有多大本领，使多大本领，"乡长说，"你到南路保管你上得了咱公家的工程就是了……"

李老三沉思起来了。好像受审的犯人一样。他谦恭地呆立在桌旁，弄着他那沾满了眼泪和鼻涕的肮脏的手指。半晌，他才重新抬起头来，

胆怯地偷看着乡长的脸色,央求道:

"好乡长老人家,我不到南路去。"

"为甚?"乡长奇怪了,"还想待在家里偷……?"

"乡长,你不晓得吗?我大哥走西路,影无影,踪无踪;我二哥走东路,谁知道是怎个下场?!我爸三个儿,两个连骨衬也不知撩到哪里去了,而今我实在没胆量走南路……"说着扭住他的一条一绺的烂袖口,擦着眼泪。

乡长又要像安慰娃娃一样安慰这个老汉了。他告诉他那是旧社会的事情,新社会怎么还会有那样的悲惨呢?而且他的哥哥们是在怎样的不幸中离乡背井的,他现在又是怎样去做工……

"你回去打听一下南路的情形,"乡长最后说,"愿意去的话,朝农会借上几颗粮食,安家,做路费,我给你当保人……"

半月以后,李老三喜眉笑眼地到乡政府割路条来了。他说他打听得一清二楚:到南路去有办法。

七个月以后,也是过年的时候,李老三从南路回来了。他穿戴了一顶半旧的毡军帽和一件灰军裤。因为有人怀疑这两样东西的来源,他便说明这是一个机关的管理员在一天深夜里听了他的不幸的故事,受感动而送给他的。他的脸色肥润了许多,同走时几乎是两个李老三;而且他带回了一些钱,那回过年是他出生以来过得最好的一次。第二年,他又去,第三年并且带着他的大儿子一起去。第四年以至第五年冬天回来以后,他就买了尚二财主的三垧地,恰好这地又是他父亲卖给尚老财主的。每垧地价一石四斗五升小米,合计是四石三斗五升。"烂皮袄里裹珍珠"——成为本乡轰动一时的事件了。

三

年初二早饭后,乡长和我就到李家埝去了。本乡的三个小学教员领导的秧歌队,这一天开始在李家埝演出。秧歌队有两个根据本乡的事实创作的节目,其一是"马家渠掏谷茬",其二就是"李老三翻身"。

在通到李家埝的河沟里,我们恰巧碰到李老三本人,他的两个十六岁以下的儿子跟在他的后边。在他们中间夹杂着三只绵羊,沿途匆忙地伸出脖子,咬一两口可咽的枯草。老汉背上背着半毛口袋粪,胳膊上挂着一把镢头。背上的重负使这个年过五十的人腰弯如弓地走着,加之已经暖和起来的初春的阳光,他的脸上几乎是汗流成渠了。二儿子拿着一把小镢头,在中间赶着绵羊;大儿子在后边背着满满一篓子狗粪。看见我们迎面走来的时候,他们也休息下来了。

"你二位过年好?高升,高升!"李老三用布腰带的头子抹去了脸上的汗水,向我们贺年说。

"你好,发财,发财!"乡长用玩笑的口气回复他。

按照这里农村的习惯,在刚一过年的时候,很少开始劳动的人。人们在这几天请客和赴宴,看亲戚和招待亲戚,看秧歌和斗纸牌……特别是对于娃娃们,这是他们一年之中最快活的时节。而李老三却带着他们上地了。

"连过年也不热闹热闹?"我疑惑地问他,"你老汉也许过时了,可是这两个娃娃听见锣鼓的声音,不着急吗?"

李老三略显不安地转脸来看看两个儿子的表情。

"咱能和人家比……"大儿子不自然地对我说。

"对着哩!"老汉对于儿子的表示十分满意地咧嘴笑着,分表道,"而今在天堂上过日子了,老刘!这会沾毛主席的光,买了三垧地,有自己的一点摊子了。旧前想下点苦往哪里下呢？我盘算正好劳动了。不怕你二位嗤笑么，年初一早起还拾粪哩。正好拾，手不稠。粪是好东西，俗话说得好'人勤不如地近，地近不如上粪'。咱买得这两镢头地，一垧要顶旁人的两垧，才看过了日子过不了哩。冬天从南路回来，我打定主意要买地，就买了三只绵羊，心里就是想积点粪。反正二小子大了，能放羊了……"

这个几代没有土地，不得不偷别人的庄稼的老汉，尽情的表露他对自己土地的热爱，和对庄稼的醉心的布置。

"那么，"我停了一会问，"那三垧地用得着你父子两个吗？你就不走南路了？"

"三垧顶六垧，"乡长插言说，"你不看地价？普通地的两倍哩！听说崖崖畔畔也能修出一垧来……"

"那里！"李老三坚决地否认道，"崖畔修出来，五垧地有。乡长你不要听村里那些人瞎宣传。南路，我等耕种完了还去哩。这个小子不去了……"他指着大儿子说，"十六了，学得种地去吧！我还是我爸的主意：有人要，我还当我的石匠，娃娃们在家里闹庄稼去吧。唔……大女儿定亲给人家了，财礼给大小子换得个媳妇。今年要是地里收够吃，我想挣得就给他娶哩。"说着，好像后悔了一样，转来叮嘱道，"你们是咱政府的人，我想起甚说甚，可千万不要说出去呀，做不到人家不笑话吗？嘿嘿……"

幸福家庭的憧憬使这个老汉的脸上闪起光来，显示着父亲在旧社会一辈子没有达到的愿望他在新社会的几年中就达到了而引起的欣喜和满足。

顺沟传来了李家垴响起的锣鼓声，使我想起今天秧歌的一项节目就是李老三的故事。我问：

"你不去看看吗？有你的故事上场哩……"

"我听说来，"李老三带点不大自然的神情说，"那些年轻的先生们胡诌，有些硬是无中生有……"

我说："编戏劝世人，有什么关系？"

"嘻嘻，没关系。走！"他给儿子们打着招呼，背起粪袋子就走了。

我们到李家硷时，秧歌已经开始了。他们在拥挤的人群中间，从村前头扭到村后头，最后在小学校的宽敞的院子里演出了秧歌剧。院子里拥挤得水泄不通，窑顶上和围墙上都七高八低地排满了人。人群中间闪烁着婆姨们和娃娃们花红柳绿的衣裳。有些年轻人甚至攀登在大门外边一株古槐的枝丫上。因为他们的重压和摇撼，一个喜鹊窠被折散了，零乱地撒落在地上。看起来很少人愿意错过这个良机，连一些年迈的只能听到凑在耳朵上大声嚷叫的话的老汉，也扶着棍子转弯摸角地到小学校来了。

"你做甚来了？能听见吗？"我问一个七十多岁的拐老汉说。

"我听不见，可是站近一点，我能看见。"拐老汉没有牙齿的嘴里嘟哝着回答，"我听说把三娃的故事编成戏了。"他还叫着李老三的奶名。

"李老三翻身"是这天的最后一个节目。因为是群众自编、自唱的；并且是取材于当地的事实而编演的东西，所以特别富于吸引力。可惜有个缺点必须指出：就是扮李老三的兴旺儿素以滑稽著称，他太偏重于动作上的小趣味，致使故事的悲怆气氛被冲淡了一些，观众不时暴发的哄笑即是证明。为此，除了向教员们提出意见之外，在收场以后，我以乡文书的资格，站在冬天压葡萄的土堆上，讲了几句话。

"老乡们，"我尽嗓子地高声说，"你们有了这出戏，不要只管笑啊！我听了李老三提起他的旧事，就由不得淌眼泪。我看旧社会大家和李老三也差不多。他没地，你们有多少人家不租种旁人的地呢？你们交过租谷够吃不够？你们办红白事，过年，不朝财主借债行吗？新社会你们多少人买地了？多少人赎地了？你们过年还朝财主借债不借了？你们而今年过得怎样呢？你们算过没有？……"

"谁算哩？"我旁边的一个斜眼的老汉睐起他的斜眼，好像抱歉地笑了笑说，"我们一满瞎活着，不会写，不会算……"

"我算了一下。"

"报告一下，老刘！"窑顶上有一个沙嗓声的声音叫道。

"大家愿意听吗？"

"愿意，愿意"……"乱七八糟的声音从四面八方朝我袭来。

我从口袋里掏出笔记本，报告道：

"你们李家硷九十六户人家，旧社会就有八十一户穷人　贫农，佃农，雇农和匠人。新社会刚刚五年的光景，你们这八十一户人家买了多少地呀？二百五十六垧半！赎了多少地呀？一百零三垧！其中有七户而今都成了中农了。有十五户旧前连一垧地都没有，而今有了三垧五垧不等，还有十垧的哩……"

"谁够十垧地了？"有一个人脖子一歪，惊奇地截断了我的话。

"李发成不是嘛？"另一个人深表不满地说，"你不能等老刘说完吗？你——？"

"你们合作社的主任告诉我的，"我翻到笔记本的另一页上，继续说，"过年光合作社就卖了五斤十二两胡椒，三斤四两茴香……城里集上卖的还不算！你们做什么用这么多的调和呀？"

"我们过年吃了，老刘！"人群中一个年约四十上下，戴羊皮帽子的农民伸出头来，郑重其事地声明道，"你刚才还报告我们买地，又不是不晓得？我们有办法了，过年吃肉不要调和吗？"

这最后一句话引起了一片哄笑声。但随即被从什么地方喊起的口号声压倒了。

"旧社会活不成，新社会救咱们！"

"共产党给咱们好日子过的！"

"学习李老三，务正生产吧！"

秧歌结束以后，只有对山的尖顶上还照着点通红的夕阳。这时恰巧李老三父子三人也回来了，每人背一背从山崖上砍来的柴，那些野生植物的枝条虽被绳子束着，还是蓬松得比他们高出几尺。他的二小子赶着那三只吃饱了的绵羊……

四

元宵节后三天，乡长和我在乡政府的办公窑里核算着全乡植棉的垧数，和需要向外购买棉籽的数量。刚刚计算完毕，就听见两个人吵嚷的声音，由远而近的传来；吵声到了乡政府院里，争执的双方就推开窑门进来了，后面跟了一大群看热闹的闲人，其中多数是娃娃。又是李老三！他带着他常带的好像是他身体的一部分似的镢头；脸孔上，衣服上和头巾上，盖满了一层灰尘。同他争执的是胡家洼的胡秃子，手里拿了送粪赶毛驴的鞭子，显出他的怒不可遏的样子。

"李老三！"胡秃子进门就暴叫起来了，"你要挣得多买两垧，才是个正经办法；指望边畔占人家的一点点，顶毬哩！"

"对！"李老三并不示弱，扯下他的头巾，抖擞了两下灰土，然后使劲地擦了擦脸说，"你说你的有理，我说我的没理！你要抢先说嘛，你就说完是……新社会又亏不住人的心哩。要是旧社会，啊呀！我怕我就是五十三的阳寿了！你们弟兄三个后生，我个死老汉，看我今儿在那地里爬起爬不起吧！"

"我们打过谁？啊？你点起名字，我们打过谁？"

"不敢打嘛！不想打？你老子好手残呀！旧社会没给人家杀过猪？……"

"点旧前的？点吧！顶不上你李老三还算人？"

"这是吵架的地方吗？你们？"乡长制止着吵嚷的双方，因为这种吵嚷是愈来离题愈远了。等他们停止了吵嚷，乡长才转来把那群麻雀子一样的娃娃们哄走了。

我们听取双方的控诉，综合起来，是这么回事——

原来李老三所买的那三垧地，和胡秃子的地毗连，一上一下，中间隔着约莫三丈高的一个山崖。不知在多少年以前，山洪在崖中间冲开了一个角落，按照陕北的土音，人们叫做"圪崂"。这个圪崂愈来愈加扩大，以至于变成一块可耕的土地；虽然像许多圪崂一样，陡削的站不住耕驴。根据年纪最长的老汉们的记忆，它在李老三的祖父时代，是属于崖下边土地的一部分；但在出卖给尚老财主以后，就弃耕了。一九四二年的春天，当生产运动蓬勃开展，在不许有一寸土地荒弃的口号下，胡秃子就把这个圪崂开了荒，到现在已经种过三年了。混名叫做"瘦人"的尚二财主，自从与其兄弟们分得这段土地一直至出卖了它为止，连一次也没有去过。伙子们不清楚底细，也没告诉他们的主家；当然胡秃子就把它当做自己的地一年二年种下去了。的确，单看地形，没有一个人可以肯定它是属于上边，还是下边——上下都隔着不到一个人高的一段崖壁；而几次流转的契约上，只写着沿用了世世代代的"崖高一丈，上下五尺"的公式，意思是均分山崖。上边的地主人拍畔和垒畔，下边的地主人溜崖和斩崖，都只能以半崖为限，并没有提及那个圪崂如何如何。李老三买到这段地以后，有人就告诉了他这个圪崂的故事。他在通过"瘦人"之后，就把圪崂下端的地畔斩倒，一劳永逸地使它和自己的土地连成一片。这引起一场激烈的争执，但狡猾的胡秃子没有赖得过去。李家塣的群众，特别是"瘦人"的两个伙子的有力的佐证，帮助了李老三，结果胡秃子在群众面前丢脸不浅，只好含糊其词地以听了父亲的话，来掩饰他的窘迫。糟糕的是李老三在这次纠纷以后不久，在一次溜崖的时候，上边的地畔塌下来一绺，这就发生了现在的问题。胡秃子和他兄弟们这一天去送粪，一经发现，就大嚷特嚷，几乎是一路牵着李老三的破腰带，来到乡政府的……

"怪不得！"秃子气愤地说，"你一正月掮把镢头，在那三坮地里刨！你在斩我的地哩嘛！你？"

"谁家孙子斩你的地！"李老三赌神发咒地说，"我倒运。我不晓得冬里地冻开裂子，一溜，上头就塌下来了。你说我故意斩你的地？哎，乡长、文书，你二位上地看一看，看我是一道崖全溜了，还是光溜了塌下来的那一块？还有，乡长、文书，冬里冻开裂子，春起消得自己塌下来的少？……"

"会说！会说！"胡秃子鄙视地提着鼻子，"人家说你改邪归正哩，我也当你改邪归正哩。哎，好吃屎的常往茅坑里钻！你一年斩上一绺，过几年我那段地不全成你的了？"

"晓得我那个圪崂没让你，惹下了……"

"呸！呕心！"胡秃子气焰万丈地朝脚地唾了一口，说，"弄清白是人家的，三个圪崂也看不下！我们不指望偷人占人过日子！"

胡秃子这一下就把李老三顶得一声也不响了，只好用眼睛向乡长和我求援。对手却开始盛气凌人地尽情揭短了。

"你乍来不是想点旧前的？"胡秃子奚落地笑了笑问，"你那年偷了我的南瓜，补赃了没？嗯？……"

"哪一年？"我有点看不过眼的插嘴问。

"我看，那是……"胡秃子看见我的脸色沉下来，气焰一下子消敛了，为了掩饰他的脸孔的惶惑，他仰起头来看着窑顶，装出回忆的样子，最后含糊地说，"那是民国二十三年的事……"

"那么，我们这里是保甲办公处吗？还是乡政府呢？"

"嘿嘿……"胡秃子更加惶惑地佯笑着。

我清楚胡秃子这一套，为了占得一点小便宜，有时就有点不大顾惜面子。新社会的几年中，他表现了极难进步；还是一贯用旧脑筋想新问题，因此说话与做事常常和群众发生矛盾。

两三年来，我们解决了不下百件的地界纠纷，原因是土地在从地主手中租种的时候，佃户没有人愿意花工夫去修整土地；而当有了保障佃权的法令，特别是一经买到自己手里，都修整起来了。但现在这件事却有点麻烦——双方的理由都有些可能的真实，而李老三则处于劣势地位：第一，因为他有名誉不好的历史，很有可能使人相信他是蓄意斩倒别人的一绺土地；第二，即使他所说的是事实，就是说因为解冻而塌了下来，但这与斩了下来有什么不同的痕迹呢？我看上地查验也是徒然的。而且胡秃子只要自己是有理的一方，那就会像老牛一样固执。

"那么，你看怎么办呢？"乡长问胡秃子。

"我看……"胡秃子踌躇了一下，坚决地说，"他李老三既可以斩下去，就可以给我拍起来！看他以后再敢斩人家的地不敢了？"

"那要去检查！"乡长肯定地说，"检查以后，还要看应不应拍，能不能拍！"

"对对对……"

"对对对……"

双方都不弱，说着就做出要起身的样子。李老三刚拿起他的镢头，胡秃子已经跨出门限了。乡长却迟疑着，看着我。

"我去，"我说，"你到合作社去搞棉籽的事。"

乡长同意了。我们三个人一路不说一句话，一口气走到纠纷所在的地方——葫芦峁。

不错，李老三把一道崖齐半中腰溜得一干二净，有些地方，其整洁远非他那个被烟熏得顶黑的窑壁可比。看来他是用石匠的精心在修整他的这段十分有限的土地。地面上披满了一层从崖上沟下来的黄土，新土在阳光下放着金黄色的光彩。李老三向我解释：这样既可以扩大耕地面积，又可以肥土，几乎顶上粪。我在双方指点下，从崖下和畔上察看了一番。啊，真巧！在塌下去一绺地畔的上边约莫二尺的地方，还有一个裂缝，宽约一指的长度。我深深地弯下腰去，察看裂缝的痕迹新旧。真巧！裂缝里夹着去冬被风吹进去的积雪，因为照不进阳光，最深处的积雪至今尚未融消。这就足见李老三是个诚实的人，他没有撒谎。

李老三抱怨着自己，使劲在自己头上打了一巴掌，说："连看一下裂子新旧也想不起，咱还和人家驳过嘴？"

胡秃子的脸一下子变得通红，好像这一巴掌打在他的脸上。

"李老三用不着给你拍畔了吧？"我问胡秃子。

"我起了火，没看清楚。老刘，反正和李老三做地邻家，沾不了光……"秃子红着脸说着，就拿着他的鞭子走了。

"呸，我倒沾了你的光！"李老三这才胆壮起来，敢朝胡秃子的背影唾他一口。

胡秃子走后，李老三给我指点他半个正月的工作：二十一堆粪送好了，为了防止被山风吹散，上面盖了一层黄土，然后小心地用脚踏结实了。去年被山洪冲开的水渠填起来，然后每隔十步，打一个贮水的窨子。崖，溜的溜了，斩的斩了。现在是只等着惊蛰节一到，就要开始耕种了。

"苦不枉受，地不瞒人，公家提倡的好！"李老三欣赏着自己的成绩，不禁乐得眯缝起眼来。但是一忽儿脸色又阴沉下去了，"十几岁上娘老子撩下，谁再像这几年公家和众人这么照应咱来？不是农会的话，这个圪崂还是我的？不是政府，啊呀！我今儿长上一身嘴也说不过去哟！那人叫胡秃子，可是头发比谁的也旺，你想想……"他指着已经走在山坳里的胡秃子说，"你晓得吧？富农！六十垧好地哩……"

"我晓得。"我说着，笑了笑。

李老三就掂起镢头，继续着他的所谓"打扮土地"的工作来了。他站着看了一会，甚至连一点不顺意的地方都要用镢头修过。农谚说：'地种三年亲如母，再种三年比母亲。'"这个土地的儿子，还没有被属于自己的一块小土地哺育以前，已经对它亲热到痴迷的程度了。

一九四五年四月在刘家峁

废 物

庭院里的脚步声在那层柔薄的新雪上边,由远而近地来到我们门前,马步枪的枪托触在台阶上发出一声轻微的音响,我们便听见通信员在门外叫道:

"报告,王得中来了。"

"来了叫进来。"营长转脸答应道。

于是,我们的眼睛都从作战命令所那张路线图,转移到这个被找来谈话的老头子身上了。他认真地向我们敬了一个礼,虽然他那干瘪的身躯,苍灰的胡须和弯曲到近乎跛子的两腿,使他这个动作很不入格。在营部首长们和党的营分支部委员们的面前,他立正站着,样子显得十分局促——军帽上和肩膀上盖着雪花,鼻尖上挂着一滴清鼻涕。他不去理它们,只是顺着立正的姿势,用两只枯瘦的手掌摸索虱子似的在他的灰色棉军裤上动着,眼巴巴地望着营长,恰像一个待罪的犯人一样。营长将他从头到脚仔细看了一遍,说道:

"怎样呢?讲吧。"

王得中便像一个孩子似地噘起他的胡须中的嘴巴。

"营长,"他嘟哝着,"要是就像俺指导员说的那样,就是非把俺从八路军里踢出去不可了。俺不能。俺……"

"尽搞些怪名堂,你!"营长用呵斥的声调打断了他的啰唆,才说,"调你到县游击队就是把你踢出去了?你也不想一想,每个人带三天的干粮,两天的生粮,天又落了雪,这一仗打下来还有你没有?把你留在地方武装里还是想让你多糟踏几天小米哩!"

"俺当八路军二年了,还没……"

"现在不像以前一样了,告诉你!骡马伙夫担子通统都要冲了,你少啰唆!"

"俺跟队伍走,俺死也……"

老头子固执地想说下去,而营长狠狠地瞅了他一眼,将脸背转了他,两道浓眉紧紧地锁着,重新盯住摊在桌子上的作战命令和路线图。这样王得中便只好静静地站着,轮番看着拚满了一炕的军用地图,堆在平柜上的装硬了的米袋子,我们每个人的脸孔。虽然他遭受了营长那些挖苦的言词和严厉的态度,可是在这个老头子的脸色和眼睛里,你可以看出他对于坚持自己的意见有着怎样的信心——而他已经五十七岁了,常常用手摸着他的胡髭对别人宣布他早已成了"废物",不中用了。

他是我们营部的一个马夫,依照这个怪老头子自己的说法,便是给一个四条腿的战士当勤务。这以前,他初参加部队的时候背过几天步枪,后来做第三连的伙夫。他的工作调来调去,只有一个原因,便是因为他力不胜任了。他现在服侍的这个"战士"脾气很坏,卸鞍子的时候踢过他,上嚼口的时候企图一下子咬断他的麻秆一般瘦的手腕。而当那天牵去喝水的时候,它挣脱自己跑掉了。他东赶西逮追了它一个整上午,最后还是它自己回到马房里。王得中喘吁吁地转来,连用鞭子教训它一顿的气力也没有了。

现在,他等待着什么似地站在我们面前,不肯听从调动的时候,这些印象便活生生地浮现于我们的脑际了。

"你不要太固执！"营副将他膝边的那块地图掀开，挪动了一下腿子，向王得中说，"平时行军你还掉队掉了老远，我们到宿营地半天等不着看马的人，没说现在这样严重的战斗任务吧！"

"俺死了，也让人家说俺当八路军牺牲了。俺……"

大家微微一笑使得这个老头子没有能够继续下去他的话，而看他那样子好像有许多许多话要在这里说。营长背着他对着地图的冷笑，更使得他脸上现出一阵极难受的表情，眨了几眨眼睛。

他是一个喋喋不休，固执己见而且好吹牛的老头子。这种性格每每是一些自尊心和自信心颇高的人们所具有的，王得中正是这样一个老头子。他常常将他那短短的小烟袋从嘴巴上拿开，满把手摸起他的胡髭，说："要不是俺的眼腿不听俺指挥了的话，哼，俺还当个死马夫懒勤务？"的的确确，无论抬杠或者办正事，谁也不曾使老头子低下他的头过，只有无可挽回的年纪才使他服从于任何调换工作的命令，和现在这样忍受着刻毒的挖苦，不敢多嘴地站着；因为他是死也不肯离开八路军。

他一辈子是一条光棍，没有妻室儿女，没有财产和固定职业。阳春三月，他也许背起褡裢上庙会去赌博；而当农忙了的时候，他便给随便什么人做几天短工。一九三七年抗日一开始——谢天谢地，他说——结束了他的永无休止的流浪。他参加了我们的部队不久，看清了我们的一切，逢人便说这下子解决了他死以前的一切问题……

"做在里边，吃在里边，这就是好家。又不受谁的冤气，一个人一辈子还想怎么呢？"他说。

我初到这营里不久的一次行军中，在大休息的时候，他端一碗水，腿子一拐一拐地双手送到我的面前。我感谢地接过来喝着，他站在旁边等待着他的碗子。我喝完时将碗交给他，他还不立刻走去，迟疑了好久，才问道："刘干事，听说你是才从延安来的……"

"是的。"我说。

"他们从延安养伤回来的同志都说,咱们那延安又是学校,又是工厂,又是医院,又是托儿所,嘿嘿,养老院有没有呢?"

"现在还没有,"我笑着回答他,"不过……"

出发的号声截断了我们的谈话。他一拐一拐地连忙跑到一株树下解马去了。这使我后来找他谈了两次话,并且从别人嘴里证实了他过去的生活。许多同志讨厌他啰唆、固执和吹牛的性格,有时对这个老者很不客气;我倒觉得他对革命的牢固的信念是很可取。

然而,他是一个"废物",已经开始打听养老院的事情了。废物在我们的战斗部队里不仅无用,而且有时会成为很恼人的累赘。当那个指导员来报告王得中不肯离开部队的时候,我曾提议考虑这个老头子的苦楚;可是我的温情主义立刻被阻止在这个最理智的战场上。的的确确,我们的前边有铁路和碉堡堵着,后边有日本军队追赶着,投敌的阎军在两翼一步一步逼近我们的驻地。我们在这里是一支孤军,一定要冲出去,虽然现在还不能告诉他,我们将向哪个方向去冲。

可是王得中不了解营部首长们的真意,他固执地站在那里,坚持要跟着队伍突围。我们大家几乎是完全不理他,只管围着满炕的地图,像找寻一根失落了的针一样,找寻着村庄和乡镇的名字。我不时地转头来看一看老头子。在阴暗的屋子里,他的军帽和肩膀带进来的雪花融化完了,除了努着嘴,眨着眼睛,你几乎要当他是一个老兵的雕像……

突然,营长猛地转身过去,暴叫了起来:

"剥掉你的军装,给你一套便衣上你的路!"

王得中冷不防这一着,打了一个寒噤,脸色刷然白了起来,瞪着眼了。好久,他才稍稍复原了一点——他弄不清这是吓唬,还是真要开除他的军籍……

这时我们的教导员便开始他的政治工作了。他从外边落着的冬雪,老头子孱弱的身体,他的拐腿子和那双绑着带子才能穿得住的破鞋,说到我们将有怎样残酷的一次战斗。他竭力将这个战斗描述得更残酷些,企图最后说服王得中。临末,他走去拍了拍他的肩背,哄着孩子似地说:

"为什么一定要在八路军里呢?县游击队同我们是一样的。"

听到这里,老头子的眼睛居然湿了起来,渐渐地,两颗泪珠滚出他的深凹的眼眶,滚过那松皱皱的脸颊,粘在他的嘴角边的胡子里。我们总以为这一下子成功了,甚至营长也笑了起来,说:

"好了,下去准备你的去吧。我这个人就是这样,人一别扭我就火……"

王得中却扯住自己的袖口,擦了擦嘴角的胡子,沙声说道:

"俺跟队伍走。"

这使得我们都张起嘴来,莫名其妙了。对这个老头子,我们还有什么办法可想呢?

适在这时,从我们所驻的村庄后边的高山上传来了喇叭声。我们立刻静悄悄地屏住气听着;号音落了的时候,教导员对营长说:

"去吧,团部调我两个。"

他们让我们的司号员出去答了号,穿好大衣,叫了两个通信员便走了。

王得中也只好被命令退了下去,以后再说。

我们收拾了地图,猜着将会发生怎样的新情况。直至半下午的光景,他们才回转来了。庭院里的积雪已经可以埋住鞋袜,天空的雪片还像往下筛一般地落下来。我们猜想:趁这天气有可能提早出动;但是谁料五点钟晚餐,六点钟便走呢?

王得中的事情当然无法解决了。

我看得清清楚楚他跟着队伍出发了,脸上阴沉沉的像我们所有的战斗员一样，一声不响，活像一队哑巴在前进着……我在路上碰到他，一半担心一半鼓励地说：

"王得中，丢脸的事可干不得呀！"

"俺老王？放心！"他头一转，向我说，正像他吹牛时的神气一模一样。雪落在他的军帽上，肩膀上和背包上——他低头看着路，一拐一拐地追赶着队伍；他的那个老伙伴，一根未削皮的柳杖，帮助着他……

在部队开始行动和在战斗中间，军政首长们有更多的事务要处理。三天两整夜之内，我们进行了两次战斗，突破汾河和同蒲铁路，越过耸入云天的绵山，跑了上几百里路，谁也没空儿想到王老头子。只在到达一个叫马跑泉的山村里时，我突然想起在第二次战斗以后，我再没见过他了。

驻扎在马跑泉，我们的任务便只有恢复疲劳。可是，我刚刚闭起眼来，还没睡去，王得中便一拐一拐来到我的面前……

"俺跟队伍走。"我的耳朵便好像听见他说。

我为这个"废物"心里难过极了。我知道这没有丝毫用处，然而我不能够克制我自己。直到驻扎这里的第三日，当我们的便衣收容队的同志们赶来，从他们知道了王得中的结局时，我才感到好像他们卸去了压在我心上的一块石头，在微茫中心安一点——他们说他牺牲了，当他清楚自己无法赶上队伍的时候，他大约向从他身边跑过的一个战士，要到一颗手榴弹。他坐着，将保险盖揭去，用手指勾着它的铁丝环子，准备着拼他的老命。这时，有三个日本士兵来活捉他，而在他们到他身边时，炸弹爆裂开来，四个人同归于尽了，当地的居民说那正是天将要亮的时候……

一九四一年五月在杨家岭